Dans le sillage d'Ambre

De la même auteure

Du soleil en boîte, Philippe Rey, 2014

Le Ciel en cage, Philippe Rey, 2007

Christine Leunens

Dans le sillage d'Ambre

roman

Traduit de l'anglais (Nouvelle-Zélande)
par Marie Chuvin

Philippe Rey

L'auteure remercie Axel de Maupeou pour sa précieuse relecture
de la version française de ce roman.

L'éditeur remercie Creative New Zealand
pour son soutien à la publication de cet ouvrage.
*The assistance of Creative New Zealand towards the translation
of this book is gratefully acknowledged by the publisher.*

ARTS COUNCIL
NEW ZEALAND TOI AOTEAROA
creative nz

Titre original : *In Amber's Wake*

7, rue Rougemont – 75009 Paris

www.philippe-rey.fr

Pour mes fils

Le Point de Non-Retour

3 janvier 1991

Il n'y avait pas le moindre hublot pour jeter un coup d'œil à l'extérieur. Pas moyen de voir un ciel bleu ou une épaisse couche de nuages blancs semblables aux terres gelées de notre destination. Il n'y avait rien de rien dans l'appareil militaire RNZAF LC-130 Hercules. Pas de tapis, de coussins ou d'antibruits. Avec les cinq autres gars de l'équipe de tournage, on était assis en face des scientifiques et des militaires en rang d'oignons. Nos sièges n'étaient que des entrelacs de courroies qui empêchaient nos fesses de toucher la carlingue et je n'étais pas le seul que l'estomac propulsait à l'arrière vers le seau. Chaque fois qu'un mec dégobillait, ça provoquait une réaction en chaîne. « C'est toujours mieux qu'à pied, hein, ai-je entendu un militaire crier à son voisin. – À peine ! » fut la réponse.

Tout à coup, on a été pris de nouveau dans des turbulences ; pas le meilleur moment qu'a choisi le pilote pour nous annoncer qu'on avait atteint le PNR. À ma gauche, Bertrand a hurlé que « PNR » voulait dire « Point de Non-Retour ». Une fois dépassé, a-t-il beuglé, même si le temps se gâtait, il faudrait soit qu'on atterrisse, soit qu'on s'écrase en Antarctique, parce que de toute façon on n'aurait plus assez de kérosène pour faire demi-tour. Avec un enthousiasme enfantin, il a ajouté que, si se poser à McMurdo s'avérait trop risqué, il faudrait qu'on continue jusqu'au pôle Sud en croisant les doigts pour trouver une piste, ou alors qu'on tente un « atterrissage par faible visibilité ». Avec son carré roux dompté par une casquette Queues-de-Castor, sa barbe qui, elle, aurait eu besoin d'être domptée et son nez rouge sans qu'on sache trop si c'était de froid ou de pinard, Bertrand passait plus facilement pour un sous-traitant du père Noël que pour le réalisateur intello que je connaissais depuis longtemps ; et la nature farceuse l'avait doté d'une grimace d'ours mal léché en guise de sourire – les sourcils broussailleux ajoutaient une touche d'intensité.

Malgré le bruit des moteurs turboprops, quelques-uns des hommes avaient réussi à roupiller. Quant à moi, je n'y arrivais pas. Trop de « et si ? » se bousculaient dans ma tête. Et si quelque chose m'arrivait ? Et si ce quelque chose arrivait avant que je mette la vérité sur papier ? Ça m'a fait penser au fatal vol 901. Ce genre de vols touristiques décollaient de Nouvelle-Zélande pour y réatterrir dans la même journée, sans jamais se poser en Antarctique. « Des vols en boucle qui n'allaient nulle part », comme on les appelait.

On s'est posés sur la piste d'atterrissage Blue Ice et, lorsqu'on est descendus d'avion, j'ai inspiré un bon coup, pris d'émerveillement devant la profondeur et la grandeur immaculées de ce blanc qui filait à l'infini. Et j'en ai subi le contrecoup, qui doit ressembler à peu de chose près à l'expérience de la première inspiration chez un nouveau-né : l'air qui descend en brûlant tout le long de la trachée jusqu'aux poumons et, comme chez les nouveau-nés, c'est une claque dans le dos qui m'a fait pousser un cri de stupeur. Bertrand. J'aurais dû m'en douter. Tout mon sang-froid a été réquisitionné pour garder un visage impassible : il s'était mis sur la tête un chapeau de trappeur en fourrure de raton-laveur dont la queue rayée pendait sur le côté. Ne me demandez pas comment cette chose si morte et si poussiéreuse avait passé la douane, même en transit. Devant sa barbe et ses sourcils en bataille auxquels s'ajoutait désormais un couvre-chef taxidermisé, c'était comme se trouver nez à nez avec un yéti.

« T'as pas à t'en faire, Ethan. Ici pas d'ours polaires, pas de loups, même pas un ÉLAN », s'est-il amusé. C'était une vieille blague entre nous, l'élan.

« Si, bien sûr que je m'en fais. » J'ai cédé à la tentation de tirer sur la queue. « Avec ça sur ta boule, on retrouve le chaînon manquant entre le singe et l'homme.

– Mais laisse ça tranquille ! » Il a écarté ma main d'un geste.

Bientôt, les autres nous ont rejoints et Bertrand nous a fait son topo sur « ce qui vous attend là-dehors ».

« Faites gaffe aux faux ponts de neige. Vous faites pas avoir par une surface plane, si ça se trouve, elle n'a que deux doigts d'épaisseur. Et en dessous, a-t-il sifflé, c'est une chute de trente mètres qui vous attend. Donc quand je dis stop, c'est stop ! Comme si vous étiez gelés !

– Mais nous sommes gelés ! » ai-je plaisanté, même si ça n'avait pas l'air d'affecter tellement les Québécois endurcis autour de moi.

Bertrand a repris calmement son discours. « On ne quittera pas cet endroit avant d'avoir rendu justice au scénario d'Ethan ici présent. » Il a appuyé son bras lourdement sur mes épaules. « Pas avant d'avoir saisi l'esprit du lieu. Et quand ce sera fait, j'aimerais dédier ce documentaire à Aurélie, ma femme, qui nous supporte, moi et ma passion pour faire des films, depuis trente-quatre ans. Alors ne jouez pas aux cons, ne m'obligez pas à vous le dédier à sa place. »

Notre première rencontre, avec Bertrand, ça commence à remonter. Depuis, je pourrais noircir des pages et des pages de description de son cœur d'or, de son habitude de toujours prendre le parti de la veuve et l'orphelin, de son rire plus fort que ses coups de gueule, de sa capacité à chercher une vue d'ensemble sans avoir rien à carrer du reste. Mais, pour autant que je sache, il n'est pas encore mort, donc pas besoin d'éloge funèbre pour l'instant.

Après on a été entassés dans la navette nommée « Ivan le Terra », puis on nous a assigné des casiers à la Station Scott. Des casiers sans verrous, dois-je le préciser, sûrement parce que ça ne viendrait à l'idée de personne d'aller mettre le nez dans les affaires de quelqu'un d'autre. Après un exposé sur le fonctionnement général de la station – générateur, sécurité incendie, médocs, faire pipi, faire plus-que-pipi, les déchets, où ça va ici, où ça va *après* ici (c'est rapatrié à Christchurch) et des infos du même genre qu'on aurait parfois préféré ne pas avoir –, on nous a guidés jusqu'aux huttes Quonset. Quand on a choisi nos lits, je savais par expérience qu'il valait mieux être au-dessus de Bertrand qu'en dessous, sous peine de voir le pauvre matelas affaissé sous son poids à deux centimètres de mon nez. Notre premier repas a été un buffet chaud dans le réfectoire, où j'ai repéré Bertrand en pleine conversation avec le chef. Je le soupçonne d'avoir essayé de se faire bien voir afin de connaître l'emplacement exact du garde-manger pour ses fringales nocturnes.

Ici, ils éteignent le chauffage la nuit et je me retrouve dans une des salles communes, où il fait actuellement deux degrés Celsius (et ça baisse encore) ; j'ai quelques peaux de mouton sur moi et mon traitement de texte me réchauffe faiblement les genoux. Les autres pioncent depuis longtemps. On est déjà au milieu de la nuit, même si ça ne se voit pas à cause du soleil. Ce journal est censé donner un aperçu de ce que je fais en Antarctique, mais c'est plus que ça ; l'idée de venir tourner ici m'est venue au cours de longues nuits sans sommeil pour m'éviter de devenir fou, comme un moyen de m'expédier en exil forcé durant un temps. Au fond, j'avais terriblement besoin de cet espace, de cette toile vierge, de cette distance pour me confier, pour être sûr que tout ce qui s'est passé soit écrit. Il faut donc que j'ouvre la sacoche de cuir posée sur le sol à côté de moi, remplie de mes vieux carnets qui doivent bien couvrir dix ans. Je suppose que j'ai maintenant bel et bien atteint le PNR.

Nambassa

27-29 janvier 1979

Quelqu'un qui n'y est pas allé ne pourra jamais comprendre la magie de Nambassa, et quelqu'un qui y est allé ne pourra jamais décrire ce tapis magique sans le réduire au rang de paillasson. Dans les faits, c'était un festival de musique, d'artisanat et de modes de vie alternatifs qui se déroulait pendant quelques jours dans une ferme de la Golden Valley. Des milliers de gens s'y pressaient, ça faisait un peu penser à Woodstock : célébration de la paix et de l'amour, le rêve hippie à portée de main. Ce que j'en retiens encore n'est que la partie émergée de l'iceberg. Les foules qui levaient leurs briquets aux concerts de rock de River Band, les groupes qui s'essayaient à gratter des morceaux des Doors et de Bob Dylan, une forêt de gens, les enfants qui couraient dans les sous-bois des jambes, les femmes qui se rafraîchissaient grâce à des douches portatives, leurs corps nus offerts à la vue de tous. Sentiment de libération. Sensation de flotter à dix centimètres du sol. Bon, d'accord, je ne nie pas avoir tiré quelques taffes de joint, et l'odeur douceâtre de la fumée qui s'échappait de cette multitude y contribuait telle une aromathérapie collective.

Je devais y aller avec Olivia, ma copine de l'époque, mais ça ne s'était pas exactement passé comme prévu. Elle détestait mes « petits concerts » et mes « bains de foule », et à ses yeux je n'arrivais pas à la cheville de l'homme idéal qu'était Barry Manilow (ce qui donne un bon aperçu de ses goûts musicaux). Tout ce qui s'étalait sous le soleil était ou à vendre ou à troquer : massages et réflexologie partout où il y avait assez de place pour un banc ; cholis, saris et sarouels sur un stand ; momos, samossas et naans sur un autre ; une ribambelle de bouddhas… Honnêtement, si je n'avais pas su où je me trouvais, je me serais cru à Delhi plutôt qu'à Waihi. J'en étais à mon deuxième jour sur place quand, devant un présentoir de « bagues d'humeur » qui brillaient au soleil, une fille mince à l'air fragile, avec des cheveux blonds qui lui arrivaient presque aux fesses, a attiré mon attention. Sûrement parce qu'elle semblait bouleversée – ses mains tremblaient en tenant l'une des bagues – et qu'elle était habillée bizarrement en pantalon d'équitation blanc et chemise démodée de la même couleur, sale et tachée d'herbe. Elle a jeté un regard à la ronde, comme pour trouver un témoin, et lorsqu'il est tombé sur moi, elle m'a dit : « Tu sais, les cristaux liquides réagissent au contact de ta peau. Chaque couleur représente une humeur différente. C'est comme si tu découvrais un arc-en-ciel, couleur par couleur. »

J'ai pensé qu'elle n'allait vraiment pas bien si elle avait besoin d'un objet « magique » pour déchiffrer ses émotions.

Avec un petit sourire ironique, elle a glissé l'anneau à son doigt et lui a demandé : « Comment je me sens aujourd'hui ? *Effrayée ? En colère ?*

– Perdue ? » ai-je suggéré, même si j'avais dans l'idée qu'elle était selon toute probabilité simplement défoncée.

Quand elle est repartie, il y avait ce petit quelque chose en elle qui m'avait rendu aussi curieux qu'inquiet. À sa façon de se tenir, de serrer ses bras étroitement autour d'elle en chancelant d'étal en étal, elle paraissait seule et vulnérable dans cet océan de gens. Puis elle a dérivé en diagonale, fendant la foule pour finalement déboucher dans un champ, comme emportée par le courant, et moi je me suis retrouvé à la suivre à quelques pas de distance.

Elle est allée voir deux chevaux qui semblaient somnoler dans leur enclos ensoleillé. Sa manière de leur flatter les naseaux me laissait supposer qu'elle en tirait du réconfort.

« Vous en avez marre de ces sales mouches, pas vrai ? » a-t-elle dit. Elle les a chassées de la main et a attiré la tête des chevaux contre elle, si tendrement qu'à ce moment-là j'aurais presque voulu être un cheval.

« Hé, salut. Je m'appelle Ethan. » Je suis arrivé à sa hauteur. « Est-ce que ça va ? »

De plus près, je lui aurais donné un peu moins de vingt ans. Elle avait une beauté naturelle, avec ses yeux bleu pâle en demi-lune, ses cils délavés, son nez qui prenait un coup de soleil et sa bouche mignonne, boudeuse – elle avait quelque chose de simple, de presque scandinave.

« Voyons voir… » Elle a plissé les yeux dans la lumière éclatante pour examiner la pierre de sa nouvelle bague. « Hum, j'ai vu mieux. » Quand elle a tendu la main pour me la montrer, j'aurais juré avoir entendu le mot « ambre ».

J'ai jeté un coup d'œil à la breloque. « C'est noir », ai-je dit, étonné.

Elle a froncé le nez, l'air étonné à son tour.

« La couleur, ce n'est pas ambre », ai-je ajouté.

Elle a opiné : « C'est moi, Ambre. C'est mon nom. »

Oups. Elle voulait me serrer la main. « Oh, désolé ! Je pensais que tu voulais dire que les cristaux liquides étaient… tu sais, la couleur. »

On a ri, puis on est restés là un moment, sans savoir quoi dire ni l'un ni l'autre.

« Euh, tu es venue ici à cheval ? » ai-je tenté.

Elle a regardé ses habits d'équitation et ses épaules se sont affaissées.

« Je sais… je réussis à me faire remarquer même au milieu d'un million de gens. Mon grand frère m'a conduite ici avant de se barrer avec d'autres mecs. » Elle s'est massé les tempes d'un mouvement circulaire. « On est venus au dernier moment, pour trouver un peu de paix, un refuge.

– Paix et refuge ?

– Pour qu'il ne se fasse pas tuer, juste parce qu'il réalise des piaffers et des demi-voltes ! »

Ma confusion a dû se lire sur mon visage parce qu'elle a tenté une démonstration avec des rênes invisibles. « Mon frère Daniel fait du dressage, mon père élève des chevaux. Et un garçon qui fait du dressage, pour mon père, c'est comme un *garçon* qui voudrait faire du *ballet*.

– Est-ce que nos pères ne seraient pas cousins ? Le mien pense que les cheveux longs, c'est juste pour les filles. »

À ces mots, elle s'est mordu la lèvre. « C'est parce que son cheval s'est cassé la jambe pendant qu'ils répétaient leur routine. On a dû l'abattre. »

On a continué à marcher, d'un pas lent et mesuré, vers une zone moins peuplée. Enfin, la baie s'est ouverte sur une étendue turquoise où des étincelles de lumière flottaient comme une cotte de mailles ; une odeur iodée nous est parvenue, et là on a installé notre campement. Pendant tout le reste de la journée et la nuit qui a suivi, jusque tard le lendemain, j'ai tout partagé avec elle : mes scones au fromage, mes scones aux raisins secs, mes ginger beers, mon matelas de camping et mon sac de couchage que j'ai dézippé quand la nuit est tombée pour nous protéger des moustiques. Et elle a également tout partagé avec moi : son baume à lèvres, sa connaissance des constellations du zodiaque et sa grande ambition de protéger nos océans, de sauver les animaux et d'empêcher le monde de s'effondrer. À l'exception d'une baignade – en sous-vêtements – tôt le matin, on n'a fait que parler, parler, parler. Enfin, au début, c'était surtout elle qui parlait ; moi j'écoutais. Encore et encore.

« Un cheval, c'est fort et robuste, mais en fait, au moindre faux pas c'est aussi fragile que du verre, m'a-t-elle expliqué. Un tel que celui-là coûte autant qu'une maison et Papa n'a même pas pu le sauver pour qu'il vive sa vie tranquille d'étalon. Quand un cheval se casse la jambe, l'os se brise en mille échardes, comme du verre, et ça ne guérit jamais. Le pauvre aurait trop souffert s'il avait continué à vivre. Et Papa l'adorait. Quand c'était encore un poulain, il l'avait surnommé Popcorn parce qu'il sautait sans arrêt. »

Elle m'a raconté comment son père avait d'abord pointé son fusil sur Popcorn, puis l'avait posé au sol ; marchant de long en large, il semblait chercher une autre solution, n'importe laquelle… mais, hélas, elle savait elle-même qu'il n'y en avait aucune. Elle avait alors ramassé le fusil. Les hennissements stridents de Popcorn l'avaient tellement crispée que ce n'est qu'au bruit de la détonation qu'elle avait compris que le coup de feu était parti.

Je crois qu'elle ne se souvenait pas de la moitié de ce qu'elle m'avait dit alors qu'elle était encore sous le choc ; car dans les semaines qui ont suivi, j'ai de nouveau abordé le sujet et la scène a inexplicablement changé. Cette fois, son père lui avait ordonné de rentrer et c'était lui qui avait abattu Popcorn à bout portant, et le sang avait éclaboussé Daniel de haut en bas. Est-ce que c'était pour maquiller la violence de son acte, tout nécessaire qu'il était ? Ou bien était-ce la version autorisée, servie à M. Tout-le-monde, et plus la version réservée à son confident du moment ?

Les heures ont passé et, comme la lumière changeait, j'ai pu distinguer d'imperceptibles deltas salés sur ses joues. Les vagues battaient la grève et la musique résonnait au loin, comme le tonnerre qui s'éloigne après l'orage. Un grand calme nous enveloppait et ses yeux me rappelaient la partie profonde d'une piscine, où les stries de lumière jouent avec l'eau. C'était *le* moment. J'aurais pu l'embrasser, j'aurais *dû* l'embrasser, surtout quand elle a plongé son regard dans le mien et que j'ai senti qu'elle en avait envie aussi. Ce qui m'a retenu… c'est compliqué. Je pourrais dire qu'à ce moment-là elle avait l'air trop perdue, trop submergée par ses émotions. Mais, surtout, je ne voulais pas qu'elle découvre après coup que j'étais déjà avec quelqu'un. Je ne voulais pas briser sa confiance en moi. Je voulais simplement être un mec bien et partir du bon pied.

Alberton

30 janvier 1979

À l'époque, quand on prenait le bus, on était censé déposer la bonne pièce de monnaie dans un coffret en fer appelé la « boîte d'honnêteté ». Je ne peux pas m'empêcher de me demander si cette pratique a disparu à cause de moi, parce que parfois, quand je n'avais pas de monnaie, je mettais un truc rond et plat tiré droit de la caisse à outils de mon père en me disant que ça avait plus ou moins la même valeur. Le vieux 4x4 aux allures militaires n'était pas à sa place, ce qui indiquait que les parents d'Olivia étaient déjà partis au boulot. On va juste dire que ça ne s'est pas bien passé. Les ruptures, c'est toujours difficile et épuisant – un peu comme gratter un chewing-gum collé à sa semelle.

Pendant ces quelques semaines, j'ai appelé Ambre aussi souvent que je pensais pouvoir me le permettre. Notre premier coup de fil a été surréaliste, parce que j'étais persuadé d'avoir entendu un hennissement près d'elle. « C'est un *cheval*? Qui *hennit*? » a été ce que j'ai trouvé de plus intelligent comme question. Il serait difficile d'expliquer pourquoi sa réplique – « C'est une *voiture*? Qui *klaxonne*? » – nous a plongés dans un tel fou rire. Peut-être que c'était juste l'euphorie de se parler de nouveau. Ces appels étaient le meilleur moment de mes journées et, parfois, elle me disait quelque chose qui me faisait encore rire des heures après avoir raccroché. Par exemple, la semaine suivant Nambassa, elle m'a raconté qu'elle était en train d'empiler des bûches un après-midi quand elle avait vu deux Témoins de Jéhovah s'approcher de sa maison – elle avait reconnu le couple, qu'elle avait déjà repéré quelques mois auparavant – et, vite vite, elle s'était cachée derrière ses bûches, se félicitant de ne pas avoir été aperçue... jusqu'à ce qu'elle se retrouve pile devant eux, qui avaient fait le tour du tas de bois. Elle était restée accroupie, sans bouger, pendant que l'homme citait la Bible en brandissant une bûche : « Ne te dérobe pas à l'Éternel Dieu au milieu des arbres du jardin ! » La semaine d'après c'est moi qui l'avais fait rire à propos d'un devoir que j'avais eu à présenter à l'Auckland Technical Institute : filmer la mer en noir et blanc. Au visionnage des rushes, une fêlure noire, agaçante, dansait dans tous les sens, car le vent avait soufflé un de mes cheveux devant l'objectif ! J'ai tout juste réussi à obtenir la moyenne en expliquant à l'examinateur que c'était exprès, que j'avais voulu suggérer par là la texture du réel et la facilité avec laquelle on peut le briser – à tout instant, comme nos propres vies, si fragiles.

On avait un téléphone mural, accroché sous l'escalier de notre modeste salon. Même quand il y avait le JT à la télé, aucune info n'était aussi juteuse pour Maman et Papa que celles qu'ils pouvaient glaner sur l'histoire entre moi et la « fille nouvelle » en laissant traîner leurs oreilles. Pourtant il s'agissait parfois de trucs un peu bêtes, comme notre compatibilité : moi Poissons, elle Verseau, puisqu'elle était née trois jours avant moi. Enfin, *trois ans* après moi, mais son anniversaire était *trois jours* avant le mien, le 17 février 1961. Donc à quelques semaines de ses dix-huit ans, sujet qui semblait particulièrement intéresser mes parents. Il faut dire qu'à cette époque, n'importe qui à la maison savait qui j'appelais, d'abord à cause de l'indicatif, super long pour atteindre les endroits paumés comme celui où elle habitait – 07127 –, ensuite parce que le numéro de téléphone lui-même ne se composait que de quatre chiffres, réussissant quand même à finir avec deux fois le 1, et ce rythme vendait la mèche. Victoria, ma petite sœur, se faisait un devoir de signaler ces appels, qu'elle écoutait elle-même en cachette sur l'autre appareil, dans la cuisine. Je vivais un Watergate dans ma propre maison. Maman la laissait manigancer en toute impunité, probablement parce que cette cafteuse lui rapportait tout.

Un jour, j'ai demandé à Ambre si je pouvais passer lui rendre visite un dimanche avec Ben, mon meilleur ami. Le choix de Ben avait été mûrement réfléchi. Il avait une Suzuki Fronte de 1969, en assez bon état pour faire le trajet, mais pas en assez bon état pour me faire passer pour un gros naze qui n'avait pas sa propre caisse. En plus, Ben avait une fossette au menton, on aurait dit les fesses d'un bébé prématuré ; donc, à moins qu'Ambre ait un instinct maternel surdéveloppé, j'étais en sécurité aussi côté physique. Mais Ambre était vraiment désolée car elle devait se rendre à une foire à Feilding avec son père pour y présenter des « pères » potentiels (qui étaient dans le monde du cheval, comme je l'ai appris à l'occasion, des trotteurs mâles très recherchés pour un accouplement avec les « mères »). Le week-end suivant, elle était « vraiment, vraiment désolée », mais c'était le soixante-dixième anniversaire de sa grand-mère. Même si elle appréciait beaucoup nos appels, j'avais l'impression qu'elle n'avait pas le droit de me parler ou de me voir « en vrai », parce que nos conversations se terminaient souvent par un abrupt « Il faut que j'y aille ! » ou « À plus ! » puis le bruit du combiné raccroché précipitamment si son père arrivait à proximité.

Quelques soirs plus tard, pour avoir un peu d'intimité, je me suis enfermé dans une cabine téléphonique rouge. Ambre a décroché dès la première sonnerie et je lui ai dit rêveusement que je voulais seulement entendre le son de sa voix.

« Non, jeune homme, a dit la voix. Je suis la mère d'Ambre. » L'erreur m'a fait l'effet d'une douche froide.

« Oh, désolé ! ai-je bégayé. Vous devez être madame… » C'est ainsi que je me suis rendu compte que je ne connaissais pas le nom de famille d'Ambre. Pour moi, elle était juste « Ambre » comme « Cher » était, ben… Cher.

« Deering, a complété sa mère pour m'aider.

– Madame Deering. Est-ce que je pourrais parler à Ambre ?

– Elle est partie porter de l'eau aux chevaux, elle devrait revenir à tout moment. »

Pendant les longues minutes d'attente, mon rouleau de pièces de monnaie descendait à la vitesse d'une mèche de pétard allumée. La seule personne à s'infiltrer dans notre appel de temps en temps, c'était leur voisin curieux (chez Ambre, ils avaient des lignes partagées), mais j'étais convaincu qu'abandonner reviendrait à raccrocher au nez de sa mère. J'entendais distinctement chaque pièce tomber avec un bruit métallique et les borborygmes gloutons du téléphone qui les avalait. Lorsqu'il a gobé la dernière, comme il l'a fait de mon espoir, le téléphone a raccroché tout seul.

10 mars 1979

Je suis arrivé avec une demi-heure d'avance de crainte d'avoir une demi-heure de retard, vu l'impossibilité de prédire l'état du trafic à Auckland. Papa avait gentiment accepté de me prêter sa camionnette de travail, mais j'avais décidé de me garer plus loin pour que personne ne voie, inscrit sur le flanc du véhicule, l'éclair assorti de la demi-vérité « Ni trop facile ni trop dur – services sur mesure » (certains jobs étaient trop durs et dangereux pour lui seul, en revanche aucun n'était trop facile pour qu'il le refuse). Je n'étais pas très à l'aise non plus à l'idée de sortir de cette camionnette dans un costume flambant neuf: ça donnait l'impression soit que j'avais saisi l'une pour défaut de paiement, soit que j'avais volé l'autre.

Quand Ambre m'avait parlé du « gala de charité » au 100 Mount Albert Road, elle n'avait pas une seule fois spécifié qu'il se tiendrait à la Villa Alberton, l'imposant manoir blanc affublé de deux tourelles prétentieuses. Jusque-là, je m'imaginais que notre prochain rendez-vous se situerait sur son terrain, chez elle, à la ferme de ses parents. (C'est toujours une ferme quand il s'agit de chevaux?) Ignorant presque tout de l'élevage de chevaux, je me représentais bien Ambre, coiffée de deux longues nattes, offrant dans ses paumes ouvertes de la paille ou du foin (quelle différence entre paille et foin?) à manger à une tripotée de chevaux. Naturellement, je savais que je serais hors de mon élément, mais j'avais l'impression qu'on était plus ou moins sur un pied d'égalité, rat des villes et rat des champs. Puis j'ai posé les yeux sur cet endroit et, soudain, tout son discours sur les « étalons », les « lignées » et le « dressage » a fait clignoter dans mon esprit les mots « trop bien pour toi ». J'ai tenté de chasser cette pensée. Après tout, je savais que j'étais un type correct, qui la traiterait comme une princesse; qu'en plus je travaillais dur pour arriver quelque part dans la vie – et que, de toute façon, on n'était pas en Angleterre, ici on s'en foutait de ces conventions si snobes.

Mes chaussures neuves en cuir verni glissaient un peu. Je me sentais de moins en moins à ma place en voyant tous ces gens, sur leur trente-et-un, qui se dirigeaient vers le même endroit que moi. Il pleuvait, juste une bruine légère, et déjà les parapluies se déployaient en oignons de coupoles russes, tandis que les seuls parapluies que possédait ma famille se métamorphosaient en tulipes à la première bourrasque. J'ai gravi des marches aussi basses que des dominos tombés, traversant des effluves de parfums peu compatibles. Une fois à l'intérieur, on tombait d'abord sur ces gens qui faisaient l'appel à l'envers : il fallait décliner son nom pour être rayé de la liste. L'obstacle suivant, c'étaient les dames qui débarrassaient les arrivants de leur superflu, mais je n'avais rien dont je pouvais me débarrasser sans me sentir à poil. L'œil inquiet, Ambre veillait, au cas où j'aurais du mal à entrer – malgré tout, j'ai bien failli passer devant elle sans la reconnaître. Ses cheveux coiffés haut et ses sandales à plateformes rendaient mon mètre quatre-vingts soudain insuffisant.

Elle m'a fusillé du regard, mimant la colère, les poings sur les hanches. « Deux mois et tu ne te souviens plus de moi ? J'espérais avoir fait une plus forte impression !

– Qu'est-ce qui est arrivé à ton œil ? » ai-je demandé. Son maquillage ne camouflait que partiellement, sous un fard bleu sombre, un hématome bien réel.

« Oh, c'est ça ton prétexte pour ne pas m'avoir reconnue ! » Elle s'est frappé le front en riant. « On a un étalon qui refuse de devenir trotteur et qui n'arrête pas de partir au galop. Je le menais à la longe hier et il est devenu dingue, il balançait la tête de tous les côtés et s'obstinait à couper le cercle. » Elle s'est mordillé un ongle. « Il a juste un esprit libre. Il s'appelle Douce Nuit.

– Douce Nuit ? » ai-je répété, incrédule.

Elle a pouffé : « Ce sont ceux avec les noms comme "Douce Nuit", "Sérénité" ou "Mérinos" qu'il faut garder à l'œil.

– Je ne suis pas sûr que je miserais sur un cheval qui a un nom de matelas.

– Tu aurais tort. »

Elle a esquissé un sourire taquin, prête à répondre du tac au tac. Nous sommes restés à nous contempler. Quelque chose passait entre nous. Grâce à mon père, j'avais certaines notions d'électricité et, là, il aurait plutôt parlé de « courant fort ».

« Je vois que tu n'as pas changé », a-t-elle repris. Puis elle a réprimé un rire à la vue de mon costume : « Enfin, pas *trop*.

– Moi non, mais toi oui. » Je l'ai dévisagée de la tête aux pieds, d'un regard assez loin d'approuver.

« Allez, viens, on va prendre un verre, je me sens toute nue sinon », a-t-elle soupiré en se dirigeant vers une pyramide de coupes remplies de petites bulles, pendant que mon choix se portait sur un Bloody Mary.

« On appelle ça la *gymnophobie*, la peur d'être tout nu. C'est le copain dont je t'ai parlé, Ben, qui a vu ça en psycho. Toutes les peurs ont un nom, même les plus bizarres.

– Ce dont j'ai le plus peur, c'est de tomber. Je rêve que je tombe dans l'escalier, sans rampe ni rien pour me retenir et je me réveille en sursaut. Je n'ai pas peur de tomber de cheval, ça m'arrive tout le temps. Mais tomber de l'aile d'un avion ou d'un mât de bateau, je panique rien que d'y penser.

– Un vertige commun, rien de très surprenant. Tu veux du vraiment bizarre ? La peur des barbes, ça existe. Si, si, sérieusement. Peut-être parce que avec une barbe un homme ressemble à une bête. On appelle ça la *pogonophobie*.

– Et toi ? » Elle a plissé les yeux au moment de trinquer. « Dis-moi, c'est quoi ta plus grande peur, à toi ? »

Il y avait, au-delà de ses mots, quelque chose qu'elle a essayé d'atteindre au moment où nos yeux se sont rencontrés. On en était là quand s'est approché un homme grand (un mètre quatre-vingt-dix ?) et élégant, qui devait être son père. À mon grand désarroi, il portait… une barbe. Grise et soignée, certes, mais une barbe reste une barbe – j'avais mis les pieds dans le plat. Il m'a jaugé d'un air vaguement curieux, puis il a passé son bras autour des épaules nues d'Ambre, dans un geste de familiarité qui évoquait la possession ou la propriété ; quelque chose clochait dans son geste, trop lent, trop explicitement tactile. J'ai compris alors que ce n'était pas son père, plutôt un homme *assez âgé* pour être son père, voire peut-être son *grand-père*. Pendant ce temps, qui n'a probablement duré que quelques secondes, mon visage a dû mal dissimuler ma stupéfaction… parce qu'un coin de la bouche d'Ambre s'est crispé, comme si elle était désolée que je désapprouve, mais qu'elle n'allait pas pour autant me cacher ce type. Pourquoi m'avoir demandé de venir ? Pour que je sois témoin de ce qu'elle s'infligeait ? Ou pour que je vole à sa rescousse, en héros ? Ou juste en tant qu'ami ?

« Stuart, Ethan. Ethan, Stuart. » Sa main a volé de lui à moi. « Ethan est écrivain, a-t-elle ajouté fièrement.

– Presque, ai-je corrigé. Scénariste, en fait. Je commence à peine, je suis encore étudiant. »

Stuart, de ses deux mains, a pris la mienne dans un geste chaleureux et paternel, puis à mi-voix il s'est adressé à Ambre : « Ça m'inquiète, Tanya devrait déjà être là. » Il avait un accent distinctement britannique.

« Votre femme ? » ai-je demandé.

Ambre m'a décoché un regard qui voulait dire « Tais-toi » avant d'énoncer avec calme : « Tanya est la fille de Stuart. »

J'ai bu une gorgée en essayant de comprendre. Ça ne cadrait pas ; notre lien, notre façon de parler et de rire ensemble au téléphone, et maintenant voilà qu'elle était avec lui, un genre de vieux beau BCBG. Selon mes calculs, il était né quelque part dans l'entre-deux-guerres. Je ne parle pas de la Corée et du Vietnam, oh non, je parle des deux guerres mondiales !

Apparemment, Ambre avait suivi le fil de mes pensées parce qu'elle a évité mon regard et, tout à coup, a paru faible et fatiguée, comme si elle souffrait d'un mal qu'elle gardait pour elle. Des ennuis avec son père? L'hypothèse a suffi pour m'adoucir. À ce moment-là, il m'est devenu impossible d'ignorer le mouvement général qui nous poussait vers les tables, où des serviettes en tissu se déployaient en queues de paon. Mais mon estomac était noué à cause de ce qui venait de se dérouler et l'arôme du bœuf aux trois légumes me laissait totalement indifférent. Sans savoir comment, je me suis retrouvé piégé dans un dîner chicos, à essayer de suivre les conversations de mes voisins de table, mais ma bouche n'articulait que mollement les monosyllabes que j'espérais appropriées: Oui. Cool. Non? Ah. J'ai dû passer pour un rabat-joie de première.

Toute mon attention se focalisait sur ces deux-là, assis de l'autre côté de la salle, que de temps en temps je faisais mine de survoler du regard pour laisser mes yeux errer dans leur direction. J'ignorais encore que Stuart était le Stuart Reeds de Reeds & Anderson Investors; à Auckland, tout le monde avait vu les grands panneaux publicitaires de l'entreprise – deux mecs de la finance en costards et cravates qui juraient (pois contre rayures, l'équivalent mode de King Kong contre Godzilla), assortis d'un slogan sur l'importance d'une bonne coordination. J'ai compris que c'était lui seulement lorsque le maître de cérémonie s'est levé et a remercié les donateurs « nouvellement acquis à la cause » pour leur « générosité en faveur de la protection de l'environnement », et spécialement Stuart qui, modeste, affrontait les applaudissements du mieux possible. C'était sûrement Ambre qui l'avait traîné ici. Ensuite, vers le milieu du repas, une femme âgée est apparue, déambulant parmi les tables à la recherche d'une place, jusqu'à ce que Stuart récupère une chaise et la fasse asseoir près de lui. Son geste a provoqué en moi une vague de questions : est-ce que j'avais tout faux depuis le début ? Peut-être que c'était elle, la femme de Stuart ?

Ou peut-être pas. Étant donné qu'au dessert, quand tout le monde s'est levé pour aller vers l'opulent buffet, et que Stuart et Ambre ont suivi le mouvement, j'ai vu leurs mains se toucher brièvement dans le dos de Stuart, comme si personne ne devait s'en apercevoir. Il tenait l'assiette d'Ambre et la servait selon ses volontés – vraiment, on aurait dit une gamine trop petite pour le faire elle-même. Alors qu'elle revenait à sa place – une gelée tremblotante et une part de pavlova glissant dans son assiette –, elle a croisé mon regard et m'a fait un signe du bout des doigts, comme s'ils essuyaient un peu de buée sur un miroir. Je me suis forcé à lui sourire, puis j'ai contemplé le bœuf, les carottes, les petits pois et le monticule d'écrasé de pommes de terre, qui composaient dans ma propre assiette une remarquable *nature morte**[1]. Que je n'avais pas vraiment envie de manger.

1. Les mots et expressions en italique suivis d'un astérisque sont en français dans le texte.

Le Pot de colle

Mi-mars 1979

Les nombreux jours et nuits suivant l'épisode d'Alberton, j'ai examiné Stuart sous toutes les coutures en essayant de me mettre à la place d'Ambre pour le voir à travers ses yeux énamourés. Émanaient de lui un certain glamour, une autorité naturelle, une impression de richesse généreuse et une humilité absolue. Il avait réussi, c'était clair – or malgré moi je n'étais pas entièrement exempt d'envie à l'égard de ceux qui réussissent. Pas mal conservé non plus, pour son âge. De la tête aux pieds, tout en lui exsudait le goût raffiné et discret de l'élite qui sillonnait les cieux et connaissait les meilleures boutiques détaxées dans le monde. L'élégance de ses chaussures faites sur mesure, l'éclat subtil de sa montre, la coupe cintrée de sa veste – chaque élément apportait à l'ensemble quelque chose de distingué qui avait sûrement coûté très, très cher. Je le soupçonne d'avoir fait des efforts pour la coupe cintrée – pas pour payer la veste, pour entrer dedans : limiter son alimentation et sa consommation d'alcool, fréquenter la salle de gym avec une austère régularité… et aussi, je suppose, faire preuve d'une volonté exemplaire, vu qu'il pouvait embarquer dans son Caddie le moindre de ses désirs.

La première image qu'il renvoyait était celle d'un homme bienveillant, charitable – toutes ces qualités insérées dans les mots cachés que j'entourais d'un cercle, autrefois, à l'école catholique. Son visage avait quelque chose de vénérable, comme celui du plus vieux des rois mages dans une bible illustrée pour enfants – en général celui qui apporte la cassette d'or. Ses yeux bleu-gris, assez rapprochés sous des sourcils gris pensifs, ses pommettes hautes, ses lèvres épaisses et graves, et son nez assez fort, aux narines légèrement retroussées, tout semblait signaler qu'il était conscient du monde autour de lui, moins de lui-même, en tout cas moins préoccupé ; il était naturellement hâlé grâce au temps passé au grand air, mais ses dents semblaient d'un blanc surnaturel – sans doute une sorte de blanchiment qu'il pouvait aussi se payer.

Ce qui me dérangeait, c'était que, si Ambre m'avait rembarré pour se tourner vers quelqu'un de mon âge, le choc aurait été dur ; pourtant, avec le temps, j'aurais pu le digérer. Mais me préférer un vieux ? Du haut de mes vingt et un ans, même un homme *de l'âge de mon père* (comparé à Stuart, seulement *quarante-sept ans*) m'aurait paru un vieillard. Imaginez donc ma stupeur devant un homme à quelques longueurs de canne de l'âge de la retraite ! Non mais franchement, elle se projetait où avec lui dans dix ans ? Dans une *maison de retraite*, à s'amuser comme une folle ? Sur des terrains de golf, avec lui et ses copains gâteux, tous en mocassins pie à glands ?

Ces pensées finissaient souvent en fantasmes grotesques de rendez-vous à trois à la piscine publique pour y faire quelques longueurs (pas très compliqué de deviner qui avait le couloir rapide, qui le couloir moyen et qui écopait du plus lent). Un seul regard à mes pecs et mes biceps gonflés pendant que j'enlevais mon T-shirt la ferait ciller plusieurs fois et elle reprendrait ses esprits – même si, soyons honnêtes, je n'étais pas tout à fait Hulk. Et, puisque je n'avais pas bougé le petit doigt quand elle m'avait pratiquement imploré de l'embrasser, il fallait que cette fois ce soit moi qui fasse un pas vers elle. Il est vrai que ce « pas » consistait dans un premier temps à insérer mon doigt dans le cadran du téléphone et à rassembler tout mon courage pour le faire tourner.

« Allô ? » Elle avait une voix faible.

« Ambre ? » J'étais sûr que c'était elle et pas sa mère, ce coup-ci.

« Ethan ! » Son soulagement était palpable, comme si elle avait eu peur que je n'appelle plus jamais. Après tout, samedi soir j'étais parti sans dire au revoir alors qu'ils étaient en plein milieu d'une danse disco. Et je peux dire que Stuart, victime des cours de danse de salon appliquée au disco, c'était pas vraiment ça. Il avait l'air tellement faux, tellement anachronique, agrippé à elle comme s'il avait peur de la faire tomber en la penchant trop en arrière : résultat, sa robe fendue s'ouvrait beaucoup trop et ses cheveux dénoués essuyaient le sol comme une serpillière. J'avais failli l'obliger à virer ses sales pattes pendant un tube criard des Frères Gibb (ou plutôt des Sœurs Gibb, si tu veux mon avis) qui chantaient « More Than a Woman », « Plus qu'une femme » – mon cul ! À peine plus qu'une *fillette* !

« Mon pauvre, j'espère que tu ne t'es pas trop ennuyé l'autre soir ?

– Non, non, c'était super, ai-je menti en serrant les dents.

– Alors, tu as apprécié Stuart ?

– Euh, il est sympa, d'après ce que j'ai vu, sans vraiment le connaître ni rien… » J'ai poursuivi, aussi naturellement que possible : « Vous vous êtes rencontrés comment ?

– Par Tanya. Stuart a trois enfants. Les deux aînés sont en Angleterre. Fiona est mariée avec un golden boy à la Barings Bank. Ils ont une petite fille et un autre bébé en route.

– Donc il est *grand-père.* »

Mon intention sarcastique n'a réussi qu'à l'exalter davantage et elle s'est exclamée « *Ouiiiii!* » comme si c'était tout aussi incroyable pour elle.

« Et Charlie est au milieu, il vient de débuter dans un cabinet d'avocats réputé. Tanya, elle, a mon âge. On s'est beaucoup rapprochées, Tanya et moi, quand elle a perdu sa mère. Tu savais que Stuart était veuf?

– Euh non, j'ignorais. » Donc Stuart n'était pas entièrement mauvais. « Toutes mes condoléances. Quand est-ce que… c'est arrivé?

– Il y a presque un an. Elle était sur la route, il y avait quatre gars en face, bourrés, le conducteur a été tué aussi.

– Tu la connaissais… la femme de Stuart?

– Tanya et Stuart m'en ont tous les deux tellement parlé, c'est comme si je l'avais connue, a-t-elle répondu avec émotion. J'ai aussi passé beaucoup de temps à contempler des photos d'elle. Tu sais, on peut sentir les gens comme ça, grâce à leur regard. Tanya m'invite parfois à dormir chez eux et toutes les photos sont encore là. »

Je l'imaginais parfaitement dans la chambre d'enfant de Tanya, je la voyais se glisser hors de son lit, passer devant des poupées aux yeux doux et vides, descendre le long couloir à pas de loup et s'introduire dans le lit double de Stuart pour se lover contre son corps chaud aux poils grisonnants. La décoration marine, le jeté de lit, les tentures, tout bleu marine et blanc immaculé… les planches de parquet polies, très larges comme sur un pont de bateau. Peut-être trois nœuds nautiques encadrés en diagonale sur un mur, dont lui seul connaîtrait le nom et la fonction – comme il connaissait probablement chaque nœud de la vie.

La voix d'Ambre a pris un accent plus léger.

« Ce qui est drôle, c'est que Tanya connaissait Danny avant de me connaître, à cause des compétitions de dressage.

– Danny ?

– Mon frère, idiot ! Tanya pense qu'il est gay. Mais toutes les filles pensent ça d'un mec qui ne tombe pas fou amoureux d'elles, non ? »

Est-ce que c'était une allusion, glissée incidemment ? Elle n'avait jamais cru que j'étais… *gay*, si ?

« Je dois te dire un truc important. » Brusquement elle est redevenue sérieuse. « Je te fais assez confiance pour… Je sais que tu ne jugeras pas. »

Je retenais mon souffle.

« Mon frère… Il est vraiment… gay. À la maison, c'est terrible. Tu vois, Papa, il va droit au but, il élève des chevaux, pour lui un mâle ça s'accouple avec une femelle. Il dit que c'est dans l'ordre des choses, un ordre voulu par la nature pour, au bout du compte, créer de la vie. Qu'est-ce que tu veux que je te dise ? Il pense qu'un cheval n'a que quatre allures naturelles et donc que le dresser à "se pavaner" et à "danser" est l'exemple de tout ce qui est "anormal", "immoral" et "illégal" chez Danny. »

Elle s'est mouchée pendant que ses mots se frayaient un chemin dans mon cerveau. « Maman n'était pas exactement folle de joie non plus, mais c'est quand même son fils chéri, rien ne pourra jamais y changer quoi que ce soit. Et moi, je l'aime, c'est mon frère, je le prends comme il est. Mais si j'ai le malheur de dire "Il n'a pas choisi", Papa écrase son poing contre le mur et se met à hurler : "Bordel de Dieu, s'il peut dresser un cheval à danser contre nature, il peut bien se dresser lui-même à faire comme la nature l'a voulu !" Parfois j'ai juste envie de ficher le camp d'ici.

– Si ça peut te rassurer, tes parents ne sont pas les seuls. Les miens m'auraient renié si j'étais gay. Mais au cas où tu te poserais la question, je ne le suis pas. »

Il y a eu un silence pesant. Puis j'ai changé de sujet pour revenir à elle. « Quand est-ce que… Stuart et toi… » Je n'arrivais pas à le formuler.

« Hum, euh, mon Dieu, difficile à dire. On était de sortie sur le *Santa Kathrina* – c'est le bateau qu'il a nommé en hommage à sa femme – il y a quatre semaines. » Ambre s'est arrêtée un moment, comme si elle se rejouait mentalement la scène. « C'était Tanya qui tenait le gouvernail quand une vague nous a frappés par surprise. Il m'a attrapée pour m'aider à garder l'équilibre et puis il ne m'a pas lâchée. Il me regardait dans les yeux, les siens étaient humides. Là, j'ai compris. *Oh oui.*

– Comment est-ce que Tanya l'a pris ? ai-je demandé, dans l'espoir que cette fille que je ne connaissais pas lui ait posé un ultimatum radical.

– C'était gênant au début, a-t-elle reconnu, son enthousiasme soudain refroidi. C'était elle qui n'arrêtait pas de me dire que son père avait l'air de beaucoup m'aimer, puis du jour au lendemain elle a pris ses distances avec moi. Mais maintenant on est redevenues amies comme avant, et on s'est promis juré de ne jamais laisser cette histoire se mettre entre nous.

– Les autres enfants de Stuart le savent ? »

Le frère et la sœur aînés devaient bien trouver quelque chose à redire à ce scandale ?

« Il a été *com-plè-te-ment* transparent. Stuart ne ferait rien dans le dos de quelqu'un, ce n'est pas son style. Non qu'il leur demande la “permission”. On est adultes, on n'a besoin de la “permission” de personne pour vivre comme bon nous semble. »

Sa clarification avait un petit côté récitation, comme un texte appris par cœur.

« La pilule n'est pas très bien passée avec Charlie, a-t-elle admis à voix plus basse. Il n'a que sept ans de plus que moi, mais il a dit que j'étais “trop jeune, même pour lui”. Sans rien savoir de moi. Fiona, quand elle a su, elle a pété les plombs. Ils viennent de perdre leur mère, alors je suppose que ça prendra du temps, mais ils vont finir par l'accepter, Stuart ne se fait pas de souci.

– Et tes parents ? Ils sont d'accord pour que tu sortes avec un mec de leur âge ?

– Oh, il est même plus vieux qu'eux. Maman n'a que quarante-trois ans, Papa, cinquante-deux. Et Stuart, tu ne vas pas me croire, il va bientôt avoir *cinquante-huit ans* ! Mais Papa travaille si dur physiquement que, si tu le rencontrais, tu dirais que c'est l'inverse. »

Là, je lui ai demandé si elle trouvait raisonnable d'être avec un sexagénaire – c'était un terme employé par Ben en psychologie du développement. Techniquement, il était encore quinquagénaire, mais plus que deux ans et c'était fini, alors j'ai arrondi. Quinquagénaire ou sexagénaire, de toute manière il aurait été plus convenable qu'il fasse de l'œil à sa mère, voire sa grand-mère, n'ai-je pas pu m'empêcher d'ajouter, pour le plaisir de l'effet. J'en avais encore sous le pied, mais le bruit familier des clés dans la serrure s'est fait entendre et ma mère est entrée en trombe, le souffle court d'avoir porté un sac de courses, ce qui signifiait qu'il y en avait encore beaucoup qui m'attendaient dans le coffre de la voiture. L'instant d'après, je me suis retrouvé à ranger à la chaîne des conserves de maïs doux, de purée de maïs, de maïs en grains, de bébés maïs sur les étagères du cagibi. Il devait y avoir une promo sur les produits Wattie's et Maman avait dû se dire qu'il était temps de refaire les « réserves alimentaires », qu'on finissait immanquablement par manger vers la fin du mois (pas à cause d'une catastrophe naturelle mais de l'état de nos finances).

Comment un homme pouvait-il s'intéresser à l'amie de sa fille ? Quel genre de malade faisait ça ? D'après Ambre, Stuart aurait commencé à lui manifester son intérêt malsain six mois après la mort de sa femme. « *Pas le style de Stuart.* » Bah voyons. On en parle, du principe d'en pincer pour l'amie de sa fille ? Petit à petit, ma colère s'est dirigée contre Ambre. Qu'est-ce qu'elle essayait de se prouver au juste ? Qu'elle était tellement intelligente et tellement mature ? C'était principalement après son *corps*, son *apparence*, sa *jeunesse* qu'il en avait, comment faisait-elle pour ne pas s'en apercevoir ?

Je me suis forcé à manipuler doucement les œufs en les posant dans les réceptacles concaves de la porte du frigo. J'ai toujours vu cet alignement comme un couloir de la mort. Puis je suis allé m'asseoir aux toilettes, juste m'asseoir, couvercle baissé, sans rien faire. Comme les œufs dans le couloir de la mort. Le seul endroit dans notre quatre-vingt-dix mètres carrés où on pouvait trouver un instant de paix, même s'il ne devait pas durer.

J'ai passé les je ne sais combien de minutes suivantes à détailler une affiche punaisée à la porte poncée qui attendait encore la couche de peinture promise. « La Ville des Voiles ». Lequel de ces bateaux de luxe pourrait être celui de Stuart ? Celui avec le pont volant ? Ou celui avec des trucs à l'arrière comme des perches de saut en hauteur ? Et ça, c'était quoi ? Des antennes ? Des cannes pour pêcher à la traîne ? Le « *Santa Kathrina... en hommage à sa femme* »... Stuart l'avait sauvée des flots et lui avait jeté un tel regard qu'elle « *avait compris* »... Westhaven Marina, rien de plus qu'un endroit prétentieux où amarrer son bateau, laisse-moi te dire. Si seulement j'avais le droit à la parole. Mais que je dise à Ambre la moitié de ce que je pensais – qu'elle devrait oublier la planète et entamer une formation en gérontologie, ou acquérir la technique du massage cardiaque et de la réanimation cardiorespiratoire pour pouvoir sauver Stuart quand l'heure viendrait –, et je pouvais dire adieu à mes chances avec elle. Ne serait-ce que l'amener à m'*aimer bien* comme avant relèverait de l'exploit, alors m'*aimer tout court*... Il était peu probable que sa relation avec Stuart dure ; c'était une toquade, pas de l'amour. Elle avait besoin de se sentir adulte et lui de se sentir jeune à nouveau après la mort de sa femme. Leur histoire commencerait à se fissurer en moins de deux. Elle voudrait faire ce qu'on fait quand on est jeune (danser comme une folle, parler de tout et de rien pendant des heures) et il voudrait faire ce qu'on fait quand on est vieux (*ne pas* danser comme un fou, *ne pas* parler de tout et de rien pendant des heures). Ajouté à cela la tension entretenue par deux de ses trois enfants qui n'acceptaient pas la situation. Bref. Je leur donnais un mois, à la louche.

À force d'être assis je commençais à avoir mal aux fesses, alors je me suis levé pour jeter un coup d'œil dans le miroir sur lequel on voyait encore un vague point d'interrogation laissé par du produit nettoyant. Ben s'était plaint un jour du fait que les filles couraient après moi et pas après lui, parce que j'étais censé ne pas être mal de ma personne, avec ma « tignasse désordonnée de cheveux noirs », mes « yeux bleus rêveurs » et ma « peau claire » qui me donnaient un air « artiste » et « poète ». Qu'est-ce qu'il avait voulu dire ? Que j'étais « joli garçon » comme Mick Jagger à ses débuts, ou un gars au visage poupin ? J'ai enlevé d'un coup sec l'élastique qui retenait ma queue-de-cheval, en arrachant quelques cheveux par accident. Quand j'avançais ma mâchoire, je ressemblais à un homme de Cro-Magnon et si je redressais les épaules je perdais tout naturel. Je n'avais pas de secrétaire, pas de panneaux publicitaires à mon nom et à celui de mon entreprise florissante. Pas de yacht non plus. Je n'étais personne d'« important ».

Une conversation avec Ben s'imposait. On s'est donné rendez-vous à Myers Park, où il occupait déjà avec ses livres un banc griffé d'initiales d'amoureux comme autant de cicatrices.

« Je vais te dire ce qu'elle lui trouve. *Un yacht.* Il la laisse l'emprunter quand elle veut et inviter ses amis, me suis-je lamenté. D'ailleurs, ses amis sont tous verts.

– De jalousie ? » Il a refermé son livre. À l'évidence, ça devenait intéressant.

« Non, écolos, tu sais – sauver la planète, les baleines, faire des câlins aux arbres, tout ça.

– C'est extrêmement généreux de sa part », a-t-il dit avec un lent hochement de tête.

Je sentais l'admiration poindre – fallait-il que lui aussi s'y mette ?

« Comme s'il en avait quelque chose à foutre de l'environnement !

– Qu'est-ce que t'en sais ? »

Il a froncé les sourcils.

« Combien d'hommes de son âge, qui travaillent dans la finance, as-tu déjà vus à Nambassa ? Il essaye juste de l'impressionner en faisant semblant de s'en préoccuper. »

Bref, inutile de parler à Ben, il ne comprenait tout bonnement pas les gens.

Avril et mai 1979

Ma vie commençait à prendre l'allure d'une vaste salle d'attente. Attente rendue plus difficile encore par la fin du semestre à l'Institut technique d'Auckland. Durant ces derniers mois, je m'étais concentré de façon obsessionnelle sur les jeux d'ombre et de lumière: on avait appris que, bien manipulé, l'éclairage peut littéralement illuminer le caractère de n'importe qui – une boîte à lumière adéquatement placée, une très légère surexposition et le tour est joué. De la même manière, quelques ombres accentuées, devenues suppurations et pourrissements visibles de l'âme, peuvent avilir l'être le plus inoffensif. En classe, un professeur nous avait expliqué que les effets d'ombre et de lumière avaient eu de réelles conséquences pendant le premier débat présidentiel télévisé aux États-Unis, dix-neuf ans plus tôt, et nous avait mis en garde contre leur influence sur l'inconscient. Et voilà que je me retrouvais à m'en servir tout à fait consciemment pour construire les personnages d'Ambre et de Stuart, la nimbant en esprit d'une aura de pure lumière blanche pour la transformer en ange; alors que lui, je lui taillais un profil fait d'ombres maléfiques jusqu'à le changer en une espèce de monstre. Durant ces heures d'insomnie crépusculaire qui s'égrenaient avec lenteur, se succédaient les mues nocturnes de Stuart, du vicelard au pervers et du pervers au vieillard édenté, au vampire qui se rassasie de sang frais dans sa quête de jouvence éternelle.

J'ai dû être vraiment influencé par ces jeux d'ombre et de lumière parce que, lors de notre rencontre suivante, j'ai été surpris de découvrir que Stuart n'était pas du tout comme l'image que j'avais développée dans la chambre noire de mon esprit. Bien sûr, ce n'était pas un fringant jeune premier (autant le répéter), mais il n'arrivait pas non plus aux portes de la sénilité, il n'avait pas de longs doigts crochus et avides. Il est vrai qu'il avait des dents très blanches pour son âge, mais on était loin du blanc fluorescent des canines de vampire dont on se retrouve nanti si d'aventure on commet l'erreur de sourire sous lumière bleue. En fait, à le revoir en chair et en os, je n'arrivais pas à croire à quel point il était *humain*.

Pendant ces mêmes heures sous la lune, je m'étais aussi représenté Ambre en fillette prépubère, qui suce son pouce et fait la moue. Leur amour n'en était que plus tabou. Là aussi, un coup d'œil m'a détrompé. J'étais certes biaisé mais je ne pouvais nier sans mauvaise foi qu'elle était plus femme que petite fille, s'efforçant sur sa balançoire de se propulser plus haut. Même s'il lui arrivait parfois de déconner comme une gamine avec moi, elle était en âge de consentir légalement. Bref, elle était totalement adulte. On pouvait toujours émettre un jugement moral sur leur relation, mais il n'y avait certainement pas d'objection *légale* pour l'interdire. Cette réalité m'a rattrapé un jour au Pot de colle, à deux pas de chez moi à Ponsonby. Ce n'était pas seulement pour la proximité que j'avais élu cette taverne en particulier, c'était aussi dans l'espoir de voir s'y produire certaines situations. Scénario n° 1 : sur une musique rock live, dans la fumée des clopes, des gars en cuir noir descendent des pintes de binouze… et la porte s'ouvre en grand. Entre Stuart en costume d'affaires, attaché-case à la main, et un silence de mort descend sur l'assistance, comme à l'arrivée d'un étranger dans un saloon de western. Scénario n° 2 : le véritable obstacle. Le droit de vote avait été abaissé à dix-huit ans mais pas celui de consommer de l'alcool, toujours fixé à vingt. J'espérais ainsi leur mettre les yeux en face des trous et leur faire voir combien ils étaient mal assortis. Petit et mesquin, je sais, mais que dit le vieux proverbe ? « En amour comme à la guerre, tous les coups sont permis. »

Réalité n° 1 : la porte s'est ouverte et fermée sans arrêt pendant que je les attendais en faisant durer ma bière (pour ne pas donner l'impression que j'attendais tout seul comme un zonard). Réalité n° 2 : avec presque une demi-heure de retard, les inséparables sont entrés bras dessus, bras dessous, en gloussant parce qu'elle était passée sans problème devant le videur qui avait cru qu'elle était la fille de Stuart ! (Les parents avaient le droit d'amener leurs enfants, à condition que ces derniers ne les imitent pas en consommant de vraies boissons.) Réalité n° 3 : Stuart était habillé de façon normale. (Je ne pensais pas qu'il possédait dans sa garde-robe autre chose qu'une légion de costumes rangés dans des housses, équivalant peut-être pour lui à une armée en terre cuite.) J'avais quand même un lot de consolation : Stuart respirait le bon goût et l'aisance en costume bien coupé, mais les vêtements de tous les jours ne lui allaient pas. (Nous autres, rockeurs, avons nos propres snobismes.) Tout d'abord, le jean devait se porter en bas, pas en haut, or il avait une chemise en denim, dont le dernier bouton-pression était fermé (un point de moins). Ensuite, il avait un pantalon d'une couleur genre moutarde de Dijon (un autre point de moins). Et pour couronner le tout, des mocassins (inacceptable dans le royaume du cool, même suffisamment élimés pour faire office de chaussons). De l'extérieur, je l'aurais pris pour un policier sous couverture. Mais puisque je savais qui c'était, je trouvais vraiment prétentieux d'être aussi riche et de s'habiller aussi mal.

« Ça fait plaisir de te voir ! » Il criait quasiment pour couvrir le bruit ambiant. D'une main ferme il m'a attrapé l'épaule. (Mais où était l'attaché-case ?) Son sourire était presque contagieux à force d'être amical et ses pattes d'oie lui donnaient un air plus charmant que vieux.

« Désolée d'être en retard, s'est excusée Ambre en ouvrant de grands yeux. Il a préparé le dîner et...

– Il lui a fallu un bout de temps pour finir », a terminé Stuart en prenant deux bières et un sirop de framboise pétillant au bar.

« Alors, qu'est-ce que vous avez mangé? ai-je demandé tandis que Stuart s'asseyait en face de moi.

– Oh, juste des *tentacules*, a répondu Ambre. Oui, monsieur, des *tentacules*. Avec des petites ventouses tout du long. »

Stuart a ri de bon cœur. « Un délice, avec un trait d'huile d'olive et un peu d'ail finement émincé. La prochaine fois je te ferai goûter les bébés avec leurs petits bras écartés. Je te promets une bouchée d'un goût divin », et il a fait le geste d'embrasser ses cinq doigts pincés.

« Après, il m'a donné une huître. Tu en as déjà goûté, Ethan ? »

Soucieux d'éviter que Stuart ne me prenne pour un pauvre inculte, j'ai entamé un vague mensonge coupé par Ambre, comme si elle savait que non. « C'est pareil que quand tu tousses en hiver et que tu dois avaler. »

J'ai grimacé. Stuart, bras croisés, lui a adressé un sourire de sphinx en ajoutant : « Un infime bout d'océan.

– Mais j'ai découvert que la pauvre huître était vivante. Vivante ! » Ambre a dégluti. « Il m'a fait avaler une créature vivante et sensible. Tout entière. Après, il m'a donné à manger de minuscules boules grises, on aurait dit des plombs pour carabine. Elles ont éclaté entre mon palais et ma langue... ça m'a rappelé la cuillerée d'huile de foie de morue que ma mère m'obligeait à prendre tous les matins avant d'aller à l'école.

– C'était du caviar, a corrigé Stuart, visiblement amusé. Je lui fais simplement découvrir des choses qu'elle n'a jamais essayées.

– Enfin bref, j'ai dû avaler une génération de poissons en une bouchée. » Ambre m'a tapé sur l'épaule pour attirer mon attention. « Est-ce que tu remarques un changement en moi, Ethan ? »

À l'évidence, sa robe de tissu rêche avait été cousue main, de même que son pauvre châle asymétrique, mais j'ai gardé ça pour moi.

« Tu as en face de toi une végétarienne. Officiellement végétarienne. À effet immédiat. Allez, donne-moi un peu de ça, il faut que je me nettoie l'esprit. » Elle a essayé de voler une gorgée de ma bière, que j'ai mise hors de portée.

« Désolé, ma petite, mais pour y avoir droit tu vas devoir encore patienter deux ans », ai-je dit, en surveillant Stuart du coin de l'œil pour voir comment il allait réagir.

D'un seul mouvement agile elle s'est levée de sa chaise et, en mettant ses mains sur les miennes, elle a réussi à attraper ma pinte pour en boire une bonne gorgée. Stuart rayonnait de fierté – étrangement, il ne semblait pas s'offusquer de la voir minauder avec moi, comme si j'étais son frère. Visiblement, il avait confiance en lui, il était sûr de ce qu'il valait et des sentiments d'Ambre à son égard. Je devinais qu'il ne me considérait pas comme un réel danger. Voire, pas un danger du tout. S'il me soupçonnait d'être amoureux d'Ambre, ma flamme lui paraissait plutôt une passade de jeunesse, un amour de bébé, qu'on n'a pas à prendre au sérieux. De même, il ne semblait guère s'inquiéter qu'elle vienne parfois me voir, comme s'il comprenait son besoin de s'entourer d'amis de son âge et acceptait de donner de son temps, comme un parent qui amène son enfant chez un camarade pour jouer quelques heures. Si les rôles avaient été inversés et qu'Ambre avait été avec moi, si elle avait fait la même chose avec *lui*, elle et moi n'aurions pas manqué d'avoir après une longue discussion à ce sujet. Je n'aurais pas supporté de la voir s'amuser ainsi avec quiconque. Ce qui m'obligeait à me poser la question : et si c'était une des raisons pour elle de me préférer un homme plus âgé ? Pour sa patience ? Sa tolérance ?

L'ombre

À partir de cette nuit-là, il n'y eut plus d'elle sans lui. Ils venaient toujours à deux, ombre noire collée à mon ange blanc, partout où elle allait il allait. Parfois je me demandais ce qu'Ambre lui avait dit à mon sujet, quelle « explication » elle avait trouvée pour moi et ma « grande amitié ». Que j'étais un écrivain en galère, un pauvre étudiant en cinéma ou bien un frère pour elle? Ou peut-être que j'étais atteint d'une maladie incurable et qu'il ne me restait qu'une seule année à vivre? Quelle qu'en soit la raison, Stuart semblait m'avoir pris en affection et il me traitait, au début en tout cas, comme son protégé. Mais cette hiérarchie du maître et de son chien me démangeait, parce que, franchement, je n'étais pas prêt à me laisser enfermer dans ce rôle débile, pas plus qu'à rouler sur le dos et faire le mort à son signal.

Plus d'une fois, Stuart a payé pour moi, si bien qu'il m'a fallu y mettre un frein. Mais il ne le faisait même pas dans le but de se vanter, de me rabaisser ou de m'acheter – pour que moi, en échange, je reste à distance d'Ambre. Non. Il le faisait comme si c'était son rôle de payer, une habitude de sa génération, mais je mettais un point d'honneur à poser sur la table de quoi payer mon repas ou à annoncer le moment venu que c'était ma tournée: manière pour moi de garder la tête haute. En vérité, j'espérais qu'Ambre m'en estimerait davantage. Mais tout ce que je récoltais, c'était chaque fois le même regard, signifiant qu'elle voyait clair dans mon jeu et qu'elle aurait bien épargné mes petites coupures à l'effigie de petits oiseaux – rhipidures, titipounamus, tuis –, contrairement aux gros billets de Stuart, illustrés, eux, de gros pigeons et takahés ! À l'époque, on ne pouvait pas payer avec un rectangle de plastique, ou retirer de l'argent dans un distributeur. Il fallait que j'aille à la banque ou à la poste si je voulais avoir du liquide, comme on dit. Je comptais et recomptais dans ma tête. Je ne voulais pas me rincer d'un seul coup, mais je ne voulais pas non plus me flanquer la honte dans un endroit chic, en sortant mon pauvre billet de dix balles. Et si par malheur il arrivait que le guichet ferme avant que j'aie pu arriver jusqu'à lui, j'avais la sensation de glisser tout en bas du plus long toboggan du jeu de société « Échelles & Serpents » pour atterrir directement à la dernière place.

Deux fois, par souci de ma santé financière, Ambre nous a emmenés tous les trois dans des cantines bon marché, bondées, une bouteille de Ketchup graisseuse sur chaque table, où les gens n'avaient pas honte de manger comme s'ils avaient faim. Plongé dans cette ambiance à la bonne franquette, il fallait reconnaître que Stuart avait vraiment fait un effort. Dans ces établissements le paiement s'effectuait AVANT le repas, au cas où on l'oublierait malencontreusement après. Voire, au cas où on partirait sans vouloir y penser. À la façon dont Stuart tenait son sandwich au bacon du bout des doigts, on aurait dit que c'était le sandwich qui allait le mordre, dégoulinant de sauce brune sur son assiette en carton. Dans son monde à lui, les sandwichs étaient embrochés sur de longs cure-dents qui rendaient tout glissement de terrain impossible. Sans doute, son côté vieux jeu aurait pu agir en ma faveur. Mais le voir, si bien habillé et si raffiné, faire tout son possible pour s'adapter a produit un effet boomerang. D'abord, il semblait bienveillant et chaleureux, nous répétant d'une voix rassurante que « tout ceci lui paraissait drôle et nouveau, c'est fou comment vous, les jeunes, vous devez tenir fermement votre nourriture pour qu'elle ne s'échappe pas ». Je craignais que des efforts similaires de ma part pour me fondre dans ces luxueux dîners protocolaires n'aient pas le même effet sur Ambre, que la malbouffe grasse, ultra-salée, la laisse assommée et assoiffée pour le reste de la journée – symbole de la vie qu'elle aurait avec moi. Même les mouettes qui voleraient en cercle au-dessus de son yacht, au large, seraient à des lieues des oiseaux plus grisâtres qu'elle verrait, quand, assis sur la jetée, nous observerions ensemble le va-et-vient des bateaux.

La nouveauté et l'attrait d'une vie d'homme pauvre n'ont cependant pas duré longtemps chez Stuart. Notre dernier déjeuner à petit budget s'est déroulé dans une cantine enfumée d'où on ressortait en sentant le graillon et les oignons frits pour la journée. Cette odeur a, je suppose, motivé la suggestion de Stuart de « prendre une sélection variée, un peu comme des tapas », et de « l'emporter jusqu'au front de mer ». Je n'avais jamais entendu le mot « tapas » auparavant, mais j'ai acquiescé à cette idée en faisant semblant de savoir de quoi il s'agissait – même si le sourire insistant d'Ambre me prouvait qu'*elle* savait que je racontais n'importe quoi. Une fois devant le quai aux Princes, Stuart paraissait, sinon ennuyé, du moins incommodé. Il n'y avait nulle part où s'asseoir, hormis quelques planches, alors il a fait des allers-retours, esquivant les restes du déjeuner de quelqu'un d'autre, notamment un trognon de pomme qu'il a ostensiblement contourné, puis, après réflexion, qu'il a ramassé par la queue pour le laisser tomber avec dédain dans une poubelle. Ambre et moi, nous étions jeunes et assez peu soucieux des inconvénients d'un pique-nique public, et donc le premier espace libre que nous avons trouvé a fait l'affaire. On était loin d'être seuls. On voyait des femmes sorties de leur bureau, profitant de la pause déjeuner, leurs jupes remontées pour prendre le soleil, et des cols blancs aux pantalons retroussés sur des échantillons peu séduisants de chaussettes et de poils.

Nos « tapas » consistaient, en gros, à partager au mieux et équitablement des frites chaudes et des olives fourrées – Ambre avait choisi du tofu frit, Stuart et moi des boulettes de viande et des moules. À intervalles réguliers, Stuart s'accroupissait à côté de nous pour se servir, puis mangeait en déambulant le long du front de mer, tandis qu'Ambre profitait à fond du moment : allongée, elle avait remonté sa jupe sur ses jambes. Les yeux fermés à cause du soleil, elle expliquait avec passion que les poulains – et les pouliches – grandissaient de façon assez comique. D'abord, la croupe dépassait la hauteur du garrot, puis quelques semaines plus tard c'était l'inverse et cette bascule effrénée d'avant en arrière se répétait jusqu'à l'âge adulte où les choses se stabilisaient en une ultime forme gracieuse. En parlant, elle inclinait sa main d'un côté puis de l'autre, et mes yeux parcouraient la courbe de son poignet, la grâce languissante de sa main et ses jambes nues à la peau soyeuse. J'avais l'impression d'un retour à la case départ, quand il n'y avait que nous deux, et non nous deux et *lui*. Au même moment, j'ai noté que Stuart avait quand même fini par s'asseoir à seulement quelques mètres de nous, sur les marches menant à l'eau qui clapotait.

Je pense que c'est là qu'il s'est rendu compte de la force de mes sentiments pour Ambre, dans ma tête et dans mon cœur, parce que, quand je lui ai passé le cornet de moules assaisonné d'un petit coup bas – « Tiens, c'est bon pour les muscles ! » –, il s'est mis à me dévisager de son regard bleu-gris intelligent, inquisiteur. Puis il a prétexté du travail à faire, parcourant d'un œil vide des documents sortis de son attaché-case. Quand Ambre s'efforçait de l'inclure dans notre conversation, tout ce qu'elle obtenait se réduisait à un « hum-hum » distant. Une fichue mouette refusait de le laisser tranquille, en dépit de ses grands « ouste » pour la chasser. Probablement alléchée par le vert fluorescent de la coquille du mollusque, la mouette a eu la témérité de faire un pas vers lui. Aussitôt, Stuart s'est saisi de la moule et l'a lancée droit sur l'oiseau, en s'emportant : « Prends-la ! *Ta petite friandise ! Si elle est tellement importante pour toi !* » Sur les derniers mots, sa voix tremblait.

Stupéfaite par cette explosion soudaine, Ambre s'est redressée, le regard tourné vers lui, sidérée par son visage de pierre, fermé. C'était comme découvrir une autre facette de sa personnalité, sèche, intransigeante, qui expliquait sans doute son succès dans les affaires ; une facette qu'il n'aurait jamais montrée en temps normal. Je n'en doutais pas, les mots de Stuart m'étaient adressés et je n'arrivais pas à croire que l'attaque ait été aussi frontale. Enfin, pas vraiment *frontale*, mais tout de même évidente. Peut-être qu'ils n'y croyaient pas non plus, tous les deux, parce qu'ils ont détourné la tête dans des sens opposés et sont restés longtemps à fixer l'eau écumante qui giclait, tandis que je le fusillais du regard. Les minutes suivantes se sont écoulées dans une atmosphère pesante, surtout quand le reste de nos « tapas », laissé sans défense sur les planches, a été attaqué par les mouettes criardes sans que ni lui, ni elle, ni moi ne tentions un geste.

Après cet épisode, je ne les ai plus vus pendant un certain temps et, pour être totalement honnête, je me suis demandé si je les reverrais jamais ; j'en avais assez d'être la cinquième roue du carrosse. Les jours se sont écoulés comme une hémorragie. Et, toujours, silence radio de la part d'Ambre. Elle tenait sans doute le même raisonnement que moi. Ce serait à elle de faire le premier pas, cette fois-ci, puisque sous aucun prétexte je ne bougerais le petit orteil, bien qu'il me soit arrivé de fixer de toutes mes forces le téléphone beige, de la couleur exacte d'une foutue prothèse auditive, en souhaitant qu'il s'anime. Même sa tonalité indifférente m'était une insulte quand, parfois, je m'emparais du combiné pour vérifier que ce machin stupide fonctionnait bien.

Presque un mois plus tard, j'ai remarqué quelque chose qui dépassait de la boîte aux lettres. Ce n'était pas une enveloppe, ni un paquet, ni aucun colis que Monsieur Facteur aurait pu livrer, seulement une page arrachée d'un cahier à spirale, le genre de feuille que les profs n'acceptent jamais quand on rend un devoir, à cause de son bord abîmé. (Pourquoi ne pas juger un livre à sa couverture si on juge une page à son apparence plutôt qu'à son contenu ?) Au début, j'ai pensé que c'était pour Vicky, de la part d'une de ses amies, une tête de moineau avec une coupe au bol, ou peut-être même de la part d'un garçon – j'y ai donc jeté un très bref coup d'œil. Autant dire ma surprise en découvrant que cette écriture menue, timide et bien formée m'était destinée, à *moi*. De la part d'Ambre. J'ai essayé de me mettre à sa place et de revoir pour la première fois, avec ses yeux, notre maison de famille. C'était une belle villa coloniale, bien bâtie, grâce à la crème du savoir-faire de l'époque et tout le tintouin. Malheureusement sa construction remontait à 1902 et, depuis lors, elle avait eu le temps de devenir « bohème », un peu « chic-négligé », avant d'acquérir, au milieu des années soixante, ce qu'un agent immobilier aurait appelé « le potentiel pour devenir une pépite », puis de continuer sa lente détérioration jusqu'à être qualifiée unanimement (sauf par les agents immobiliers) de « négligée » (sans « chic »).

À cette époque, elle avait été divisée en deux et chaque moitié avait été louée. Maman et Papa « cravachaient sans relâche », selon les mots de Papa, pour bien entretenir notre moitié – mais quelquefois de nouvelles chaussures ou une visite chez le dentiste grillaient la priorité au paillasson neuf ou à la couche de peinture requise.

Et il y avait M. Pitts, le locataire de l'« Autre Côté » comme disait sentencieusement ma mère. D'aussi loin qu'on le connaissait, M. Pitts avait toujours gardé une carcasse de Morris Oxford sans roues qui rouillait sur notre allée partagée – sur sa moitié, mais personne n'aurait fait la différence. Soi-disant un projet de restauration où il avait été pris de vitesse par la nature, laquelle avait transformé la voiture en serre pour mauvaises herbes qui s'élançaient vers le ciel. M. Pitts refusait également de se séparer des pneus usés, empilés en ce qu'il avait le culot d'appeler très sérieusement sa « lombriculture » quand il parlait à Maman. Depuis que j'étais petit, je soupçonnais que parfois, quand ses toilettes étaient bouchées en pleine nuit, il avait recours à cette structure alternative ; cette puanteur émanait forcément de quelque chose de plus gros et de bien pire qu'un tas de vers ! Soudainement, tout le quartier donnait l'impression d'être la section la plus pauvre du Monopoly, quelque part entre le premier grand point d'interrogation « Chance » et l'unique ampoule nue de la compagnie d'électricité qui n'a jamais rapporté assez pour sauver quiconque, symbole brillant de mon père.

« Hey, Ethan, je suis passée mais il n'y avait personne. On peut se voir à 19 heures, lundi 4 juin, ManNan, K Road ? Je t'embrasse, Ambre. » Elle avait oublié le numéro du restau et K Road, au nom si court, était en fait une rue terriblement longue.

4 juin 1979

On était le premier lundi de juin, l'Anniversaire de la reine. Enfin, ce n'était pas vraiment son anniversaire, qui tombe paraît-il un autre jour. Au Canada c'est en mai, en Australie la semaine d'après et ainsi de suite dans le Commonwealth ; comme le Chapelier fou, elle fête avec nous tous ses *non-anniversaires*. Ambre n'avait pas vraiment quelque chose à « fêter », mais la date était appropriée dans la mesure où presque tout le monde était en congé. Avec un retard tout à fait intentionnel, j'ai fini par trouver le ManNan et sa double porte vitrée couverte de photos de spécialités coréennes, et les carillons ont tinté à mon entrée. À l'intérieur, j'ai été accueilli par des effluves d'air chaud, de gingembre, d'ail, de crevettes, une lumière tamisée, une foule de clients. Puis je les ai repérés, Ambre et Stuart, assis à une longue table un peu majestueuse, formée de plusieurs tables mises bout à bout. À mon grand déplaisir, l'équivalent d'un bus entier les entourait déjà.

En me voyant Ambre s'est levée d'un coup, une main sur la table pour garder l'équilibre, et elle a clamé d'une voix chantante et disproportionnellement joyeuse : « *Ethaaan!* J'espérais que tu pourrais venir ! » Puis elle a vacillé et elle s'est accrochée à mon cou, en murmurant « merci » et je me suis dit que soit j'avais gagné du terrain avec elle, soit elle était pompette ; mais comme Stuart nous surveillait, j'ai perçu distinctement le moment où elle a reflué vers plus de sobriété et de réserve pour me présenter à ses « amis activistes ». Pour ce que j'en ai retenu, elle aurait aussi bien pu réciter le foutu alphabet que j'aurais continué à hocher la tête sans enregistrer un seul des noms ou des visages. Tout ce à quoi je pouvais penser, c'était qu'elle m'aimait, j'en avais eu la certitude à l'instant où elle m'avait vu. Mais, pour l'amour de Dieu, pourquoi était-elle encore avec lui ? Le tour de table a fini avec Stuart et nous nous sommes regardés dans le blanc des yeux en nous serrant la main – j'ai eu l'impression qu'il me prenait enfin pour un rival sérieux. Sur un signe de lui, les filles à l'autre bout de la table m'ont fait une place.

« Ambre nous a dit que tu es étudiant en cinéma ? » a demandé la Fille n° 1. « Est-ce que tu veux boire quelque chose ? » a proposé la Fille n° 2 en lançant des regards furtifs à la Fille n° 1 et à la Fille n° 3. Et là, tout est devenu clair : il s'agissait d'une vaste machination pour me caser avec l'une d'entre elles. De qui venait cette idée grandiose ? Ambre ou Stuart ? Ou avaient-ils mijoté le plan ensemble ? Je pouvais presque entendre Stuart déclarer qu'il était « grand temps que ce pauvre Ethan se dégote une charmante compagne ». *Au secours !* Je concède que les filles qu'Ambre avait réunies pour moi avaient toutes un visage assez mignon et un corps tout à fait OK. En fait, l'une d'entre elles était franchement jolie, même si, quand on a une sœur, on est initié à tous les artifices qui expliquent que la salle de bains soit occupée pendant des heures. Je n'étais pas difficile. Simplement, Ambre s'était fait une place dans mon cœur et personne ne pourrait se substituer à elle, non plus que les quatre-vingt-dix-neuf autres pièces du puzzle ne peuvent convenir à l'endroit où une seule s'emboîte parfaitement.

« Je viens juste de commencer un court-métrage documentaire, ai-je dit, assez fort pour qu'Ambre m'entende. Sur le Vietnam.

– Sérieux ? Je peux te toucher ? »

Gloussements, quelques mains sur moi.

Assis à l'autre bout de la table, Stuart m'évaluait. J'ai posé les yeux sur Ambre, qui gardait la tête baissée d'une façon presque soumise, se concentrant pour réussir à attraper un grain de riz et le porter à sa bouche avec ses baguettes maladroitement croisées. Elle avait dû sentir mon regard (c'est peut-être à cause de ça qu'elle avait fait tomber son grain de riz) et, pour couper court à mon intérêt, elle a louché en tirant la langue, découvrant le grain de riz posé à son extrémité. Sans doute espérait-elle me faire peur, à la manière des gargouilles qui dissipent les mauvais esprits, mais sa personnalité était tellement fantasque et imprévisible que ses pitreries m'ont simplement réchauffé le cœur un peu plus. Et pile à ce moment-là, Stuart a pris sa main et s'est redressé sur son siège. Les murmures se sont lentement tus et toute l'attention s'est tournée vers lui – me laissant supposer qu'il allait annoncer leurs fiançailles.

« Oui, c'est vrai. Sans Ambre, son amour, son soutien infaillible, je ne serais pas parmi vous ce soir. » Il lui a souri béatement, ce qui l'a fait sourire à son tour et baisser les yeux timidement. Je pensais qu'il rassemblait son courage pour dire un mot à propos de la mort de sa femme, mais il a juste déclaré : « Ça fait vingt-huit ans », et il s'est arrêté.

Il n'avait pas l'air pressé de continuer, les yeux collés à la table, sur un porte-cure-dents en inox d'où il en a tiré un, puis deux, puis trois.

« J'étais un gars de vingt-neuf ans. Dans ma vingtaine, comme toi, Ethan. J'avais travaillé quelques années dans l'industrie textile en tant que contremaître à Nottingham et en 1951 j'étais retourné à l'école pour étudier les chiffres, devenir comptable – public, privé, je n'en savais rien – quand, sans comprendre comment ni pourquoi, je me suis retrouvé en Corée. Là-bas, les mots "additionner" et "soustraire" ont pris un tout autre sens. Combien nous étions au début, combien étaient encore en vie à la fin, toutes les heures il fallait recompter dans sa tête, parfois toutes les minutes quand on voyait ses camarades étalés dans les tranchées boueuses, une dernière expression glacée à tout jamais sur leur visage.

« J'ai dû m'occuper des décomptes de fractions aussi. Trois quarts d'un homme. Un bras en moins. Les deux jambes coupées. Une moitié d'homme. Essayez d'additionner trois quarts d'homme plus une moitié d'homme, je peux vous assurer que jamais vous n'aurez un homme de nouveau entier. Personne ne réchappait des fractions. Tout le monde, chacun d'entre nous, y succombait ; nous étions des fractions de ceux que nous avions été, il nous restait des fractions de notre générosité et de notre morale, de notre esprit et de tout ce qui faisait notre humanité. Rien n'a plus jamais eu de sens, rien ne s'est plus jamais additionné correctement. »

D'un tremblement erratique, volontaire ou non, il a renversé la totalité des cure-dents sur la nappe. « Personne ne se souviendra de la Corée, marmonna Stuart. La Guerre oubliée de l'Angleterre, sa "Guerre inconnue". On se rappellera seulement le Vietnam. »

À la fin de son récit, il semblait éviter avec soin les regards de tous, même celui d'Ambre ; ses yeux à elle, je n'ai pas pu m'empêcher de le remarquer, se remplissaient de larmes, son menton tremblait et j'ai compris le danger que représentait l'emprise de Stuart sur elle. Je suis sûr que tous étaient aussi conscients que moi du bruit de son souffle pendant qu'il alignait les cure-dents sur toute la largeur de la table. Il en a laissé quelques-uns intacts, il a cassé les autres sans les couper tout à fait et ils restaient là, hommes-bâtons tordus de douleur. La ligne des cure-dents morts s'allongeait de plus en plus et bientôt, quelques malchanceux sont tombés de la table, pourtant aucun d'entre nous n'a osé en plaisanter.

« Comment ça a fini ? » a demandé l'une des filles. Sans savoir exactement qui lui avait parlé, toujours pris dans sa transe de folie douce, Stuart a plié un autre cure-dents en position fœtale et l'a placé à côté des camarades morts. Là, nous avons échangé des coups d'œil furtifs, même avec ceux qu'on ne connaissait pas.

« Ce bon vieux général MacArthur, ça le démangeait de larguer une bombe atomique, voire trente à cinquante bombes, comme un long collier de perles autour du cou de la Mandchourie – c'étaient ses mots –, persuadé que c'était lui, et non le président Truman, qui devait décider des armes à utiliser. Et nous, on levait les yeux vers un cumulus, pensant que la bombe avait été larguée et certains se mettaient à ch… »

Brusquement, comme s'il en avait assez de la guerre, et assez de lui-même qui en parlait encore, il a levé les mains en signe de reddition et son regard fiévreux a toisé sans ciller une fille qu'il semblait avoir choisie au hasard.

« La fin ? C'est toi qui as posé la question ? » Sa voix, comme son intonation, avait retrouvé un calme inquiétant. « À la fin, les deux camps sont tombés d'accord pour garder la ligne là où elle était avant. Avant qu'on ne puisse plus distinguer une motte ensanglantée d'un organe souillé de terre ; avant que les tranchées ne deviennent des charniers puants dans lesquels il fallait se traîner ; avant qu'on n'obtienne des aveux grâce aux pointes brûlantes des bambous, que la faim ne nous tue, réduits à une boulette de riz par jour, que les asticots ne se repaissent des blessures des deux camps. L'enfer sur terre et pas un centimètre symbolique gagné ! Retour direct au trente-huitième parallèle, comme tracé à la règle. » Puis, d'un grand mouvement du bras, il a envoyé tous les cure-dents par terre, cassés ou non.

Après un silence de mort, la jeune fille assise en diagonale de Stuart a soupiré bruyamment, comme pour se faire remarquer. Une petite brune, pâle, visage en forme de lune, courte frange et maxicréoles. « *S'il te plaît, Papa…* n'ennuie pas tout le monde avec ta guerre. On n'est pas en Angleterre, il n'y a plus de conscription… C'est un autre monde aujourd'hui. »

Alors j'en ai déduit que ce devait être elle, la plus jeune fille de Stuart, la fameuse « Tanya » chez qui Ambre allait dormir. Puis les conversations ont repris de plus belle, les propos fusaient de partout. La bombe A et la bombe H, les essais atmosphériques dans les atolls, l'URSS, le vrai ennemi, on est en sécurité en Nouvelle-Zélande, non, plus nulle part désormais. Mais je n'écoutais qu'à moitié, trop occupé à réfléchir aux mots que Stuart venait de larguer. Jusque-là j'avais toujours pensé que ma jeunesse allait jouer pour moi, seul avantage réel que j'avais sur lui. Or, brusquement, c'était comme si sa jeunesse avait gagné publiquement un statut de poids lourd tandis que la mienne plafonnait au poids léger, ou poids plume, ou poids maxi-minimum. Ce serait difficile à battre. La guerre, la torture, les mutilations, la famine ! Mon docu sur la guerre contre la guerre inscrite dans ses os. J'ai eu l'impression de subir une défaite cinglante. Ce serait foutrement compliqué pour moi de rivaliser, et je pense qu'il le savait.

Le continent de cristal

Le documentaire prévu a connu des débuts chaotiques et son titre un peu pompeux – « L'Esprit de l'Antarctique » – a été remis en question ; c'est presque comme si ledit Esprit de l'Antarctique ne voulait PAS être filmé. La pellicule de 35 mm risque de geler, même abritée dans le ventre de la caméra, pour devenir soudain aussi cassante qu'une lame de microscope et se briser en deux. Le froid attaque également l'espérance de vie des piles, donc il faut ruser, les garder à tour de rôle, sur le ventre à même la peau. Pour créer des ombres, on a besoin de larges écrans noirs, mais dès que Rémy les libère de leurs sacs le vent furieux s'abat sur eux comme pour les chasser, eux et leurs ombres, et laisse Rémy lutter à terre pour en reprendre le contrôle. Ironie du sort, parfois, des ombres indésirables se glissent mystérieusement dans le champ, puisque le soleil balaye les nôtres rapidement, qu'il les entraîne avec lui dans sa course comme des feuilles mortes. Ici, les vents catabatiques peuvent durer des jours en hurlant par à-coups, cependant que les longues traînes de poudreuse volent au ras du sol gelé comme des spectres blancs et me remplissent parfois de doutes.

« Regarde le bon côté des choses, a prêché Bertrand pas plus tard qu'aujourd'hui. Ici, il n'y a personne pour te dire qu'on ne peut pas filmer la façade et on n'a pas de problèmes avec les permis de filmer ou de stationnement », et il a tapoté le vieux traîneau de 1915 où se trouvaient attachées nos affaires. C'était au tour de Raoul, notre cameraman, de prendre les rênes de l'attelage – les rabats de son ouchanka lui faisaient des oreilles de gros chien heureux –, quand par hasard nous sommes retombés sur nos traces d'hier. La neige d'un côté comme de l'autre avait été criblée d'une centaine de roches noires. Je n'avais pas la moindre idée d'où elles avaient pu sortir. On aurait cru que quelque chose s'était mis en colère. Quelle était cette entité mystérieuse ? Peut-être la justice descendue du ciel pour me lapider. Une fois de retour à la base, un scientifique m'a dit qu'il s'agissait certainement de météorites, et lui et moi sommes repartis en ramasser. J'avoue que je m'en suis gardé discrètement une lorsque j'ai su que leur errance dans l'espace pouvait avoir duré jusqu'à 4,6 milliards d'années. J'ai mis cette petite beauté dans mon sac, quelque chose à rapporter à la maison et à placer sur une tombe, à cet endroit particulier dont je ne me souvenais que trop bien.

Le rocher de la Pomme fendue

Cette nuit-là, après le ManNan, et bien des nuits par la suite, je suis resté allongé dans mon lit, à regarder le plafond que je distinguais grâce au lampadaire devant mon unique fenêtre. Je restais des heures les yeux scotchés à la moulure centrale en stuc rococo, à l'entrelacs de formes compliquées, sans rien d'autre à faire que *penser*. À elle. Pendant ces heures miteuses entre chien et loup, je repoussais l'idée qu'ils l'avaient probablement fait et je m'étais rendu malade à force d'imaginer ses vieilles mains sur elle, aussi répugnantes que deux tarentules rampant sur sa peau vers ses seins nus.

Parfois, je pensais que je finirais par devenir fou, à force de penser à elle et lui, jusqu'à ce que l'arrivée des premières lueurs de l'aube dans ma chambre me sauvent de ma jalousie. Les nuits de tempête, quand le vent gémissait et faisait craquer les fenêtres, mes idées tournaient quelquefois au meurtre, au fantasme. Je les rejoindrais sur le *Santa Kathrina*, puis il suffirait d'un coup d'épaule bien placé pour qu'il perde l'équilibre sur le pont glissant, tombe dans la grande bleue qui l'avalerait et disparaisse à jamais de ma vue comme de mon esprit. J'en appelais à Lui aussi, là-haut, pour faire le sale boulot à ma place et je priais pour que Stuart meure simplement d'une crise cardiaque, d'un AVC ou de n'importe quoi qui m'en débarrasse vite fait. Au fond, je demandais à

Dieu d'être mon complice, tout en me garantissant une sorte d'immunité diplomatique.

Quelque part vers le milieu de juin 1979

La dernière fois que je suis allé quelque part avec Stuart et Ambre, c'était à une séance de cinéma en double rendez-vous galant. La fille qu'ils avaient amenée « pour moi » se trouvait être la plus vieille amie d'Ambre ; « plus vieille amie », c'est-à-dire la copine de bac à sable, la camarade réchappée du filet à grimper. Quand j'ai posé les yeux sur cette fille pour la première fois, se tenant timidement debout à côté d'Ambre & Co. devant le ciné, j'ai senti tout mon corps se raidir. Ce n'était pas elle en soi, c'était de voir Ambre dans des circonstances si factices. Candice était fine et n'avait pas de hanches ; elle avait les yeux marron clair et de grandes dents qui lui donnaient un air mignon mais loufoque. Moi, sortir avec elle ? On ne voyait littéralement que ses dents du bonheur ! Je suppose que c'était parce qu'elle faisait des études d'infirmière, comme Olivia, qu'Ambre avait pensé que ça lui faisait un point commun avec mon ex ; et du coup, par une loi des sous-ensembles mutuels, avec MOI. (« Tu veux devenir infirmière ? Waouh, quelle coïncidence, son ex-copine aussi ! »)

La rencontre avait démarré par un échange de sourires forcés, puis nous avons contemplé attentivement l'affiche du seul film qui se jouait, stratégiquement choisi par moi : *Middle Age Spread*[1], sur l'adultère, qui « forçait à se poser des questions gênantes », comme : « était-ce inévitable, l'homme mûr et la jeune femme ? », saupoudré d'une réflexion sur la tromperie (j'avais lu la critique dans le journal). Bien sûr,

---

1. *Middle Age Spread* est un film néo-zélandais dont le titre évoque l'embonpoint lié à l'âge.

la femme de Stuart était morte, donc techniquement il ne la trompait pas, mais la réalité était là : il n'avait pas choisi une femme de son âge après le décès de Mme Reeds, pas vrai ? Si Ambre y voyait un parallèle, elle n'en a rien laissé paraître, et Stuart a semblé ne pas comprendre le sous-entendu – d'ailleurs qu'avait-il à comprendre, lui qui n'avait pas accumulé de brioche au cours des années ? Candice n'a rien dit non plus, parce que c'était le genre de fille qui aurait été d'accord pour voir un documentaire sur les pièces détachées des motocyclettes. Pourquoi je ne suis jamais sorti avec une fille docile comme ça, Dieu seul le sait.

J'ai acheté deux billets pour Candice et moi, Stuart en a fait de même pour Ambre et lui, mais il était trop tôt pour entrer dans la salle ; alors histoire de tuer le temps on s'est baladés sur une place non loin, Candice et moi devant, Ambre et Stuart derrière. C'était assez marrant parce que dès qu'on a commencé à discuter, Candice et moi, on n'a plus arrêté, la conversation coulait à flots. Ce qu'Ambre ignorait, c'était qu'on parlait d'*elle*, de son parcours scolaire, de ses problèmes au collège, de la vie quotidienne chez elle. J'écoutais attentivement tout ce que racontait Candice comme tout ce qu'elle taisait : ses hésitations, ses pauses, surtout quand j'ai demandé à quoi ressemblait le père d'Ambre. Peut-être Candice pensait-elle que j'étais un fouineur, ou avait-elle déjà compris que mon intérêt se portait sur Ambre et pas sur elle. De temps en temps, je regardais par-dessus mon épaule, constatant que Stuart et Ambre traînaient de plus en plus loin derrière. Est-ce qu'ils se disputaient ? C'était une de mes hypothèses, parce que Ambre avait vraiment l'air de faire la tête.

À la fin de notre tour, revenu au point de départ, je suis allé avec Candice chercher du pop-corn à l'autre bout de la grande salle. Pendant qu'on faisait la queue, elle m'a raconté la fois où Ambre avait oublié d'apporter un cadeau à mettre dans la hotte du père Noël à l'école. Affolée, elle avait attrapé la banane destinée à son déjeuner, avec un feutre rouge elle avait dessiné dessus deux points pour les yeux, un pour le nez, une grosse barbe mousseuse, et l'avait emballée dans une feuille volante, puis enfouie profondément dans le gros sac sous le sapin. Une victime innocente s'était retrouvée avec une banane courbée sous le poids de la maturité, couverte de taches de vieillesse et, heureusement pour elle, Ambre n'a pas été obligée de se dénoncer. À l'entendre raconter l'histoire, avec un rire un peu nasillard très contagieux, j'étais plié en deux ; chaque fois que je jetais un coup d'œil à Ambre, je voyais qu'elle nous surveillait, comme si notre complicité rapide commençait à la déranger.

En m'asseyant devant l'écran blanc, j'ai essayé de croiser le regard d'Ambre, mais elle n'était à l'évidence pas de très bonne humeur et arrachait une petite peau autour de son ongle. Quelques minutes plus tard, quand les lumières se sont éteintes, Stuart a fait serpenter son bras autour de ses épaules et elle a semblé aller mieux, comme si elle trouvait du réconfort en lui. Et là, Candice s'est rapprochée de moi. Elle avait pris un bonbon à la menthe, probablement pour que son haleine me fasse bonne impression, mais on avait un seau de pop-corn sur les genoux, alors à quoi bon ? Ce n'était pas comme s'il fallait qu'on se lève et qu'on chante à pleins poumons « God Save the Queen », « Que Dieu protège la reine », cette époque était révolue, encore que je me rappelle l'avoir fait, enfant. « Que Dieu protège Ambre, me suis-je dit. Et que Dieu me protège, *moi.* »

Le jour suivant, lorsque Ambre m'a passé un coup de fil pour savoir « ce que tu penses de Candice ? », « est-ce qu'elle n'est pas la fille la plus gentille que tu aies rencontrée ? », j'étais pris entre le marteau et l'enclume. Je ne pouvais rien dire de mal, puisque Candice était sa plus vieille amie ; je ne pouvais pas en dire trop de bien non plus, au risque qu'Ambre se fasse des idées fausses. Sans parler de Candice ! Alors j'ai blablaté quelque chose comme « une fille géniale, mais juste pas mon genre ». Peut-être que j'aimais les femmes un peu plus en chair. Rien de personnel.

« Mon Dieu. Je détesterais savoir ce que tu dirais de moi, a-t-elle répondu, si quelqu'un me présentait à toi comme ça.

– Ça ne va pas la tête ? Tu es la fille la plus parfaite au monde. Femme, plutôt. Pas seulement extérieurement, à l'intérieur aussi… ai-je balbutié désespérément.

– Candice va devenir infirmière, tu sais.

– Être toi, juste toi, c'est un don, un talent. » Je n'étais pas en train de la flatter, je le pensais vraiment.

« Ethan, je ne veux pas être une blonde écervelée qu'un homme jette quand il arrive à quarante ans ! Comme dans le film. »

Merde. Ce film était censé l'éloigner de *lui*, pas de *moi*. Mais ce qu'elle disait était lourd de sens, j'ai compris à quel point plus tard, en disséquant ses paroles mot à mot. Stuart avait *déjà* dépassé la quarantaine depuis longtemps, ça ne pouvait donc pas être *lui*. Là où je veux en venir, c'est que sa phrase était destinée aux garçons *de mon âge*. Donc à *moi*. Elle avait aussi laissé transparaître qu'elle avait une confiance en elle irrationnellement faible. Est-ce qu'elle ignorait à quel point elle était belle, à quel point elle était fascinante ? Les têtes se tournaient vers elle dès qu'elle entrait quelque part. Ou en sortait. Ou était simplement debout. Ou assise. Ici. Partout. Est-ce que son estime de soi réduite en miettes avait quelque chose à voir avec son père ? Ou son frère qui la rabaissait, comme je le faisais avec Vicky, comme le font presque toujours les frères ? Est-ce parce que je me dirigeais vers une carrière de réalisateur qu'elle pensait que j'étais le genre de connard à l'échanger un beau jour, comme on rend sa vieille voiture pour une neuve ? Son choix de Stuart et pas de moi semblait lié à ses insécurités et à ses peurs profondes, à qui était fiable et qui ne l'était pas, à ses yeux.

30 juin 1979

Juste avant d'aller au lit trouver une bonne nuit de sommeil, j'ai déchiré la page de juin au calendrier mural. Ça avait été un mauvais mois. Adieu le mont Cook et ses pentes glacées inhospitalières. Salut, rocher de la Pomme fendue dans la baie de Tasman ! Fendue comme une pomme en son milieu – voilà qui avait l'air prometteur. Qui savait ce que juillet me réservait ?

1er juillet

Debout tôt pour un dimanche. Bouillonnant d'activité, je suis allé avec Ben faire le tour des voitures d'occasion pour m'en choisir une. Beaucoup d'énergie et d'espoirs envolés…

2 juillet

Lundi, tard dans la matinée. L'enveloppe crème, deux fois plus petite que la normale, portait sur le timbre l'image d'un poisson demoiselle qui semblait énorme dans sa petite mare, et une adresse rédigée d'une écriture quasi monastique. Au premier coup d'œil le « M. » m'avait fait penser que la lettre était pour mon père, mais au second j'ai vu « Ethan » et non « Anthony », suivi de « Grieg ». J'ai déchiré l'enveloppe et j'en ai eu le souffle coupé. Je ne sais pas combien de temps j'ai tenu cette carte, en état de choc, cette carte dont la formulation un brin ampoulée disait à peu près : « *M. et Mme Lester*

Deering, de Cambridge, sont heureux d'annoncer les fiançailles de leur fille Ambre Nicole Deering avec Stuart Henry Reeds, d'Auckland, fils des regrettés M. et Mme Brian Reeds. » Suivi de, je me rappelle très bien, verbatim : « *Le mariage est prévu pour l'été.* » Un an après notre presque-baiser au crépuscule, elle en épousait un autre ! Une enveloppe et une carte assorties aussi formelles, un style aussi alambiqué, c'était beaucoup trop vieux jeu, trop démodé pour une fille de son âge ! Pas étonnant que la carte et l'enveloppe soient toutes les deux parsemées de ces petites rides. Est-ce qu'elle ne l'avait pas elle-même remarquée, l'ironie de cette texture ô combien symbolique ? Épouser Papi ?

Et au dos de la carte, elle avait écrit quelque chose à la main :

Cher Ethan,

Je ne m'attends pas à ce que tu comprennes pleinement pourquoi j'épouse Stuart, mais, je t'en prie, accepte-le. Je ne sais pas ce que je ferais sans toi, c'est la vérité. Tu m'as aidée plus que tu ne le penses. Si tu n'avais pas été là, je crois que je ne serais pas là non plus.

Je tiens infiniment à toi.

Bises, Ambre

Alors comme ça elle « tenait infiniment » à moi. Est-ce que ça voulait dire qu'elle m'aimait ? Comme un frère ou un peu plus ? Je pressentais que le signal de départ de la course était donné et qu'il fallait que je fasse très vite pour battre Stuart sur les derniers cent mètres, ou kilomètres, et remporter le cœur d'Ambre – mais comment ?

3 juillet et le reste du mois

… perte d'appétit, perte des notions d'identité et de sens de la vie, engueulades avec Maman à propos de lacets de chaussure qui traînent ou de lunette des toilettes relevée. Toujours le même bruit éraillé quand le diamant de la platine effleure les mêmes vinyles noirs, le même déferlement de « Highway to Hell » d'AC/DC qui explose des enceintes inadaptées. Une fois, alors que j'avais vraiment touché le fond, j'ai pris le prospectus d'un groupe de Hare Krishna qui errait sur Queen Street en tuniques identiques couleur safran, têtes rasées. Difficile de dire si c'étaient des hommes ou des femmes et je ne me sentais pas d'humeur à les reluquer pour voir s'ils avaient des seins. Toute cette période a été une phase de questionnement intense, où je me suis vraiment demandé si le célibat et le végétarisme valaient le coup d'être tentés, ne serait-ce que pour me sauver d'une vie qui ressemblait à de la pâtée pour chien. Encore vingt-deux jours à tirer dans le mois et j'avais déjà hâte de tourner la page pour voir arriver les bains de boue géothermique de Rotorua.

Je ne pouvais qu'imaginer la scène où ils avaient annoncé la grande nouvelle, lors d'une fastueuse soirée privée à laquelle je n'étais pas convié. Stuart se serait levé après avoir fait ting-ting-ting sur sa flûte en cristal avec son couteau, ou sa cuillère, ou ce qui est censé faire ting-ting-ting contre une flûte. Ensuite, avec sa modestie habituelle, micro à la main pour être sûr d'être entendu, il aurait officialisé : « *Je vous ai tous réunis ici ce soir pour vous annoncer quelque chose de très spécial. Ambre et moi* [pause émue], *nous allons nous marier.* » Ensuite il aurait tendu le bras vers Ambre qui, flottant sur son petit nuage rose, serait allée le rejoindre, et puis sous les yeux de toute la salle ils se seraient embrassés sur la bouche pendant quinze bonnes secondes, à donner la nausée, dans un concert de « aaaah » et de « oooh » aussi bruyants et extatiques que des orgasmes simulés. Sûrement tout le monde devait penser « *Beurk ! Dégueu ! Comment peut-elle ! Elle pourrait être sa petite-fille !* » À moins que les invités aussi aient été trop aveuglés par les millions de dollars qui tombaient comme des confettis sur la tête d'Ambre à seulement dix-huit ans.

J'en éprouvais un pincement au cœur, de cet aspect argent-et-sécurité. J'ai sérieusement pensé à arrêter la fac pour prendre un boulot à plein temps et ainsi acquérir à ses yeux le statut d'homme. Mais le problème, c'était que, si je voulais gagner assez d'argent pour subvenir à ses besoins, je devrais travailler tellement d'heures et de jours que je n'aurais plus de temps pour elle ; en plus, même si je devenais le meilleur plongeur d'Auckland – et je parle bien de laver des assiettes –, ça ne ferait pas de miracles. La cabine du bateau de Stuart lui offrait certainement plus de confort que n'importe quel appartement qui serait jamais dans mes moyens – et il avait même probablement une télévision en couleurs – la nôtre n'était qu'en noir et blanc, avec un cintre métallique venant en aide à l'antenne cassée. Par ailleurs, je n'avais pas l'intention de fouiller les paniers de soldes ni de conduire une de ces voitures d'occasion aux portières désassorties pour le restant de mes jours.

Je me suis pressé le citron pour trouver des solutions. Tout ce que j'avais à faire, c'était d'inventer quelque chose de super utile et, bingo, adieu les problèmes d'argent. En stimulant mon processus créatif à grand renfort de joints, j'ai eu l'idée d'une « tenue flottante », gonflée à l'hélium, pour maintenir entre les soldats et le sol quelques centimètres cruciaux qui leur sauveraient la vie dans un champ de mines. Ensuite, puisque la « pierre de compagnie » était déjà à la mode, pourquoi pas un caillou de compagnie, voire un grain de sable de compagnie ? (En suivant la même logique que pour les chiens, dont il y a pour tous les goûts : des gros chiens, des petits chiens, des tout petits chiens.) Le problème, c'était que je ne savais absolument pas comment transformer un rêve éveillé, la tête sur l'oreiller, en une industrie multimillionnaire viable. Comment est-ce qu'on brevette un caillou ? Un grain de sable ? J'étais même allé au supermarché dans le rayon des cartes de vœux, section humoristique, pour en lire quelques-unes, convaincu que je pouvais trouver mieux que ces tentatives boiteuses de faire rire – peut-être que je pouvais creuser de ce côté aussi. Mais là encore, la question était : comment se faire embaucher par Hallmark ?

J'oscillais entre : « Je ne peux quand même pas la laisser s'infliger ça » et, inversement : « Quand elle regrettera d'avoir détruit sa vie, qu'elle ne s'avise pas de venir me voir ! » Alors que c'était *exactement* ce que je voulais qu'elle fasse. Puis est arrivé le moment où je n'ai plus eu aucun égard ni pour moi ni pour mon propre bonheur, mais seulement la douloureuse conscience qu'elle était en train de faire l'erreur de sa vie ; elle essayait de s'enfuir de chez elle, de se prouver quelque chose, de trouver une échappatoire – voire peut-être de dire merde à la vie, pour ce que j'en savais. Comme une jeune pousse qui un jour deviendrait trop grande pour son pot, elle pouvait être certaine qu'un jour elle le dépasserait et que, lorsqu'elle en prendrait conscience, mettons dans dix ans, la différence d'âge la déprimerait réellement. « Bonjour mon amour, je t'ai apporté ton petit déjeuner au lit. » (Forcément au lit, vu qu'alors il y sera confiné.) Un petit déjeuner composé essentiellement de pilules, une pour chacun de ses trente-six maux, et attention à ne pas oublier les couches – pas pour leur enfant, mais plutôt pour sa vessie qui lâchait ! Du XL (= dix litres).

Ce serait le moment de souligner que je n'ai pas pensé un seul instant qu'elle aimait Stuart pour son argent, ni qu'en aucune manière elle attendait le jour où il casserait sa pipe pour pouvoir l'encaisser ; la connaissant, elle le mettrait au service de ses « grandes causes », elle ne l'utiliserait jamais pour elle. Tout le monde, même moi, voyait qu'elle aimait avant tout l'allure soignée et élégante de Stuart, que son statut social allumait des étoiles dans ses yeux. Riche comme Crésus et pourtant humble comme un agneau, Stuart avait beaucoup d'atouts. C'était le genre de type dont la vie donne matière à des films. À Berlin, pas à Hollywood. Elle avait soif de cette classe internationale qui émanait de lui. Pour elle, il devait représenter une issue de secours, une échappée émotionnelle ; mais en fin de compte elle se dirigeait droit dans le mur, même bien installée dans une Rolls Royce vintage aux jantes blanches.

Les Écuries

2 août 1979

C'était le beau milieu de la matinée et je me rendais chez le docteur pour un vaccin contre le tétanos que j'aurais dû faire depuis déjà longtemps. Non par peur qu'un clou rouillé me tue, mais pour me débarrasser des contractions de ma mâchoire chaque fois que je m'obligeais à tenir ma langue quand Maman me ressortait la même rengaine sur les risques que je prenais avec ma santé. Ça pleuviotait dehors, il y avait du vent aussi et moi je me dépêchais d'arriver au cabinet pour en finir avec cette piqûre. Je suis passé à grandes enjambées devant le Friendly Little Dairy où, enfant, je prenais un ruban de réglisse, une boule magique et un poisson en chocolat pour faire semblant de pêcher mon petit poisson avant d'avaler le tout. Puis, après le primeur Ron la Pomme, je me suis retrouvé coincé derrière un couple de personnes âgées dont les manteaux beiges assortis semblaient confirmer qu'ils avaient passé un sacré paquet d'années ensemble. Ils avaient un air distingué : lui ressemblait à un professeur à la retraite et elle à son épouse dévouée. Malgré son âge, il mettait un point d'honneur à tenir son parapluie, qui cherchait frénétiquement à s'envoler comme une chauve-souris au-dessus de la tête de sa femme. Et seulement de celle de sa femme, devrais-je ajouter, dans la mesure où il ne semblait pas s'inquiéter beaucoup de son propre sort. Je ne saurais expliquer pourquoi, mais cette scène m'a beaucoup ému, sa façon d'agripper de sa vieille main ridée le manche en os que le vent voulait lui arracher – tant et si bien que les jointures et les tendons saillaient sous sa peau, lui donnant un aspect squelettique. Comme si la mort elle-même ne pouvait l'empêcher d'aimer et de protéger sa femme.

Je n'ai pas eu ma dose de vaccin ce matin-là – trop de patients, trop d'attente, comme je m'en étais persuadé avant même de rebrousser chemin. Après, je me souviens de la Nissan Prince Gloria de Maman – qui, j'ai su par Vicky, participait à la Tupperware Party d'une voisine. (Que les femmes puissent fêter quelque chose d'aussi ennuyeux que des récipients en plastique me dépassait.) Je me suis dit que je lui expliquerais plus tard pourquoi j'avais eu besoin en urgence de sa voiture, mais c'était avant de voir l'autocollant violet, comme un hématome sur le pare-brise, qui m'a fait un coup au cœur. En réponse aux chocs pétroliers, le gouvernement avait fait passer une loi pour que les gens ne se servent PAS de leur voiture un jour par semaine ; n'importe lequel, le choix était laissé à la discrétion de chacun, mais il fallait que ce soit toujours le même, d'où les différents autocollants : « lundi » (vert), « mardi » (rouge), « mercredi » (jaune), « jeudi » (violet), etc. (un peu comme les culottes de Vicky). Ça m'exaspérait que les gens riches, comme Stuart, esquivent le problème de l'autocollant en ayant plusieurs voitures. Ce qui faisait que le jour où l'une de ses autos rutilantes était interdite de sortie, qu'à cela ne tienne, il en prenait simplement une autre. Ou sa Rolls, auparavant réservée aux excursions dominicales (et pas à cause d'un autocollant). Mais pour nous autres, membres de la classe laborieuse qui ne possédions qu'une seule voiture (à l'exception de la camionnette de travail de Papa), c'était une vraie plaie ! Et pour remuer le couteau dans ladite plaie, cette semaine Maman n'avait même pas utilisé sa voiture les jours où elle en avait le droit.

Comme c'était à deux heures de voiture (voire plus, puisque les chocs pétroliers avaient aussi entraîné la réduction de vitesse sur l'autoroute à un 80 kilomètres à l'heure de grand-mère), je devais faire face à la probabilité d'écoper d'une prune sur le trajet, ou peut-être de plusieurs, voire de quoi faire une confiture à la fin. Et pendant qu'on y était, les horaires d'ouverture des stations-service avaient été restreints, or je n'avais même pas besoin de tourner la clé de contact pour savoir que l'aiguille penchait en permanence vers la gauche ; la voiture était quasi à sec entre deux crachats de la pompe et j'avais l'impression de donner du sirop contre la toux à une gorge desséchée. De frustration, j'ai balancé un coup de pied dans le pneu. C'était ridicule, bon sang ! Qu'est-ce qu'ils voulaient qu'on fasse de nos journées, à mon âge ? Qu'on se passionne pour un passe-temps débile – peler les doublures des capsules de bière, les coller aux murs de ma chambre comme une collection de capotes jamais utilisées ? Les responsables qui avaient imposé ces lois devaient être de vieux croûtons, qui ne connaissaient rien à l'amour !

Quoi qu'il en soit, plus tard dans la matinée je me suis retrouvé dans une zone rurale appelée Fencourt, un endroit assez charmant juste à la sortie de Cambridge, en prenant à gauche au panneau « Les Écuries ». Roulant avec précaution sur une longue allée poussiéreuse, passant devant des chevaux au pré qui relevaient la tête pour m'observer, des poules caquetantes qui couraient en tous sens et un collie aboyant sans cesse, je suis arrivé à une villa blanche bien entretenue au milieu de nulle part. J'étais maintenant devant une porte en bois, sans sonnette, ni carillon, ni judas, ni quoi que ce soit de vaguement accueillant. Simplement un fer à cheval suspendu au linteau. Un paillasson décoré d'une fausse marguerite. Une paire de bottes en caoutchouc. Et moi qui toquais, implorant la Providence que ce ne soit pas madame Deering qui vienne ouvrir. Évidemment, il a fallu que ce soit elle. Le plus perturbant, c'était que madame Deering ressemblait vraiment à Ambre, avec vingt ans de plus. Ne te méprends pas, elle restait une belle femme à quarante ans et des poussières. Les mêmes yeux bleu piscine, le même nez droit, le même sourire contenu, garde-fou de son humour ; le temps avait bien sûr dessiné des guillemets entre ses sourcils et des parenthèses autour de sa bouche, ainsi qu'ajouté un petit capitonnage au niveau de ses hanches.

Elle a commencé par scruter mon visage, clairement contrariée, comme si j'étais un VRP ou un missionnaire. « Je peux vous aider ? » a-t-elle demandé sur le ton « j'ai d'autres chats à fouetter ».

« Bonjour, madame Deering, ai-je dit en revenant à la réalité. Je suis Ethan Grieg. Celui qui appelle tout le temps, vous savez ? Est-ce que je pourrais parler à Ambre une minute, s'il vous plaît ? »

Quand elle s'est rendu compte que c'était pour sa fille que j'avais fait tout ce trajet, la pitié a transparu sur son visage. Elle s'est radoucie : « Ethan. Oui, bien sûr. Bonjour. Suis-moi. »

Elle s'est essuyé les mains sur sa robe de laine brute apparemment tissée directement sur le dos du mouton, a troqué les bottes fourrées qui lui servaient de chaussons contre des bottes en caoutchouc. Puis, d'une démarche masculine au pas lourd, elle m'a amené à l'arrière de la maison.

« Ils sont là », a-t-elle dit sans enthousiasme. *Ils ?* Sûrement pas *Stuart*, qui devait être à son bureau dans le quartier des affaires ? À calculer je ne sais quoi avec ses graphiques financiers qui montaient et descendaient comme un électrocardiogramme, imposant aux cœurs de ses clients les mêmes oscillations. Là-dehors, l'odeur d'écurie était devenue plus forte, mais pas désagréable et en effet il y avait beaucoup de têtes de chevaux qui dépassaient des boxes construits autour d'une clairière de béton sur laquelle fumait un monceau de paille. Est-ce que c'était la réaction du purin fraîchement étendu dans le premier froid automnal ou le simple compostage ? Incertain, je me suis tourné vers madame Deering, mais elle s'éloignait d'un pas vif, jetant un dernier regard vague dans ma direction. Sur le chemin elle s'est penchée pour arracher une fleur des champs, avec laquelle elle a fouetté l'air, puis l'a jetée au loin un peu trop vigoureusement. J'ai cligné des yeux plusieurs fois, intrigué.

Pour le moment, je ne voyais personne d'autre qu'un homme à l'air grincheux d'environ cinquante ans, que je supposais être un employé de ferme. Il avait une tignasse blanche piquetée d'épis, de la couperose aux joues et, bien que plutôt court de taille, il était de constitution aussi solide qu'un sac de frappe (le genre qui fait mal au poing quand on donne un coup dedans sans que lui-même moufte). L'allure menaçante venait peut-être de sa manière de tenir sa fourche, une main sous les pointes, comme s'il voulait étrangler quelqu'un. Il avait bien dû me voir, parce que son chemin passait nécessairement à côté de moi, mais toute son attention était focalisée sur ses gestes et uniquement ses gestes. Avec fracas, il a remisé la fourche dans un abri où étaient accrochées d'innombrables pièces de cuir et de métal. En deux, trois gestes énergiques de l'avant-bras, il a plié une couverture rugueuse, puis s'est dirigé ailleurs.

« Bonjour, monsieur. » J'ai fait quelques larges enjambées pour l'intercepter et lui ai tendu la main franchement.

Au lieu de la serrer, cependant, il a replié sa main vers l'intérieur pour m'offrir le dos de son poignet. Qu'est-ce que j'étais censé faire ? L'imiter et cogner nos moignons ?

« Madame Deering m'a dit que sa fille, Ambre, était par ici », ai-je commencé. Mais son visage offrait une expression si vide que j'ai parlé plus lentement. « Am-bre. Est-ce que – vous la connaissez ?

– Un peu que je la connais, c'est ma fille. »

Il m'a répondu simplement, comme si c'était une vérité dont il était un peu fatigué.

Comment est-ce que je pouvais le deviner ? Je ne leur avais repéré aucun trait commun, pas plus dans le visage que dans le corps, ni dans rien d'autre d'ailleurs – et tant mieux, ai-je pensé.

« Elle est par là-bas. » Il a étendu le bras à quarante-cinq degrés, fermant un œil, comme s'il avait voulu tirer à la carabine dans cette direction. « À faire je ne sais quoi aux paddocks. »

J'ai été tenté de lui demander où exactement parce que « les paddocks » semblaient couvrir une zone assez vaste, donc beaucoup de terrain à traverser à pied, mais je ne voulais pas passer pour un imbécile. J'ai marché dans l'herbe mouillée et les flaques, dépassé quelques tas de crottin indiquant la bonne voie, puis parcouru encore une certaine distance avant de voir un gars aux cheveux délavés, coiffé d'un haut-de-forme et vêtu d'une queue-de-pie comme un marié. Il montait un grand cheval gris pommelé et on aurait pu croire qu'il en tirait les ficelles pour lui faire exécuter une délicate chorégraphie – un cheval de presque une tonne, à la musculature saillante, la crinière tressée en nattes comme celles de Bo Derek dans *10*, le film à l'eau de rose.

Grâce à sa ressemblance avec Ambre, j'ai su que j'étais en face de son frère Daniel. Il se tenait droit et fier, et m'a fait un signe de tête élégant ou, plutôt, un signe de tête pleinement conscient de sa propre élégance.

« Hé, Ambre ! Je crois qu'il y a quelqu'un pour toi ! a-t-il appelé, tout en me dévisageant attentivement. Elle n'était qu'à cinquante mètres de là, à reporter sur un carnet la performance du cavalier, ou peut-être celle du cheval.

« Beau cheval que tu as là », lui ai-je dit. Il a ébauché un sourire, puis s'est touché la lèvre avec une grimace de douleur – elle semblait avoir éclaté récemment.

« Aïe, merde », a-t-il marmonné.

« Ethie ! » Ambre a couru vers moi en toute simplicité, salopette remontée aux genoux, chemise à carreaux avec quelques boutons en moins. À la voir ainsi dans son élément naturel, j'ai su que je voulais me réveiller auprès d'elle tous les jours de ma vie.

« Salut ! Qu'est-ce que tu fais là ? »

C'était maintenant ou jamais.

« Je dois te parler.

– De quoi ? »

Je l'ai entraînée par le bras à l'écart de son frère, mais je l'ai sentie se crisper – or il m'était difficile de répondre devant lui, qui faisait du surplace à côté, tel un garde du corps à cheval.

« Tout va bien, Danny ! » Elle a donné un coup de son carnet sur la croupe du cheval et, avec un ululement de rire, Daniel est parti comme un jockey.

« Est-ce que c'était Douce Nuit ? ai-je demandé.

– *Douce Nuit*? a-t-elle répété d'un air interrogatif en plissant le nez.

– La terreur fougueuse qui refuse de se laisser dompter ?

– Ah oui, j'y suis. »

Elle a rejeté la tête en arrière en partant d'un rire joyeux.

« Non, lui c'est *Onyx*. Danny lui curait les sabots il y a quelques jours et, à la réaction d'Onyx, on aurait vraiment dit qu'on le chatouillait. Danny a de la chance de pas y avoir perdu une dent, sa pauvre lèvre va guérir. Il faut comprendre que les chevaux ont tous leur sensibilité et leur grain de folie. Comme nous. C'est pour ça qu'on les aime autant. »

J'ai fait oui de la tête en fixant le sol. « Je suis venu pour te parler. De Stuart. »

À la seule mention de son nom, elle a grogné. « Oh non, j'ai déjà eu droit à un sermon de Maman et Papa. *Et* de mon frère. J'espère que tu vas pas t'y mettre *toi aussi* ?

– Les femmes ont une espérance de vie plus élevée que les hommes, tu vas finir veuve avec une quasi-certitude mathématique. Tes enfants ne pourront pas compter sur leur père très longtemps. »

Pourquoi est-ce que je m'étais embarqué sur le thème des enfants ? D'où c'était sorti ? Ouh, ça commençait mal.

« Donc tu es en train de dire que pour être épanouis en amour, il faut qu'on meure en même temps, Stuart et moi ?

– Non, ce n'est pas ce que je dis…

– Tu n'as pas de boule de cristal, que je sache. Pour ce que tu en sais, je pourrais mourir en premier, ou tomber malade. »

Lui faire entendre raison allait être plus compliqué que prévu, apparemment, d'autant qu'elle semblait rompue à l'exercice de contrer les arguments.

« Pas besoin d'être voyant. Il suffit de regarder juste sous ton nez. Ça s'appelle la réalité. Il y a de bonnes raisons pour que les jeunes sortent avec les jeunes et pas ceux de la génération d'avant ou de la génération-d'avant-la-génération-d'avant. C'est logique que ton père soit plus vieux que toi, que les enfants ne soient pas plus âgés que leurs parents. »

Pendant un temps elle s'est tripoté les cheveux, absorbée par ses pensées. « Je sais que je n'aurai pas cent ans à vivre avec Stuart. Mais j'ai déjà l'impression d'avoir vécu l'équivalent de cinq ans en une année avec lui. Le temps, c'est ce qu'on en fait. Pour moi, qu'il nous en reste moins le rend encore plus précieux.

– Ce n'est pas l'âge pour l'âge. C'est tout ce qui va avec.

– Comme quoi ? a-t-elle demandé en haussant les épaules.

– Juste les trucs tout bêtes du quotidien. Tout ce que les couples ont en commun parce qu'ils se trouvent sous la même flèche "Vous êtes ici" dans la chronologie du monde. Prends ta musique et la sienne. Excuse-moi, mais je ne te vois pas t'éclater au "Naval & Family". »

Je faisais référence au local désuet où une poignée de vétérans dansait encore sur les bons vieux airs du pas-si-bon-vieux-temps, pendant que leurs petits-enfants combattaient leur ennui à coups de dérapages en chaussettes.

« C'est tellement… *pathétique*. Tu penses vraiment que les gens se mettent en couple et tissent un lien durable parce qu'ils aiment la même chanson ? » Elle a relevé la tête avec dédain.

En guise d'argument, je me suis mis à sautiller et à danser, parodiant Gene Kelly, une des idoles de Maman, d'abord en sifflotant, puis en entonnant franchement le vieux succès « Singin' in the Rain », « Chantons sous la pluie ». J'ai grossi les traits pour l'imitation et j'ai prié de toutes mes forces pour que son frère ne nous voie pas et n'en parle pas à son père plus tard. Au début, Ambre s'est contrôlée et a gardé son sérieux, sûrement pour me signifier ma puérilité, puis, petit à petit gagné par l'excitation, j'ai tourné comme un fou autour d'un jeune arbre jusqu'à lui extorquer un bref gloussement ; alors j'ai profité de ce que j'étais en veine pour claquer des talons en l'air et j'ai réussi à la faire rire, en dépit d'elle-même, d'un rire étouffé dans ses mains. Malheureusement, ça n'a été qu'une question de temps avant que l'effet ne se dissipe et ma révérence (la main en bas du dos, dans la posture d'un vieillard incapable de se redresser) l'a laissée de marbre, bras croisés, secouant la tête. Si je lui avais fait ma déclaration à ce moment-là, au lieu d'enfoncer le clou avec Stuart, peut-être que j'aurais percé sa carapace.

« Stuart est plus jeune de cœur et d'esprit que beaucoup de jeunes de mon entourage, et extrêmement séduisant par-dessus le marché, quoi que tu en dises. Il est doux, gentil, merveilleux, et ce malgré les difficultés abyssales qu'il a parfois rencontrées dans sa vie. Il m'aime, je l'aime. Par-dessus tout, je suis heureuse. »

Je l'ai regardée d'un air peu convaincu et elle a haussé les épaules.

« Parfaitement heureuse.

– Si tu le dis. Mais tu ne devrais pas plutôt penser en priorité à des choses comme, je ne sais pas, moi, les études, un boulot ?

– Il y a des façons concrètes de changer le monde. Je suis dans l'action. C'est pour ça que je fais du bénévolat avec Greenpeace chaque fois que je vais à Auckland. Je pourrai m'impliquer davantage maintenant que Stuart me prête son bateau et, pour ta gouverne, je l'utilise à des fins plus nobles que le bronzage. »

Quelque chose semblait la troubler et elle a fait quelques pas vers une souche sur laquelle elle s'est assise lourdement. Ses cheveux lui couvraient la moitié du visage. Puis, c'est sorti comme ça, j'ai demandé en ne blaguant qu'à moitié : « Pourquoi ne pas m'épouser moi, plutôt ? »

Elle a chassé l'idée d'un rire et détourné les yeux.

« Toi et moi, on se disputerait… beaucoup.

– Et alors ? C'est avec toi que je veux me disputer. Et rire. Aucune dispute ne pourrait entacher mon amour pour toi. »

Mes paroles ont paru la toucher.

« Je vais être tout à fait honnête. Je tiens beaucoup à toi. D'ailleurs, je peux bien te le dire : je t'adore, Ethie, vraiment. Tu me fais rire aux larmes, tu illumines ma vie et, sans aller plus loin, on sera toujours comme les doigts de la main. Comme mon frère et moi, toujours.

– Donne-moi un an, deux ans max, juste le temps d'avoir un diplôme et un job. »

Elle a écarté l'idée d'un geste.

« Je ne veux pas t'aimer de cette façon.

– Mais tu m'aimes ? *De cette façon ?*

– Savoir si je t'aime “un peu, beaucoup, à la folie, ou pas du tout”, tous ces pétales de marguerite, quelle importance ? Ma mère et mon père s'aimaient, autrefois. La vie use les gens, personne ne sait comment on va changer au fil du temps.

– Donc tu épouses quelqu'un qui est trop vieux pour changer ? »

Elle n'a pas daigné répondre, mais son expression hautaine était parlante.

« Comment tu peux être aussi cynique ? Aussi, je ne sais pas, désabusée ? ai-je demandé.

– Tu ne sais pas tout sur moi… On n'est pas pareil avec tout le monde. Avec Stuart, je suis celle que je veux être. Ce qui ne doit pas sortir de moi reste enfermé à clé. »

À ces mots, elle s'est relevée, comme pour me faire comprendre qu'il serait plus sage de s'arrêter là.

Elle ne voulait pas en dire plus et je me suis demandé si elle n'avait pas été maltraitée. Je ne voulais pas lui mettre la pression, mais je n'arrivais pas à laisser tomber non plus.

Alors je l'ai suivie en disant : « Je n'ai pas besoin d'être vieux pour comprendre. Tes problèmes, tes ennuis, quoi qu'il ait pu t'arriver. »

À ce moment, j'ai aperçu Danny-et-son-fier-destrier, au sommet d'une butte au loin. Il gardait un œil sur nous – surtout sur moi et mes moindres mouvements – et je lui en ai voulu d'être prêt à voler à la rescousse si nécessaire. Qu'il me fiche la paix, je n'étais pas une brute !

Je savais que je devais dire quelque chose – n'importe quoi, même à propos de la pluie et du beau temps – pour briser l'épais silence. Bientôt, on est arrivés à proximité de son père, qui soulevait sa hache bien haut au-dessus de sa tête, le visage rougi par l'effort. Après un bref salut dans ma direction, il a abattu la hache sur une bûche, qui s'est fendue brutalement en deux. J'ai supposé que ce serait le seul au revoir auquel j'aurais droit. Ce n'était peut-être même pas un au revoir, juste un bon débarras, tel qu'on en adresse à un journaliste qui met son nez dans les affaires des autres.

Pour atteindre l'endroit où j'avais garé la voiture de Maman, les roues avant braquées d'un côté, je n'avais d'autre choix que de repasser devant la mère d'Ambre, accroupie dans un carré de légumes en plein milieu du passage, presque plantée là délibérément. Elle a levé les yeux, puis, constatant ma déception, son visage s'est rembruni.

« Est-ce que tu as trouvé Ambre ? » Elle s'est protégé les yeux d'une main. Son gant de jardinerie était usé au point que plusieurs extrémités manquaient aux doigts.

« Oui », ai-je dit, puis, sans savoir pourquoi, je me suis senti assez à l'aise pour ajouter « et non ».

Je crois qu'elle a compris le sens de mes paroles et elle a continué de désherber son jardin pour se laisser le temps de réfléchir.

« As-tu vu Daniel ?

– Oui, il a reçu un sacré coup, on dirait. »

Elle a eu l'air déconcertée, une ombre de peur est passée dans ses yeux. « Je lui dis toujours de bien tourner son visage de côté quand il monte, au cas où le cheval jetterait sa tête en arrière, sinon voilà ce qui arrive ! »

Troublée, elle s'est mise à arracher par poignées les trèfles à portée de main. J'étais perdu – est-ce que c'était une nouvelle version des événements ou est-ce qu'elle me parlait d'autre chose ?

« Bon, eh bien, au moins tu auras essayé, a-t-elle dit une minute plus tard. Ambre a ses raisons que les autres ne peuvent pas toujours comprendre. » Elle a pris une profonde inspiration, puis a expiré.

Il y avait une trace de terre sur sa joue quand elle a relevé le visage vers moi, cette fois plus aimablement. Avec un léger retard, j'ai remarqué qu'elle me tendait des carottes, aux longues racines encore toutes sales.

Je les ai mises sur le tableau de bord et, en moins de deux, j'ai sorti la voiture en marche arrière, trop heureux d'avoir à tourner la tête pour éviter les regards – au cas peu probable où quelqu'un me regarderait partir.

La baie des Juges

Après cet épisode, le seul signe de vie que j'ai eu d'Ambre a été une carte postale de la baie des Îles, ou peut-être la baie de l'Abondance, peu importe. C'était un effort conjoint : « Nous espérons que tu vas bien, le printemps pointe le bout de son nez, promesse de jours plus doux… » Si elle m'aimait vraiment, c'est plutôt au bord du suicide qu'elle aurait espéré me trouver. La preuve : pas de « je t'embrasse », juste « bises ». Puis le coup de grâce : Ambre & Stuart. Un foutu « & », comme un trombone tordu, qui les liait l'un à l'autre dans un style moderne qui franchement ne marchait pas. Pas pour eux. Sonny & Cher. John & Yoko. Mick & Jerry. Là, oui. Ambre & *Stuart* ? Non. Puis plus rien. Le téléphone ne sonnait jamais. Pour moi du moins. La boîte aux lettres restait vide, à part les factures habituelles de la maison et quelques pubs. Oh, ce n'était pas qu'on soit en mauvais termes, qu'on ne se parle plus ou quoi. C'était plutôt une mise à l'écart pour mon propre bien, pour que je puisse me sevrer d'elle et passer à autre chose, tout en préservant notre amitié – du moins c'est comme ça que je le voyais. Ou bien c'était sa manière à elle d'atténuer la gêne que j'aurais pu éprouver. Je me serais donné des baffes pour ne pas avoir fermé ma grande gueule ! Pourquoi, mais pourquoi n'avais-je pas continué à faire profil bas ? Le pisse-froid qui avait forgé l'expression « loin des yeux, loin du cœur » n'avait jamais connu le grand amour. « Loin des yeux, plus proche du cœur », j'aurais dit.

Il m'a fallu attendre jusqu'à fin septembre-début octobre avant de surmonter assez ma gêne et ma douleur sourde pour passer un coup de fil et prendre des nouvelles d'*eux*. Ce faisant, j'avais l'impression que j'acceptais ses modalités et conditions qui, bien sûr, n'avaient jamais été exprimées. C'était une rétrogradation en comparaison de ce que j'avais espéré, sans aucun doute, mais être même « juste amis », dans ma tête, valait mieux que rien – et certainement mieux que ne plus la voir du tout. Ironie du sort, c'était l'étiquette d'amitié, d'amour fraternel, collée par elle sur notre relation, qui nous a permis de nous rapprocher de la limite sans jamais craindre que nous la franchissions. En fait, grâce à cette ligne de démarcation, nous n'avons pas mis très longtemps avant que de « juste amis » on devienne « les meilleurs amis du monde », et tout ce qu'on pouvait faire pour montrer à l'autre qu'on tenait infiniment à lui, on le faisait immédiatement et sans arrière-pensée.

Quelquefois j'allais acheter pour elle une bricole nécessaire, quand elle faisait le trajet de Cambridge à Auckland en bus, quelque chose qu'elle ne voulait pas que Stuart sache ou qui aurait un peu tué l'idylle. Une nouvelle paire de collants parce que les siens avaient filé. Ou du vernis à ongles transparent quand ils avaient filé sous son pied et que ça ne se voyait pas. Une fois même, des serviettes hygiéniques pour règles abondantes, parce qu'elle avait ses ragnagnas. Ah, ça c'était super lourd quand je passais à la caisse ! On aurait dit qu'on faisait de la contrebande quand elle me refilait sous la table d'un café du liquide en échange de la marchandise. Je l'accompagnais parfois lorsqu'elle allait acheter des fringues qu'elle ne voulait pas qu'il voie, en tout cas, pas avant qu'elle ne les porte. Son rôle à elle, c'était d'essayer un monceau d'habits et le mien, d'être aussi franc que son frère en lui disant ce que j'en pensais. Et ce que je pensais, la plupart du temps, c'était : « Ça n'est pas toi. » Pourtant, ces mots ne parvenaient qu'à lui faire plisser les yeux devant le miroir et puis, mâchoire obstinément serrée, elle payait l'article contre mon avis, comme déterminée à brûler ses vaisseaux.

Une fois, elle m'a emmené dans une boutique de robes de mariée et je dois dire que la voir émerger de la cabine en longue robe blanche me laissait chaque fois sans voix pendant quelques secondes, avant que je trouve toujours la petite bête. Ce jour-là, je n'ai pas pu résister à la tentation de faire allusion à sa culotte de cheval, gagnée depuis qu'elle fréquentait « trop de bons restaurants avec lui ». Cruel, je sais, parce que même enveloppée de film étirable, d'alu ou de papier toilette, je l'aurais faite mienne aussitôt. Mais elle n'avait ni besoin ni envie d'entendre ça. Et je pense que ma dureté avec elle, en de tels moments, lui convenait – comme si elle acceptait que mes piques soient le prix à payer pour rester amis, tout en me gardant à ma place.

Le temps est venu où elle me faisait tellement confiance, comme à une sorte d'eunuque, qu'elle ne pensait plus à se cacher aussi bien dans les cabines d'essayage. Je me souviens de la première fois où j'ai aperçu ses seins, petits mais jolis, à travers la fente des rideaux. Elle ne jouait pas avec moi, elle se fiait simplement à moi autant qu'à son frère. Et sa naïveté, sa confiance me remplissaient parfois de culpabilité quand, seul la nuit, je m'astiquais le manche en l'imaginant seins nus dans la cabine d'essayage, glissant sa culotte sur ses chevilles, dévoilant ainsi une étroite bande, un triangle bien net ou un buisson touffu de poils (blonds ? bruns ? ça dépendait des nuits), écartant les rideaux juste ce qu'il fallait pour me laisser entrer avec un sourire coquin. Après, c'était l'enfer, je me sentais sale et pécheur. Parce qu'en fait, je la respectais. Profondément.

Elle aussi s'est démenée pour moi, même plus. À l'époque, j'avais ce boulot d'étudiant qui consistait à distribuer des avis publics concernant des événements dont le niveau de décibels pourrait déranger les troglodytes du coin. Lorsque Ambre l'a su, elle a voulu venir avec moi. Et nous voilà, courant elle et moi sur chaque trottoir. Elle se pressait de mettre ses avis dans les boîtes aux lettres côté pair avant que j'arrive à caser les miens côté impair.

On se retrouvait pliés en deux, à souffler, haleter, exploser de rire, surtout quand elle réussissait à me battre grâce aux boîtes aux lettres collectives (par exemple 112 à 112 *ter*) qui semblaient toujours se trouver « de son côté » ! Mais elle n'acceptait jamais une part de ma paye, expliquant que pour elle c'était du « sport gratuit ». Avec son sourire malicieux elle ajoutait : « Histoire de me débarrasser de ma culotte de cheval, tu sais. » Ça, elle savait s'y prendre pour me faire culpabiliser.

Pendant les vacances de printemps, elle m'avait aidé à assembler des vélos à trois vitesses dans le jardin de la maison – combien elle était bonne pour trouver du premier coup le truc bidule qui entrait parfaitement dans l'autre bidule truc, pendant que je réfléchissais encore au milieu des pièces détachées en me grattant la tête. Si on se mettait à jouer au premier vélo assemblé, elle l'emportait à tous les coups. Comme d'hab', elle faisait la moitié du travail et elle me laissait la *totalité* du fric. Elle insistait sur le fait que j'avais besoin d'argent et qu'elle était heureuse de m'aider à libérer plus de temps pour mes études. C'était grâce aux études, disait-elle, que je réussirais à faire ce que je voulais vraiment, un jour.

Le plus drôle de mes petits boulots, c'était le démarchage téléphonique. Confortablement installé chez moi, combiné en main, j'expliquais que les âtres ouverts étaient plus dangereux que les poêles à bois que je vendais; alors Ambre s'emparait du soufflet et caracolait dans la pièce en faisant mine d'éteindre un feu déchaîné de tous les côtés, à grand renfort d'air pulsé. Les muscles de mon visage se contractaient pour rester sérieux. J'avais déjà perdu la bataille à moitié, mais comme j'arrivais à garder une voix ferme, elle utilisait le soufflet pour produire des bruits peu raffinés près de mes fesses, jusqu'à ce que ma voix se perde dans un fou rire – si bien que la personne en ligne me prenait pour un farceur et raccrochait aussi sec! Quand je me plaignais d'« avoir perdu une vente assurée », Ambre me prenait le combiné des mains avec un sourire confiant et, garanti sur facture, en quelques coups de fil elle obtenait la maigre commission qui m'était due.

16 novembre 1979

L'invitation officielle à leur mariage est arrivée. Bon. Elle allait donc jusqu'au bout. Elle allait vraiment l'épouser. Un Capricorne, signe de terre, dans la finance: classique de chez classique. J'ai extrait le carton chic et délicat de son enveloppe chic et délicate, et cette fois une petite note s'en est échappée:

La seule raison pour laquelle je ne t'ai pas proposé d'être ma demoiselle d'honneur, c'est que j'ai pensé que ça ne te plairait pas d'être appelé « demoiselle », et « damoiseau d'honneur » faisait trop bizarroïde. Mais tu es mon meilleur ami – viens et sois heureux pour moi.

Je t'aime de tout mon cœur! Ambre

Si elle m'aimait vraiment « de tout son cœur », pourquoi, mais pourquoi l'épouser lui ? Je ne voulais pas être mauvais perdant, franchement je voulais me montrer généreux et y aller. Pourtant, je ne parvenais pas à trouver en moi la force d'être « heureux pour elle » alors que je n'étais pas convaincu qu'elle-même serait heureuse, ni à court ni à long terme. La date prévue tombait dans moins d'un mois, le 8 décembre 1979, même pas un an après notre première rencontre. Aïe !

Environ deux semaines plus tard, j'étais dans ma chambre un soir, passant en revue les stations de radio, pas d'humeur à entendre de joyeuses chansons de Noël, surtout qu'on n'était pas encore en décembre, quand mon oreille a attrapé des bribes de mots qui m'ont glacé – quelque chose à propos du vol 901 d'Air New Zealand pour l'Antarctique. Le vol retour vers Auckland avait du retard et il n'y avait pas eu de contact radio depuis midi, disait-on. Au matin, on parlait de « débris sur le lieu du crash, emportés par le vent », de « l'avion écrasé sur le mont Erebus » et de « l'absence présumée de survivants ». Deux cent cinquante-sept morts. Je peux te dire que ça m'a vite sorti de mon cafard. J'ai eu l'impression de recevoir un seau d'eau glacée sur la tête. À côté de ces malheureux, de quoi je me plaignais ? D'accord, Ambre n'était pas à moi, certes, mais au moins était-elle vivante. Et j'avais encore ma famille, pas vrai ? Même ma morveuse de sœur me paraissait soudainement moins insupportable et j'ai été super sympa avec elle pendant quelques jours.

En fin de compte, le mariage s'est limité à une affaire simple, rondement menée. Ils se sont mariés dans la chapelle Saint-Stephen, dans la baie des Juges, à Parnell. Une jolie petite église blanche en bois avec un joli petit clocher. Surplombant des tombes paisibles. Un charmant jardin de roses et de pelouses bien soignées. Une cloche qui sonnait joliment. Comme c'était doux et pittoresque. Elle et lui, le couple idéal, comme des figurines sur un gâteau de mariage à trois étages ; si on ne s'en rapprochait pas pour s'apercevoir que quelque chose clochait. Les deux familles étaient là, avec un petit attroupement d'amis et de connaissances.

Oh, à vrai dire je n'y suis pas allé. Je ne connais ces détails que parce que plus d'un an après, en traversant la place Aotea, je suis tombé sur Candice, sa plus vieille amie, et au cours du bla-bla, elle m'a appris qu'Ambre avait l'air d'un ange descendu sur terre, en simple robe blanche qui lui tombait aux chevilles, une couronne de marguerites dans les cheveux, pieds nus, ses escarpins blancs abandonnés, des bulles de savon au lieu des poignées de riz, et ainsi de suite… jusqu'au moment où le tout m'est apparu aussi féerique et pétillant qu'un univers à la Disney. Bien des années plus tard, je serais ramené à cette même église dans les circonstances les plus étranges et, comme on respire la clope d'un autre, encore plus de détails de cette journée s'infiltreraient en moi.

Pourtant, j'avais prévu d'y aller. J'étais même tout à côté, du moins je passais régulièrement à côté, à la recherche d'une place pour me garer un samedi matin, dans Parnell grouillant de monde. J'y allais, vraiment, mais avec une appréhension grandissante à mesure que l'aiguille s'approchait du taataa taa taaaaaaa… *taataa taa taaaaaa*… On dit toujours que, lorsque quelqu'un de proche meurt, il faut le voir mort pour vraiment y croire. Peut-être que telle a été mon erreur. Parce que, à la dernière minute, je n'ai pas pu trouver en moi la force d'assister à l'événement, de m'infliger ça. Et donc j'ai continué à rouler jusqu'à la baie derrière l'église, aussi près que possible de l'eau, en veillant à ne pas enfoncer mes pneus trop profondément dans la bande de sable mouillé. Je me suis affalé dans le siège conducteur, mes lunettes d'aviateur sur le nez – le genre miroir qui renvoie la réalité en pleine figure. C'est ainsi que j'ai attendu que l'heure tourne. Comme une exécution.

À l'autre bout du monde

Mon projet de fin d'études rendu, je n'ai pas attendu la cérémonie de remise de diplômes pour mettre les voiles, j'avais trop besoin de m'échapper. Tout à la maison m'énervait. Maman. Papa. Vicky. La tablette en pin des Dix Commandements dans le couloir, qui finissait par : « Tu ne convoiteras point la maison de ton prochain ; tu ne convoiteras point la femme de ton prochain… » Oui, d'accord, mais est-ce que Stuart était vraiment mon *prochain*, lui qui résidait à Mount Eden ? Une banlieue où les troncs d'arbre étaient trop gros pour qu'on les entoure de ses bras, où les maisons avaient des *noms* ? L'extrait de Corinthiens 13:4-7 plastifié et aimanté sur le frigo disait : « L'amour est patient, il est plein de bonté… » – suivi d'une ribambelle de pseudo-définitions qui correspondaient à mon avis plus aux noces de diamant, aux sentiments et hormones assagis de quelqu'un de l'âge de Stuart. Parce que l'amour jeune, comme celui que j'éprouvais, était impatient, inextinguible, jaloux ; un volcan *actif*, brûlant, en fusion, jusqu'aux tréfonds de l'être. Même le « Jésus vous aime » en point de croix encadré dans le salon semblait souligner que *Lui seul* m'aimait, alors qu'*Elle* non, et en cas de cœur brisé, c'était un peu juste comme consolation.

J'ai adapté mon CV à divers secteurs d'emploi, à tel point que Darwin aurait été fier. Si par hasard le même employeur avait posé les yeux sur mes différentes lettres de motivation, il m'aurait fallu être téléporté façon Star Trek pour échapper à la honte. (« Je suis passionné par l'art. » « Je suis passionné par les jeunes en difficulté dans les quartiers défavorisés. » « Je suis passionné par l'eau pure. ») Finalement, l'occasion s'est présentée d'aller en France, comme second assistant du réalisateur Jean-Claude Lebournier. Enfin, pas « réalisateur » comme dans réalisateur de *films*, il n'avait fait aucun long ni même court-métrage – seulement des pubs pour la télé avec des budgets monstres, une équipe complète et tout le matos (caméras 35 mm, vraies grues, pas besoin de Caddies pour les travellings). Tous les diplômés pouvaient y envoyer leur candidature et parmi la poignée d'entre nous qui l'a fait, j'étais le Deuxième Choix. (Un schéma directeur qui semblait hélas se confirmer dans ma vie.) Puis le Premier Choix a décrété que les pubs n'étaient que la glamourisation de tout ce qui est pourri dans la société et s'est barré en Australie à la place pour réaliser un documentaire sur les Aborigènes.

Le 23 décembre j'ai donc atterri à Charles-de-Gaulle, sauté dans le RER et, après un changement à Châtelet qui s'est avéré plus long que si j'avais fait le chemin à pied, j'ai débouché à Saint-Lazare. Un sac militaire sur le dos, un plan de Paris sous le nez, j'aurais tout aussi bien pu me faire homme-sandwich promenant des panneaux « touriste ». Le long du boulevard Haussmann, les lumières de Noël tombaient sur les clients de dernière minute comme des flocons de neige, avec la régularité mécanique d'un blizzard dompté par le froid mordant du consumérisme. Sur la place de la Madeleine, les colonnes corinthiennes suggéraient qu'il s'agissait d'un ancien temple romain, alors qu'en fait c'était une église catholique construite à l'époque napoléonienne. Va comprendre. Sur un fronton, Marie-Madeleine était agenouillée, à moitié nue, cependant que les archanges Michel et Gabriel m'apparaissaient bien plus nus, sans susciter un quelconque jugement. Je n'ai pas pu m'empêcher d'imaginer Ambre dans le rôle, devant Stuart et moi, à la fin de nos jours, Là-Haut, implorant notre pardon pour l'avoir épousé lui au lieu de celui qu'elle aimait vraiment – moi.

Partout où je posais les yeux, les vitrines étaient décorées pour impressionner – une profusion de boules dorées, de couronnes de Noël assez larges pour laisser un tigre sauter au travers, des pluies torrentielles de cheveux d'ange argentés. Une tête de cheval, genre enseigne de guilde, a attiré mon regard et j'ai cligné des yeux plusieurs fois quand j'ai compris qu'elle signalait une boucherie vendant de la viande de cheval ! Je me suis demandé ce qu'aurait fait Ambre si elle avait été là avec moi. Les concessionnaires auto des Champs-Élysées, spectaculairement clinquants, avaient assez de rubans de velours pour transformer les nouveaux modèles en cadeaux préemballés que seuls les riches comme celui-auquel-je-ne-voulais-pas-penser pouvaient offrir. J'ai ressenti un pincement de jalousie malvenu et j'ai pressé le pas.

Puis, laissant derrière moi étincelles et effervescence, je suis arrivé place de l'Étoile où se dresse l'Arc de triomphe, massif et imposant. Là, mes yeux ont trouvé un peu de répit et j'ai contemplé la flamme sur la tombe du Soldat inconnu de la Première Guerre mondiale, un hommage à tous les morts pour leur patrie. Allumée en 1923, elle ne s'est jamais éteinte depuis, pas même pendant l'occupation allemande de Paris durant la Seconde Guerre mondiale. Oui, je pouvais m'identifier à cette flamme qui brûle toujours. J'ai fini par trouver l'avenue Hoche, une artère du VIIIe arrondissement bordée d'arbres, puis un immeuble en pierre calcaire dont les fenêtres étaient pourvues de meneaux comme des grandes croix blanches. La concierge, une femme entre deux âges, chignon serré, dents jaunies par la nicotine, a souri, apparemment amusée par ma tentative de parler français. Elle s'appelait Mme Clautier, je me rappelle.

« *Suivez-moi, monsieur** », m'a-t-elle dit en me guidant vers un minuscule ascenseur dont elle a repoussé la grille accordéon sur le côté. Il y avait à peine de la place pour deux et semblait mieux convenir à une descente dans un puits de mine.

« *Par ici**. » Mme Clautier a donné un coup sec avec la clé, m'a fait signe d'entrer, ne réservant ses commentaires qu'aux moments où je devais avoir l'air trop éberlué. Une pièce est apparue, aussi spacieuse qu'une cage de zoo. Une ampoule nue pendait d'un plafond assez haut, à un câble si long qu'il semblait inviter au suicide. Fixé à l'un des quatre murs, un radiateur électrique de la taille d'un grille-pain produisait probablement autant de chaleur, à la condition de se placer juste au-dessus. Une grande fenêtre, sympa, s'ouvrait sur une barre en fer minable à hauteur du tibia qui ne me sauverait pas d'une chute impressionnante si jamais je rentrais bourré et perdais pied.

J'avais quitté l'hémisphère Sud en plein été pour trouver ici l'hiver; malgré le radiateur poussé à pleine puissance, je pouvais voir la buée de mon haleine (sans clope au bec). Pendant un long moment, je suis resté à la fenêtre à contempler le vaste panorama de toits et d'antennes parisiennes. Pas de tour Eiffel, la fenêtre n'ouvrait pas du bon côté. Progressivement, le ciel au loin s'est teinté de rose orangé, puis les pigeons ont commencé à roucouler et à claquer des ailes en s'installant pour la nuit. Pigeons et ciel mourant m'ont pris par surprise, quelqu'un à qui je ne voulais pas penser a jailli dans mon esprit. Je savais que je devais aller prendre l'air et, après un bain à la Houdini dans la plus minuscule baignoire imaginable, je suis sorti voir la Flamme du Souvenir, ravivée comme tous les soirs au son d'un seul tambour militaire, sous une demi-douzaine de drapeaux français hissés haut dans les airs, en présence d'un groupe de vétérans voûtés par la conscience du temps passé, de leurs camarades morts et de leurs camarades vivants qui se raréfiaient de jour en jour.

À cause du décalage horaire, j'ai dormi toute la journée suivante et me suis réveillé au cœur de la nuit. Quand l'obscurité s'est enfin dissipée, c'était Noël. La ville bruissait toujours de vie et je me suis faufilé à l'intérieur de Notre-Dame avec un groupe de touristes japonais. Pour me rendre compte, sottement et en même temps qu'eux, que c'était une église catholique encore en activité, où la messe de Noël était en train d'être célébrée. Maman n'aurait pas été contente de me voir m'esquiver discrètement. Le Quartier latin était un labyrinthe de vieilles rues étroites et, à une intersection, mon attention a été retenue par un kiosque à journaux, ou plutôt par une queue d'un kilomètre, formée de gens qui se les pelaient. Alors que je m'approchais, j'ai été remis à ma place sèchement par une femme qui pensait que je doublais (se faire rabrouer dans une autre langue, je trouvais que ça perdait de son mordant), alors que je lisais simplement la une : *Invasion soviétique en Afghanistan**. C'était hallucinant, je ne pouvais pas y croire – la veille de Noël ? Paix et joie sur Terre, tu parles ! Cela dit, personne n'avait le droit de croire en Dieu en URSS, le père Noël était donc probablement hors jeu aussi.

Le Nouvel An 1980 est arrivé et reparti, puis, comme la plupart des gens sur cette planète, même à Paris, j'ai été emporté dans le tourbillon interminable du *métro, boulot, dodo**. Le Studio JCL s'est avéré être situé à côté de la station de métro Stalingrad. Pour l'atteindre, le métro s'élevait sur un viaduc, puis courait le long des toits ; parfois je le prenais jusqu'au terminus et je revenais juste pour voir le canal Saint-Martin et le Sacré-Cœur, qui ressemblait au gâteau de mariage auquel avaient probablement eu droit les deux tourtereaux. Malgré son nom soviétique, Stalingrad semblait plus proche de l'Afrique : une foule s'y promenait en vêtements amples adaptés aux pas nonchalants, les étoffes éclatantes coloraient l'espace. Le quartier était animé, les gens bavardaient et riaient ; pourtant, dans les yeux de certains, je voyais la réalité du béton qui écrasait les rêves.

J'ai quitté ce continent enserré dans les limites d'un arrondissement et grimpé jusqu'au studio, un loft dont le plafond vertigineux était fait d'une verrière assurant autant de luminosité à l'intérieur qu'à l'extérieur. Pour gagner encore en clarté, tout y était peint en blanc. Telle une pièce maîtresse aux échecs, Jean-Claude Lebournier, « *Le Réalisateur** », allait et venait, vêtu de noir de pied en cap – l'équivalent d'un uniforme de travail sur la scène artistique, qui le situait d'office dans la gauche caviar. Je me contenterai de dire que, lorsque Jean-Claude parlait de lui-même, il se mettait sur un pied d'égalité avec Michel-Ange, Raphaël ou Klimt. On était en permanence immergé dans les vagues de la musique ésotérique de Jean-Michel Jarre, puis pas un bruit quand retentissait le « *Silence* !* », gueulé par J.-C. à travers un mégaphone plutôt superflu dans cet espace *clos*. Et mon rôle à moi dans tout ça ? Eh bien, si la fumée n'était pas suffisamment épaisse quand il disait « *Action* !* », il fallait que je descende dans le « monde réel » pour acheter de la farine et en répandre partout à l'aide d'une machine à vent, sous les jurons variés de Jean-Claude : « *Putain. Et merde* !* »

Il faut dire que Paris ne m'a pas tout à fait offert la vie béret et baguette si pittoresque décrite dans *Un Américain à Paris*, le film culte de Maman. Dans la rue, je n'ai pas été entouré d'enfants se mettant à chanter comme ils l'avaient fait pour Gene Kelly. Les seuls gamins à s'être pressés autour de moi, une fois, près des Halles, c'était un groupe de jeunes Roms qui demandaient de l'argent, et je peux assurer que ma main n'a pas lâché une seconde mon portefeuille. Dans le métro, aux alentours des Grands Magasins et des bâtiments officiels, des policiers ou des gendarmes patrouillaient, mitraillettes en bandoulière, parfois aussi des militaires en kaki, mitraillettes au poing, prêts à tirer (je suppose quasi prêts – mais on les sentait assez prêts tout de même). Sachant que la police n'est pas armée en Nouvelle-Zélande, je me demandais s'il ne s'était pas produit quelque événement dont je devrais éventuellement me tenir informé. Il y avait des contrôles d'identité *au hasard*, enfin, pas tout à fait *au hasard*, disons qu'ils étaient plus fréquents pour les hommes à la peau foncée que pour les Japonais avec un attaché-case. Puis, vers la fin janvier, une bombe a explosé à l'ambassade de Syrie, dans le XVIe arrondissement qu'on disait bourgeois et ennuyeux. Huit blessés, dont une femme enceinte, un mort. Plus tard dans mon séjour, une autre bombe a explosé à la synagogue de la rue Copernic, faisant plus de morts et beaucoup plus de blessés.

Maintenant, imagine comment je me suis senti lorsque j'ai reçu un des « aérogrammes » de Maman (une pauvre feuille de papier ultra-léger pour ultra-radine, qui en se pliant devenait sa propre enveloppe, que j'ai dû ouvrir en la déchirant un peu pour qu'elle retrouve sa forme originelle de « lettre »). La missive me rappelait de me laver les mains avant de manger pour ne pas attraper la grippe (elle aurait dû plutôt se préoccuper des diverses MST que je pouvais choper à Pigalle), de bien cacher mon passeport sous mon matelas (alors qu'en fait je devais l'avoir toujours sur moi au cas où je serais « *contrôlé** », et d'ailleurs je dormais encore sur mon tapis de sol). La lettre était cosignée « Je t'embrasse, Papa », mais mon petit doigt me disait qu'il ne s'était pas donné la peine de lire tous les conseils de Maman.

Quelques semaines plus tard, l'un de ces aérogrammes envoyés par Maman renfermait un passager clandestin : un mot d'Ambre. Court et mignon, il transmettait ses « remerciements du fond du cœur » – Ambre l'avait confié à Maman parce qu'elle ne connaissait pas mon adresse. Tu vois, après ma non-venue au mariage, j'étais coincé avec le cadeau que je leur avais acheté – un vase en cristal, afin qu'elle ait une pensée pour moi chaque fois que Stuart lui offrirait des fleurs. Je craignais qu'il ne se brise si je l'expédiais par la poste, mais j'avais peur aussi que quelque chose en moi se brise si j'allais *chez lui*, ou à présent *chez eux*, leur donner le vase en mains propres. Je passe sur les détails, mais la veille de mon départ en France on s'est introduits discrètement, Ben et moi, dans leur allée et on a abandonné le cadeau devant la porte. Juste avant, on s'était enfilé quelques bières au bar pour dire *sayonara* à tout espoir de romance que j'avais pu nourrir et Ben m'avait aidé à trouver un petit mot d'accompagnement. On en était presque tombés de nos chaises de rire en passant en revue les possibilités. Leur souhaiter la « prospérité » paraissait tautologique, « une longue vie ensemble » un peu audacieux. Finalement, on a conclu en une ligne cucul la praline leur souhaitant « tout le bonheur du monde ».

Enfin, ce week-end (en France, je veux dire), j'ai rédigé une longue réponse à Ambre. J'avais beaucoup de choses à dire et personne à qui parler vraiment ; parfois, je me surprenais à lui parler dans ma tête malgré moi. Donc j'ai couché sur le papier mon avis sur les penseurs et les écrivains français, les artistes et les sculpteurs, la beauté de l'art et de l'architecture, la différence de classe plus marquée ici qu'en Nouvelle-Zélande. J'ai noté qu'on souriait moins ici ; je veux dire qu'ils avaient le sourire moins facile et moins large. Ou peut-être que j'étais simplement moins drôle en français, *ha ha*. J'ai passé ma nuit à lui écrire, à lui réécrire lorsque mon écriture avait fait des pâtés vraiment irrattrapables sur une page. En gros, je voulais lui montrer que j'avais avancé de mon côté, que j'étais parti à l'aventure, à la découverte du monde et à la rencontre des gens, mais aussi que je ne l'avais pas oubliée et que je la considérais toujours comme une amie – juste une amie – explicitement signalé par « Ma correspondante préférée », « Ton vieux pote Ethan » et « PS : mon bonjour à Stuart ».

Puis, pour essayer de passer à autre chose, maintenant que c'était *foutu**, je suis sorti avec deux ou trois filles. La première était une femme plus âgée (trente et quelque ?) qui habitait ce grand appartement trois étages en dessous et portait plein de manteaux de fourrure – pas tous à la fois, mais presque un différent chaque jour, dont au moins deux en vison. Elle s'appelait Odile. Ce n'est qu'à la mention de « *mon mari** » qu'il m'est apparu que l'homme d'âge moyen, *baraqué**, en grand manteau et qui polluait l'escalier avec son gros cigare était effectivement son mari – ce qui a mis un terme à l'aventure assez vite.

Puis il y a eu la mannequin d'un blond vénitien, pommelée de taches de rousseur, qui détenait un monopole lucratif sur ce « look » dans le monde des magazines de mode. Elle venait tout droit de New York et, lorsqu'elle a appris que j'arrivais de Nouvelle-Zélande, elle a commencé à me suivre pas à pas dans le studio, en me parlant de ses projets pour après.

« Après », dans l'univers du mannequinat, ça voulait dire « quand tu seras trop vieille pour faire du mannequinat », et « vieille », ça voulait dire que tu avais quitté le lycée depuis deux ans, avec ou sans ton bac. Le prénom Holly était imprimé sur son composite, avec des photos d'elle, ses mensurations de sablier et sa pointure impressionnante (qui s'intéresse encore aux petits pieds type Cendrillon ? De nos jours il fallait surtout avoir un visage et un corps). Après le shooting on est allés manger un morceau (« un morceau », c'est à peu près tout ce que mange un mannequin). On a dit qu'on resterait en contact, mais il manquait l'étincelle pour entamer une relation à distance.

Une fois, lors du tournage de la pub pour une glace qui fondait à une vitesse folle – les Balcar peuvent chauffer autant que des lampes à UV –, Jean-Claude m'avait dit d'aller chercher de la purée de pommes de terre, puisque personne ne ferait la différence une fois que ce serait couvert de sirop de chocolat (c'est-à-dire personne à part la mannequin de Berlin-Ouest qui devrait mimer le plaisir de la dégustation). Il fallait que tout soit d'un blanc immaculé, la table, le bol, le fond. Cette même nuit, j'ai fait un rêve dans lequel j'étais sur le yacht tout aussi immaculé de Stuart. Je portais sa casquette blanche de capitaine et je plongeais à la suite d'Ambre dans l'eau bleue où nous nous étreignions en un baiser salé, jusqu'à ce que soudain elle me repousse en réprimant un cri : j'avais sauté sans accrocher d'échelle sur le côté du bateau. Au nom du ciel, comment est-ce qu'on allait faire pour remonter ? Qu'est-ce que ce foutu rêve essayait de me dire ? Qu'elle avait gagné à épouser Stuart ? Ou c'était symbolique de l'argent ? Ça voudrait dire qu'avec moi, elle ne « remonterait jamais », littéralement, à ce niveau de vie. Ce n'était peut-être pas l'idée du siècle de lire les livres de Freud et Jung sur l'interprétation des rêves que Ben m'avait prêtés. Non, mais sérieusement. Parfois, sauter d'un gros bateau sans avoir pensé à accrocher l'échelle pour y remonter pouvait juste signifier qu'on avait peur de sauter d'un gros bateau sans penser à accrocher l'échelle pour y remonter.

À peu près un mois plus tard, un signe d'elle a atterri dans ma boîte aux lettres et malgré moi mon cœur a accéléré. L'enveloppe, épaisse, devait contenir beaucoup de feuilles pliées en deux. Est-ce que par hasard elle aurait rompu avec Stuart ? Sa lettre faisait, incroyablement, douze pages, mais ne disait rien de ce que j'avais osé espérer. Au début, elle m'annonçait qu'elle était restée dix jours chez ses parents parce que Danny s'était enfui après une dispute avec son père, encore une fois, mais que celui-ci gérait très bien la ferme tout seul et qu'elle était donc retournée chez elle (ou chez Stuart, de fait). Pendant des semaines, elle n'avait eu aucune idée de l'endroit où se trouvait son frère et elle avait été malade à l'idée qu'il fasse une bêtise. Quand il avait frappé à sa porte, l'air d'un clochard, il s'était mis à sangloter dans ses bras, répétant qu'il ne voulait pas « gâcher l'ambiance, maintenant qu'elle menait une vie heureuse ». Ces mots avaient « brisé son cœur en miettes » et elle avait conçu un plan qui l'aiderait à « trouver un endroit à lui, quelque part, pour démêler les fils de sa vie ». Elle me disait qu'il avait toutes ses chances aux manifestations équestres, que la décision de la Nouvelle-Zélande de boycotter Moscou était un autre coup dur pour lui, elle me taquinait sur le fait que « ma France » (depuis quand c'était la *mienne* ?) y allait, enfin qu'elle (Ambre) et ses amis empruntaient le bateau de Stuart pour dénoncer les essais nucléaires de la France dans le Pacifique pendant que moi, je me vautrais dans le « *Oh là là* !* ». Comme pour opposer son activisme à mon hédonisme, elle avait joint un

Polaroïd d'elle durant une « Marche des mutants », le crâne à nu pour cause de « radiations » – je devinais qu'elle avait ramassé ses cheveux sous un bonnet de bain beige qui la faisait ressembler à la fille des Conehead, ce qui, je suppose, était le but de l'opération. Et elle avait dû donner l'illusion d'un œil fondu grâce à de la cire. La photo était beaucoup trop moche pour que je la garde.

Elle m'écrivait aussi qu'elle avait eu « une pensée pour moi » en s'entraînant à la cuisine française ; son premier soufflé avait fait un flop, mais sa quiche et sa mousse au chocolat étaient plutôt réussies pour une novice. Pour le prouver, une flèche indiquait trois taches aux tons automnaux sous un « Gratte et sens ! ». Je n'ai pas pu m'empêcher de rire, tout en m'abstenant de gratter et de sentir. Stuart allait bien, il avait des tonnes de boulot mais réservait du temps le week-end pour lui apprendre à jouer au tennis ; et ses balles jaunes duveteuses fusaient bien haut dans les airs. La veille (d'après le cachet de la poste, ça faisait déjà deux semaines), il avait amélioré son système de navigation pour qu'ils puissent s'éloigner autant qu'ils le voulaient de la côte l'esprit tranquille. Il n'y avait pas plus d'informations au sujet de Stuart, mais la lettre finissait quand même sur lui. Pas de pot.

Au cours des mois suivants, elle m'a de nouveau écrit, mais ses lettres étaient de plus en plus brèves et précipitées, de plus en plus espacées. La dernière donnait des nouvelles de Danny, qui avait déménagé à Londres et passait beaucoup de temps à Newmarket, dans le Suffolk – haut lieu de l'équitation –, avec un jockey, et de Stuart qui s'épuisait au travail (son partenaire avait prévu de prendre sa retraite, ce qui ne faisait qu'ajouter à son boulot). Quelques mots sur le tennis qui avait été mis entre parenthèses, vu que Stuart n'était pas au mieux de sa forme et qu'il devait faire des examens, mais n'avait rien qu'un ou deux rayons de soleil ne puissent guérir. J'avais ma petite idée sur sa façon d'épuiser le pauvre vieux. Puis plus de lettres, et ce fut tout.

À la frontière de l'être

Voilà des jours que je reste enfermé ; le vent hurle en permanence et il tombe tellement de neige que je me demande si nous allons finir enfouis, toute trace de nous à jamais effacée. Franchement, jouer aux fléchettes peut distraire les hommes une heure ou deux, pas plus (et ne semble pas du tout amuser les rares femmes ici). Si les choses continuent à ce train, ce n'est qu'une question de temps avant qu'on se mette à se les jeter les uns sur les autres ! Même quand il fait beau, la sensation d'éloignement que j'éprouve en Antarctique est quelque chose de troublant que je n'ai jamais ressenti auparavant. À voir Vénus briller de façon spectaculaire dans un ciel bleu sans étoiles, et non dans un environnement normal de nuit noire, j'ai l'impression qu'il s'agit de notre soleil inexplicablement éloigné ; à moins que je ne me sois éloigné moi-même, jusqu'à le contempler à présent d'une lointaine planète glacée. Par moments, on en vient à penser qu'être ici ou à la frontière extérieure du système solaire, c'est la même chose… Pourtant, ironiquement, la distance ne fait que raviver un sentiment de proximité envers les êtres auxquels on tient le plus et qui, en esprit, apparaissent plus vrais, plus tangibles, pendant que tout autour le reste disparaît.

Onehunga

5 décembre 1980

Dès que j'ai posé le pied à l'aéroport d'Auckland, j'ai eu l'impression de fouler sa terre de nouveau, mais depuis quand Auckland était devenu sa terre à *elle*, et plus la mienne ? Déjà, avant que je n'atteigne la salle des arrivées et rejoigne Maman qui m'attendait, bras grands ouverts, tout m'était revenu en mémoire comme si je n'étais jamais parti. Sur le chemin du retour, Maman avait prévu quelques courses et, voulant me faire plaisir, elle s'est arrêtée au Farmers, sur Hobson Street, où, comme toujours à cette époque de l'année, un père Noël géant nous contemplait du haut de ses vingt mètres, plus de dix fois ma taille adulte. Enfant, je le trouvais intimidant ; je craignais qu'il m'enferme dans son poing, comme King Kong, si je n'étais pas sage. Me retrouver devant lui, à mon âge, me causait un malaise indéfinissable. D'autant que je remarquais des choses auxquelles je n'avais jamais prêté attention autrefois, comme ses clins d'œil et sa ceinture mal centrée, alors que, de l'index, il invitait les piétons à s'approcher de lui. Avec un regard d'adulte, c'était une raison amplement suffisante pour changer de trottoir, ai-je conclu, même s'il avait eu une taille normale. J'ai fait part de mon impression à Maman, sûr qu'elle me dirait d'un ton dédaigneux que j'avais l'esprit mal placé ; mais, à ma grande surprise, elle a éclaté de rire.

Au début, tout à Auckland me rappelait Ambre – le paysage urbain, le paysage rural autour du paysage urbain, le paysage côtier au bord du paysage rural autour du paysage urbain. Tous les endroits où on était allés, tous ceux où j'avais eu envie d'aller avec elle un jour. Je crois que ce sont les odeurs qui m'ont fait rechuter malgré moi. Une bouffée de patchouli m'a ramené contre ma volonté à l'été 1979, à cette euphorie intemporelle qui a suivi notre rencontre, de même que les embruns venus de la côte. À ce Noël en famille, Ambre était comme l'invitée que j'étais le seul à voir. Alors que ma sœur assise sous le sapin déballait une nouvelle robe d'été, Ambre surgissait de nulle part pour me montrer à quoi elle aurait ressemblé dedans. C'était elle, encore, qui restait bouche bée devant le cadeau que Maman m'avait offert, une cravate à motif de truite. Et attention, ce n'était pas une multitude de petites truites, non, c'était la surface entière de la cravate qui représentait une seule grosse prise – en bas, sa tête morose déclenchait l'eurêka : j'avais une truite pendue autour du cou. *Merci, Maman !* Je n'ai pas pu m'empêcher de me demander si Ambre aurait été heureuse dans ma famille, dans un monde où elle n'aurait pas rencontré Stuart. Mais quand Papa s'est mis à se tordre de rire à ses propres blagues – *Comment appelle-t-on un chat tombé dans un pot de peinture le jour de Noël ? Un chat-peint de Noël !* –, en fait j'ai été soulagé qu'elle ne soit pas parmi nous.

Nouvel An 1981

J'ai passé le Nouvel An avec Ben et un autre ami, Kahu, qui se partageaient un appart à loyer modéré dont le salon pouvait servir de troisième chambre. Ben entrait en thèse (il était destiné à y rester un bout de temps) et Kahu travaillait aux Westfield Freezing Works près du port de Manukau. Me mettre en coloc avec eux n'a pas été une décision consciente ; plutôt *inconsciente*, même, dans la mesure où, quand on finissait en coma éthylique après une beuverie, c'était encore là le meilleur endroit où dormir… et peu à peu c'est devenu une habitude. De temps en temps, je rentrais chercher quelques affaires propres à la maison, mais je n'y dormais que si je ne pouvais faire autrement, car ma vieille chambre commençait à trop ressembler à un musée dédié à mon enfance, exposant le trophée du Meilleur Joueur de Football du Jour, mes écussons de louveteau, la collection du *Club des Cinq* et autres reliques dont Maman était devenue la conservatrice en chef.

La coloc avait ses avantages, comme la liberté de faire ou de ne pas faire ce qu'on voulait, mais elle avait aussi ses inconvénients, comme la douche constamment bouchée par une substance noire et visqueuse, les poils douteux sur le savon à corde ou comment trois estomacs fondant sur un frigo ne laissaient plus rien d'intact. Je me rappelle encore à quel point nous avions la dalle la nuit, mais le pain que nous achetions ne faisait pas l'affaire – c'était le-moins-cher-des-moins-chers –, celui avec quatre-vingts pour cent d'air et des trous tellement gros qu'on pouvait respirer à travers une tranche, et même deux ou trois superposées. On le savait de source sûre puisque, une fois, bourrés, on avait essayé et on était encore vivants pour en parler. À l'époque, les supermarchés ne restaient ouverts tard le soir que le vendredi, quand on y trouvait les plus marginaux – et nous, que les clients normaux, je suppose, devaient trouver tout aussi suspects.

On menait une vie folle et décadente. On s'éclatait avec Ben et Kahu chaque fois qu'on trouvait le temps et l'énergie de charger la bagnole avec assez de packs de bière pour faire descendre la pression des pneus de 0,5 bar. Parfois, on se marinait tellement le cerveau qu'on inventait des trucs vraiment très cons. Comme cette fois où il n'y avait plus de gaz pour allumer la cuisinière, alors on a eu l'idée de mettre une casserole d'eau dans la cheminée. Elle a mis une heure entière à bouillir, puis il en a fallu une autre avant que les spaghettis commencent à donner l'impression, au toucher (avec une fourchette, dois-je préciser), d'être cuits. J'ai encore le souvenir de Kahu tenant la passoire dans le creux de sa main au-dessus de l'évier, y vidant la casserole de l'autre. Avec un gros plop, un gâteau de pâtes agglomérées est tombé dedans, en même temps que l'eau bouillante se déversait à travers les trous sur la main de Kahu. Merde. Ça, c'était carrément con ! Plus con encore, on l'a foutu dans la vieille caisse de Ben (la même qu'en 1979, plus vieille de deux ans) et, complètement déchirés (une étincelle de briquet aurait suffi à changer nos souffles en lance-flammes), on a filé aux urgences, avec lui qui beuglait sur le siège arrière, à Dieu seul sait quelle vitesse et quelle heure (parce que nous – aucune idée). Il a été soigné pour brûlures au second degré et a perdu l'usage de sa main pendant trois semaines. Quand Kahu était retourné travailler à l'usine de viande, son collègue Tamati, un balèze qui était pour lui un frère, avait été renvoyé à Samoa, comme son cousin deux ans auparavant, pendant la vague des raids de l'aube[1]. Kahu racontait que, quand il était trop claqué pour monter une autre carcasse de bœuf sur un crochet, ce

1. Dans les années 1970, des vagues de perquisitions visant essentiellement les populations des îles du Pacifique (Samoa, Tonga, Fidji, etc.) ont été menées en Nouvelle-Zélande. Les policiers arrivaient à leurs domiciles au milieu de la nuit ou à l'aube dans le but officiel de vérifier leurs papiers et, le cas échéant, de les renvoyer chez eux, la Nouvelle-Zélande affrontant alors une crise économique.

mastodonte de Tamati, assuré que le superviseur regardait ailleurs, le hissait pour lui, presque à deux doigts. (Car il ne lui en restait à peu près que deux ; il en avait perdu un certain nombre au fil des ans en utilisant la scie à os.)

Parfois, étendus à moitié bourrés, on était émerveillés par la vitesse à laquelle un matelas pouvait tournoyer, jusqu'à ce que l'un d'entre nous se réveille dans la mare de son dernier repas ; un gâchis de nourriture à grande échelle comparé à la règle chez mes parents où ne pas manger sa croûte de pain était un péché. Mais à cette époque de nos vies, on n'avait plus de parents auxquels on devait faire face ; à la place, un laitier, quadra bien conservé du nom de Bill, dont le seul but dans la vie était de servir son prochain et qui portait un tablier par-dessus son short. On oubliait toujours de sortir les bouteilles vides, alors Bill frappait à la porte jusqu'à ce que quelqu'un lui ouvre et se prenne du même coup le soleil brutalement en pleine figure. Il y avait quelque chose de tellement sain chez Bill, qui contrastait avec nos visages mal rasés, nos bouteilles de bière et de picrate vides qui pointaient dans toutes les directions d'une boussole, les mouches qui festoyaient dans les boîtes de conserve où nous avions directement bouffé – nous étions une-honte-non-mais-que-devient-le-monde-je-vous-jure. Bref, il n'approuvait pas que nous, jeunes gens, devenions de telles mauvaises graines, et je pense que c'est pour ça qu'il nous livrait avec insistance son lait et ses bienfaits naturels.

Tout ce temps, j'éclusais Ambre hors de mes pensées même si, parfois, elle demeurait encore quelque part dans un vague coin supérieur de mon existence spatiale, telle une déesse à la santé de laquelle je buvais, tout en évitant de penser à ce que j'infligeais à la mienne. Aucun doute que le trop-plein de temps libre devenait un problème, étant donné que le boulot à Auckland n'était pas aussi régulier qu'à Paris. Bien sûr, il y avait des pubs pour la télé ici aussi, mais pas autant, loin de là ; en plus, tout le monde ne me choisissait pas comme assistant réal. Une fois, alors que j'allais en voiture dans le quartier de Parnell pour essayer de vendre un script qui avait une chance sur cent d'être retenu par une boîte de production, j'ai repéré une fille, mince, avec de longs cheveux blonds, qui marchait au bord de la route. Je m'en suis voulu de l'avoir matée pour savoir si c'était bien elle, alors que, évidemment, ce n'était pas le cas. Une autre fois, tandis que je roulais sur l'autoroute, une moto m'a dépassé. Derrière un grand mec, une fille assise, ses longs cheveux blonds échappés de son casque flottant dans le vent. Un short en jean et une paire de tongs passant à cent kilomètres à l'heure. Trop rapide pour distinguer si c'était Ambre ou non, mais le type m'avait paru beaucoup trop voyou pour cette probabilité – d'ailleurs je me suis même demandé pourquoi je me posais la question.

Je voulais l'oublier, pourtant au fond elle me manquait, et une partie de moi regrettait notre amitié, nos conversations. Mais je ne pouvais pas supporter l'idée de me rendre chez eux pour voir les deux tourtereaux ensemble. À cette idée, je sentais quelque chose se contracter en moi. Ma frustration croissait quand j'avais le moral à zéro. Plus Ambre me paraissait inatteignable, plus je me retrouvais à lui souhaiter du mal, à lui, comme s'il portait seul la responsabilité de tout ce qui n'allait pas dans ma vie. Par moments, je me disais que s'il pouvait m'accorder une seule faveur – avoir un accident de voiture, un infarctus, quoi que ce soit, et mourir –, tous mes problèmes seraient résolus. Ou s'ils pouvaient simplement se dépêcher de divorcer. Et ça oscillait. Mourir. Divorcer. Mourir. Divorcer.

Un jour, mû par la curiosité, alors que j'étais à une rue de chez eux, j'ai tourné à Wynyard Road avec l'idée de passer devant leur maison, juste pour voir si elle était encore là. La dernière (et unique) fois que j'y étais allé, c'était avec Ben, la veille de mon départ en France. Elle était encore là. Le même portail imposant. Les mêmes arbres immenses. La même construction contemporaine, les mêmes plantes grimpantes en fleurs. Juste un truc nouveau. En train de sécher, une combinaison de plongée suspendue à une enjolivure de fer forgé, une parmi plusieurs sous une protubérance architecturale en stuc qui surplombait les marches. J'ai tout de suite su que c'était sa combinaison à elle : longiligne, avec les petites bosses de féminité aux bons endroits. Et, retourné sur la pelouse, un kayak monoplace séchait aussi. Est-ce qu'elle était sortie en mer toute seule ? Pour réfléchir ? Enfin, savoir comment elle allait n'était vraiment plus mon problème. J'avais des choses autrement plus importantes en tête. Regardant droit devant moi, j'ai appuyé sur l'accélérateur. Plus qu'heureux de m'en aller.

Durant toutes ces semaines, je ne pense pas que mes colocs aient jamais remarqué mon niveau de solitude et d'épuisement, les rejets de mes candidatures qui faisaient remonter tous les rejets de ma vie personnelle, tous les doutes. Mais impossible de raconter à Kahu ce qui se passait en moi ; il n'aurait pas pigé. Il se serait dit que j'étais fou d'accorder autant d'attention à quelque chose contre quoi je ne pouvais rien. Ben aussi aurait dit que j'étais fou, mais ensuite il se serait régalé à essayer de démêler tout ce qui défilait dans mon cerveau. Il traitait ainsi tous ceux qui se laissaient faire dans un moment de faiblesse. Il éclairait tellement le conscient, l'inconscient, même le *pré-conscient*, qu'il ne restait pratiquement plus que la *conscience de soi*.

16 avril 1981

J'ai fini par la croiser, ou devrais-je dire *les* croiser, qui sortaient ensemble du Musée du mémorial de guerre, à Auckland. Au pied de la butte, j'ai levé les yeux et je l'ai vue en premier – aucun doute, c'était elle. Elle m'a coupé le souffle. Sa silhouette mince prise dans une ample robe blanche qui lui moulait les jambes au gré du vent, ses longs cheveux blonds qui volaient autour de son visage. Puis ses grosses baskets blanches ont un peu tué l'effet ; de toute façon, c'est à ce moment-là que j'ai vu Stuart. Pendant une seconde ou deux, je n'en ai pas cru mes yeux : ça ne pouvait quand même pas être lui, si ? En *fauteuil roulant* ?

Quelque chose en moi a changé d'un seul coup, comme si j'avais passé trois vitesses en autant de secondes, et sans réfléchir j'ai couru jusqu'en haut de la pente pour la serrer dans mes bras, fort et longtemps ; elle sentait légèrement la sueur. Puis, avec la même chaleur, je me suis penché spontanément pour serrer Stuart dans mes bras aussi – assez gauchement puisqu'il était appuyé à son dossier. Lorsque je me suis retourné vers elle, j'ai remarqué qu'elle avait des traces de sommeil dans les yeux et qu'elle ne s'était peut-être pas lavée. Elle semblait mal à l'aise, comme si elle ne savait pas comment annoncer la mauvaise nouvelle.

« Stuart aurait pu se débrouiller sans fauteuil aujourd'hui, mais c'est moins fatigant pour lui de l'utiliser, tu sais, dit-elle, redressant les épaules et affichant un sourire vaillant.

– Ce matin, je sens mes jointures comme des octogones vissés dans des cercles, a dit Stuart, c'est ce que la PR fait à un homme. » Il a tourné ses poignets pour en faire la démonstration, ce qui lui a valu un regard noir de la part d'Ambre, qui, clairement, aurait préféré qu'il ne dise rien.

Elle a dû lire sur mon visage à quel point j'étais sidéré, parce qu'elle a eu un petit rire défensif : « Ce n'est pas aussi grave qu'il le laisse entendre », a-t-elle dit avant de changer de sujet – comme c'était gentil de ma part de revenir de France pour voir ma famille à Pâques. Mes parents devaient être fous de joie.

J'avais beaucoup trop honte d'admettre que j'étais de retour depuis trois mois déjà, sans avoir pris la peine de leur faire signe.

« Tu vas au musée ? a demandé Stuart alors qu'Ambre commençait à écarter le fauteuil de moi.

– Oui, ai-je un peu menti en essayant de sourire.

– L'exposition "Des cicatrices au cœur", a-t-il lancé par-dessus son épaule en se tordant le cou. À voir absolument !

– On reste à la maison dimanche et lundi de Pâques. On ne bouge pas. Passe, si tu es libre ? Ce serait vraiment chouette de te voir. »

Elle semblait nerveuse malgré son sourire, le regard assombri tandis qu'elle poussait le fauteuil pour partir. Ils n'étaient pas encore très loin lorsqu'il a tourné la tête vers moi, pas assez cependant pour me voir, et qu'il a crié : « Pas exactement le genre de deux-roues dont j'avais rêvé ! Méfie-toi de ce que tu souhaites dans la vie, Ethan ! »

En vérité, j'allais au musée déposer ma candidature à un mi-temps d'assistant au service des archives photos. Je n'avais à présenter qu'une activité réduite depuis mon retour – deux documentaires réalisés avec une caméra Super 8. Et encore, l'un des docus n'était qu'une vidéo pour le Dunedin College of Education montrant des petits enfants barbouillant au doigt, et l'autre, une vidéo pour une compagnie de bois de construction à Northland, dont le public potentiel s'élevait à trente personnes – si tant est qu'elle soit projetée à l'un des événements de la chambre de commerce. J'avais quand même prévu ensuite de faire un tour à tous les étages – Première Guerre mondiale, Seconde Guerre mondiale, artefacts maoris –, au cas où je décrocherais un entretien. Ce n'était donc pas un mensonge sur toute la ligne.

Sur le chemin du retour, je me suis précipité à la bibliothèque. Il ne m'a pas fallu longtemps pour mettre la main sur l'*Encyclopédie médicale illustrée* et j'ai parcouru l'index aussi vite que possible, avant d'aller à la bonne page. PR. Voilà. Polyarthrite rhumatoïde. « Maladie chronique *dégénérative.* » Qu'est-ce que ça voulait dire, *dégénérative* ? J'ai continué ma lecture, me sentant de plus en plus mal. C'était une « maladie auto-immune », ce qui *grosso modo* signifiait que Stuart se faisait attaquer par lui-même, par son propre système immunitaire qui se retournait soudain inexplicablement contre lui. Selon l'article, la maladie « a pour conséquence » (pas « peut avoir » ou « a potentiellement pour effet », la formule n'acceptait pas d'incertitude) une « difformité douloureuse » et une « immobilisation ». Si elle « affecte principalement les articulations, les os et le cartilage », on constate aussi « des baisses de globules rouges et une inflammation au niveau des poumons et du cœur ». Enfin, « les symptômes s'installent progressivement, de quelques semaines à plusieurs mois, la plupart du temps ». C'était sûrement ce qu'elle avait voulu dire dans sa lettre, quand elle m'avait raconté que Stuart ne se sentait pas bien et devait passer des examens. Puis ses lettres avaient cessé d'un coup, peut-être parce que le diagnostic était tombé ? Bien sûr, je n'avais pas de superpouvoirs et, si je lui avais parfois souhaité tout le mal possible, je ne pouvais pas être responsable de son état. Mais quand même, mon éducation catholique ne me laissait pas oublier que, si on l'a pensé, on l'a déjà commis dans son cœur. Ce genre de culpabilité ne s'efface pas facilement.

Putain! J'ai refermé brutalement le volume, surtout pour ne plus voir les photographies cliniques d'un pied aux orteils tellement déformés qu'ils échangeaient pratiquement leurs places, d'une main pareillement tordue, d'une colonne vertébrale en si mauvais état qu'on aurait cru que des coquilles d'huître avaient été fourrées au hasard sous la peau du patient. J'ai décidé sur-le-champ que j'irais leur rendre visite à Pâques pour leur demander comment je pouvais les aider. Même pas demander, juste déclarer: « Dites-moi ce que je peux faire. » Je me révélerais comme un être décent, attentionné, qui les soutiendrait au long de cette épreuve. Quant à mes sentiments pour elle? C'était comme si j'avais pris une douche froide. Il n'y avait plus la moindre chance que je puisse de nouveau penser à elle comme avant. Oh, je tenais encore à elle, comprends-moi bien, mais à ce moment précis ne comptait que la bienveillance, seulement la bienveillance, et cette bienveillance s'appliquait désormais à elle comme à lui.

Lundi de Pâques 1981

Je ne sais pas pourquoi je m'étais figuré un après-midi tranquille chez eux, juste nous trois, et moi en train de les divertir avec des anecdotes sur mon séjour en France, égayant l'ambiance comme seule une tierce personne saurait le faire. Mais sur place j'ai été étonné d'entendre de l'animation à l'intérieur, des voix, des rires, du jazz aussi, et les longues notes d'un saxophone s'étirant jusqu'au bégaiement final. Rien à voir avec l'ambiance triste et lugubre que je m'étais imaginée. La porte était entrouverte grâce à une palme de plongée coincée dessous – Ambre toute crachée, personne d'autre qu'elle ne pouvait avoir eu pareille idée. J'ai appuyé sur la sonnette chromée et j'ai attendu, en me demandant si je devais avoir les mains devant moi ou derrière, sachant que je tenais un bouquet de lys de Pâques, et qu'il ne fallait pas que j'aie l'air d'un prétendant ; mais le carillon s'étant perdu dans le flot de jazz, je suis donc entré de moi-même, laissant mon oreille me guider en haut des marches flottantes, espérant qu'ils n'avaient pas un rottweiler dont le nez le guiderait jusqu'à moi. La dernière marche s'élargissait pour devenir une entrée qui menait vers un salon aux fenêtres mesurant plusieurs fois ma taille en hauteur et en largeur (c'est-à-dire, si j'étais à l'horizontale), et si impeccablement propres qu'elles disparaissaient presque pour laisser le regard contempler la ville, le port et au-delà.

Ma seconde impression, après l'illusion que les murs étaient absents, a été que tout était absent. Vraiment surprenant, chez quelqu'un d'aussi riche. Pas de table basse, de console, de desserte, de guéridon, ni d'étagères, de télé, rien. Pas la moindre lampe, l'éclairage émanait de sortes de palets de hockey incrustés dans le plafond. Est-ce que Stuart s'était débarrassé, jusqu'au dernier objet, de son premier mariage ? Ce vide était accentué par la présence d'une seule sculpture de marbre noir, de larges dimensions, ombre sombre et morbide, presque comme si sa première femme avait laissé là son essence, sa tragédie ; ça me rappelait un peu les ombres éternelles d'Hiroshima et de Nagasaki imprimées sur le trottoir, que la pluie ne lavera jamais. Au moins y avait-il de la place pour s'asseoir, un ensemble de fauteuils design aux bras hypertrophiés. Stuart trônait dans l'un d'eux, entouré de trois personnes qui lui parlaient tels des courtisans à un roi : Tanya, sa fille, que je reconnaissais pour l'avoir vue au restaurant coréen, une espèce de binoclard de presque deux mètres et une femme tout aussi grande.

« Ethan, mon ami, entre ! Quel plaisir que tu sois venu ! » s'est exclamé Stuart. Toujours assis, il m'a serré la main comme si ça lui faisait *vraiment* plaisir de me voir. « Tu te souviens de ma petite dernière, Tanya ? »

Elle a souri, montrant de profondes fossettes, et m'a pris les fleurs des mains.

« Et voici ma fille aînée, Fiona, et Charlie, mon fils, qui sont tous les deux venus de Londres.

– Bonjour !

– Bonjour. »

Les mains se sont serrées, la mienne assurant tout l'effort cependant que la leur suivait mollement, tels les pieds du passager à l'arrière d'un tandem. J'ai compris que Fiona était la mère de la mouflette timide et du bébé qui rampait partout, un bandeau à fleurs dans les cheveux.

Aucun signe d'Ambre. Alors que je la cherchais du regard, mon attention a été attirée par une alcôve qui abritait un cairn ; au-dessus, une photo de feu Mme Reeds, souriante ; le dessin de ses pattes d'oie et ses yeux lumineux éveillaient en moi tristesse et regret que les choses aient si mal fini pour elle. Tant de pensées se bousculaient dans ma tête que, lorsque Ambre a déboulé, j'ai presque laissé échapper un « oh la vache ! ». Elle avait les cheveux relevés en un « chignon » aussi grand qu'une boule de pain et portait un plateau d'argent – plus bourgeois, tu meurs ; on aurait dit qu'elle avait retourné sa veste pour devenir une dame du monde. Dans un sens, elle me rappelait Vicky quand elle avait encore un âge à un chiffre, qu'elle mettait les talons de Maman et se pavanait sur ses chevilles vacillantes comme du caoutchouc. Pour être franc, rien n'était trop grand pour Ambre et son tailleur-jupe pastel lui allait comme un gant. Seulement, ça me semblait faux et malhonnête de faire semblant d'être quelqu'un d'autre, maintenant qu'on avait quitté le royaume de l'enfance et de l'imaginaire ; mais je n'étais pas venu pour critiquer ou juger – c'était juste mon sentiment, malgré moi. À mon avis, ça aurait dû sauter aux yeux de tout le monde : quelque chose clochait dans l'ordre naturel, vu que deux de ses « beaux-enfants » mesuraient une tête de plus qu'elle et avaient à peu près le double de son âge.

Dès qu'elle m'a vu, Ambre a souri, posé le plateau et sorti un œuf moucheté de peinture de la poche de sa jupe. Ses doigts, j'ai remarqué, étaient tachés de jaune, de bleu et d'orange pâle.

« Ce n'est pas un Fabergé, il est fait maison. »

Je l'ai tourné lentement dans ma main pour l'admirer.

« Il est trop beau. Aucune chance que je le mange.

– Je ne peux pas t'en vouloir, a-t-elle rigolé. À l'intérieur c'est juste un bon vieil œuf dur. Mais on ne dirait pas – à le voir, on s'attendrait presque à ce qu'un oiseau exotique en sorte et s'envole avec ses longues ailes magnifiques. »

Fiona et Charles s'étaient approchés. Ambre commençait à leur raconter que son frère était lui aussi basé à Londres maintenant, mais qu'il s'entraînait régulièrement à Newmarket, j'ai distinctement entendu le mot « cross-country ». Je me suis félicité d'avoir retenu le commentaire que j'étais à deux doigts de lâcher : « *Je ne savais pas que Danny faisait du cross-country ?* » parce que, en l'écoutant, j'ai compris que c'était le *cheval* qui faisait du cross-country, pas *lui*, et que leur père s'occupait seul du haras. Puis Ambre s'est dépêchée d'ajouter : « Bien sûr, Papa est très en forme pour son âge », et : « Papa n'arrête pas du matin au soir », ou encore : « En plus, c'est une occasion en or pour Daniel ». Pourquoi elle s'emmerdait tant à vouloir être acceptée ? C'était une bataille perdue d'avance, rien de ce qu'elle pouvait dire n'effacerait le mépris qu'ils éprouvaient clairement pour ce père campagnard, ce haras crotté, ce parvenu de frère, ou tout ce qui touchait Ambre de près ou de loin. Même moi, je m'en rendais compte. Mais peut-être était-ce plus facile vu de l'extérieur.

Peu après, le mari de Fiona – contrôleur de gestion, ai-je besoin d'en dire plus – est venu vers Ambre et lui a murmuré quelque chose à l'oreille qui l'a précipitée hors de la pièce et ça m'a donné envie d'étaler son pruneau au bacon sur ses lunettes en culs-de-bouteille. Au bout d'une longue attente, elle est revenue, l'air agité, un biberon en main, dont elle essayait de faire jaillir quelques gouttes de lait à l'intérieur de son poignet ; c'est là que j'ai réalisé qu'elle n'était pas seulement belle-*mère* mais bien plus encore, belle-*grand-mère* ! Mais « Mamie » manquait d'expérience pratique. Le truc à téter refusait d'abord de marcher, puis brusquement il s'est mis à le faire un peu trop bien, et un jet long et fin a dessiné une ligne blanche sur le plancher et sur le bout des brogues noires de Monsieur le Contrôleur de Gestion – le prenant par surprise. Instinctivement elle m'a jeté un regard en se mordant la lèvre. Personne, pas même lui, n'avait rien remarqué, sauf nous deux ; Ambre a tenté de réprimer son rire qui enflait, de le refouler, sans succès : on ne peut pas étouffer un fou rire, du genre qui fait tant de bien qu'il peut ressembler à des sanglots – avec larmes, spasmes et le reste.

Pour je ne sais quelle raison, Fiona en a profité pour me jeter un regard noir, puis, arrachant presque le biberon des mains d'Ambre, elle a testé la température elle-même. Une heure plus tard, elle continuait de nous surveiller du coin de l'œil, Ambre et moi, apparemment envahie d'un tas de soupçons. Je pouvais presque la voir réfléchir : est-ce qu'on avait été ensemble, ou pire, est-ce qu'on était *encore* ensemble, dans le dos de tout le monde, à la manœuvre pour capter la fortune de Stuart et mener la belle vie une fois que *lui* aurait cassé sa pipe ?

Le match

Fin avril 1981

« *Mon pays n'est pas un pays, c'est l'hiver**... » écrivait le poète canadien Gilles Vigneault. J'ignorais encore que j'allais bientôt découvrir le véritable sens de ces mots, en quittant l'hémisphère Sud pour le tournage d'un documentaire sur la nature de la région la plus au nord du Québec. C'est là que j'ai rencontré Bertrand, il y a dix ans, puis Rémy et Raoul. Je revois encore Bertrand en train de m'attendre à l'aéroport de Québec City – grosse barbe ébouriffée comme une de ces éponges grattoir en cuivre qu'on utilise pour nettoyer son barbecue, un vrai nez de poivrot, des sourcils broussailleux toujours froncés, un bonnet coiffé d'un pompon rouge un peu ridicule. Il tenait un clap de cinéma sur lequel mon nom était écrit à la craie, et mon premier réflexe avait été de marcher sans m'arrêter, comme si je croisais un psychopathe dans les bois. L'inquiétude a augmenté quand il a ouvert la bouche. Est-ce que ses camarades de classe l'avaient mis au défi de coller sa langue à un mât gelé ? Je n'avais encore jamais entendu le français parlé par des Québécois, et il ne m'est pas alors venu à l'esprit qu'ils parlaient tous de cette façon lente et nasillarde. Lui, en plus, utilisait parfois des mots archaïques comme *chariot** (oui, un « chariot » est bel et bien *un véhicule motorisé du XXe siècle*). Heureusement deux jeeps étaient garées sur le parking dépose-minute, occupées par des gars qui avaient l'air plutôt normal. Il avait fallu déplacer quelques mallettes en alu et boîtes à films pour que je puisse m'asseoir, et nous voilà partis sur quelques-unes des routes les plus longues et solitaires que j'aie jamais vues. Parmi celles-ci, des « routes de glace » et des « ponts de glace », longs chemins translucides frayés dans la neige qui recouvrait les étendues d'eau gelée, tel le sillage rémanent de quelque vaisseau fantôme, inquiétant et indélébile.

Au cinquième jour de tournage, nous étions dans le Grand Nord au milieu d'une forêt de pins éternellement verts, ou plutôt éternellement blancs, car enrobés de givre et de gel. Dans ce lieu de beauté si reculé, nous attendions en retenant notre souffle le passage d'une créature à fourrure (du pain de mie émietté çà et là servait d'appât). Et au passage, si on retenait notre souffle, c'était moins à cause du suspense insoutenable que du froid de gueux qui rendait l'inspiration douloureuse. La caméra était dirigée vers une zone de neige intacte que la densité des arbres semblait préserver de toute trace humaine. Le problème, c'était que rien, absolument rien ne venait à nous, il n'y avait pas même une feuille morte poussée par le vent pour nous donner un bref instant de faux espoir.

Après un certain temps, des stalactites s'étaient formées au bout de nos nez et on parlait de changer d'emplacement lorsque sur notre gauche, hors champ, nous avons entendu un souffle laborieux accompagné d'efforts bruyants et maladroits pour se mouvoir dans la neige, qui atteignait nos hanches par endroits. C'était franchement agaçant de penser qu'un skieur de fond s'apprêtait à nous gâcher le lieu que nous avions précisément choisi de filmer. Mais quand l'intrus a fini par arriver dans la clairière, il s'est avéré, à la stupéfaction générale, qu'il s'agissait d'*un élan* ! Un grand élan brun avec des bois énormes, une fourrure en bataille et une barbe hirsute, des épaules et des hanches d'aspect pitoyable car de grands os saillaient sous la peau. La détresse dans ses yeux était si humaine que je ne l'oublierai jamais, comme s'il savait que la mort le rattrapait dans ce monde d'un blanc stérile et que, pour survivre, il lui fallait la devancer jusqu'au retour du printemps.

Mais, en dépit des instructions de Bertrand qui nous avait prévenus de nous tenir prêts à filmer quoi qu'il arrive, nous étions tellement estomaqués par cet animal grandiose qu'il a eu tout le temps de passer devant nous de sa démarche dégingandée, avant que quiconque ne réagisse. Tout ce qui nous restait à capturer, c'était une vue peu flatteuse de sa croupe osseuse. Alors, pour que l'élan tourne sa tête majestueuse vers nous, Raoul a fabriqué en vitesse une boule de neige et l'a envoyée s'exploser contre son flanc. Alors, il s'est produit quelque chose d'incroyable. En trois manœuvres distinctes, l'élan s'est retourné pour nous faire face. Sans regarder personne en particulier (pour l'instant), il a frappé du sabot contre le sol glacé, puis nous a chargés au hasard, en trébuchant, emporté par le poids de ses propres bois.

Mi-amusés, mi-inquiets, nous nous sommes tous écartés de sa trajectoire, cachés derrière les corolles des pins comme des enfants dans les jupes de leur mère quand leur père essaye de les attraper. Dieu seul sait pourquoi, Bertrand n'a pas bougé d'un pouce, croyant peut-être contrôler encore ce qui se passait « sur le plateau », et il a crié d'une voix supposément pleine d'autorité : « *Eh ! Du calme ! Mais ça suffit** ! » Or Bertrand ne savait pas parler aux animaux comme saint François d'Assise, et son refus de se retirer a dû mettre l'élan en rage. Les dernières images que j'ai vues restent gravées dans ma mémoire comme des vignettes de BD : 1) le « oh merde » peint sur le visage de Bertrand au moment où l'élan géant a chargé ; 2) Bertrand projeté à terre avec la raideur et les soubresauts d'un sapin qu'on abat ; 3) l'élan qui le piétinait (sabotinait ?) dans une petite danse vindicative, écrasant son corps grassouillet comme on éteint un feu, tandis que Bertrand criait d'une voix aiguë de femme.

« HÉ ! STOP ! » J'ai couru jusqu'à lui en agitant furieusement les bras, « *Bouh ! Bouh !* ». L'élan a relevé sa longue tête pour me contempler de ses yeux éteints aux paupières lourdes, l'air peu impressionné, et je me suis pris à penser que j'allais mourir ici et maintenant. Et là, l'élan a chargé ; heureusement, il s'est arrêté net avant de m'atteindre, décidé simplement à affirmer qui était le chef en ces lieux ; du coin de l'œil, j'ai vu Bertrand en profiter pour s'échapper en rampant sur ses coudes, traînant ses jambes après lui, comme un paralytique. Puis on s'est mis à lancer sur l'élan tout ce qui nous tombait sous la main – morceaux de glace, poignées de neige, boîtiers de films qui faisaient un bruit d'enfer en heurtant son flanc tellement décharné qu'on pouvait en compter les côtes aussi facilement que sur une carcasse. Il a fini par repartir au trot, la tête haute.

J'ai raconté cette histoire tant de fois durant ces dix dernières années que le récit a eu un impact sur le souvenir lui-même, car, pour qu'il résiste à la détérioration, mon cerveau a dû le renouveler, le remodeler et le redynamiser ; pardon alors si l'élan a pris la taille d'un cheval de trait belge et si ses bois ont atteint les dimensions de l'arbre Mathusalem. Bertrand, qui n'avait poussé que des cris inarticulés, a depuis longtemps levé un poing vers le ciel et fait un pacte avec Dieu s'Il lui sauvait la vie. Sa côte fêlée et ses quelques hématomes, enfin rien de grave, se sont changés en une myriade d'os brisés et une quasi-paralysie ; mais, comme dans les films hollywoodiens, il s'est relevé aussitôt par miracle et, à ce jour, il va très bien. C'est peut-être pour cette raison que mon souvenir a pris une tournure tellement surréelle que j'en suis presque à me demander si cet événement a vraiment eu lieu. Mais oui, sans aucun doute. Et c'est ce qui a forgé le lien entre Bertrand et moi, solide, vrai et fiable, l'union de frères d'armes.

Cette nuit-là, dans la cabane en rondins, un seul sujet a occupé notre conversation : la rencontre avec l'élan qui nous avait valu de frôler la mort – nous nous félicitions entre héros, nous rejouions sur le mode de la comédie chaque instant du drame. Plus tard, Bertrand et moi nous sommes servi encore une tasse de glögg et nous sommes aventurés dehors. Comme Bertrand boitait, je lui ai proposé mon bras pour assurer son équilibre. Il était trop fier pour le prendre (fier de son boitillement, je veux dire, qu'il exposait aussi orgueilleusement qu'une croix de Victoria). Il a laissé passer un moment, puis a pris une gorgée de vin chaud, a essuyé sa barbe et repris la parole pour commenter l'endroit où on devait se cacher la nuit suivante pour être au plus près des loups, ce qui nous a amenés au fait qu'ils se mettent en couple pour la vie. Avant même que je m'en rende compte, j'ai commencé à me confier à Bertrand, à lui parler d'Ambre comme je ne l'avais jamais fait avec Ben et Kahu, mes amis les plus proches chez moi en Nouvelle-Zélande. Perdu au milieu de ce grand nulle part blanc, je sentais que je pouvais lui expliquer mon impression de la connaître mieux que personne. Elle m'avait largué pour Stuart, mais auparavant, on était comme des jumeaux, faits l'un pour l'autre. Bertrand m'a compris. Il était du genre à croire au grand amour, lui qui avait épousé sa copine de lycée, et mes propos résonnaient en lui. Il peut sembler bourru au premier abord, mais dès qu'on apprend à le connaître, il n'y a pas de cœur ou d'esprit plus fins que les siens.

De retour à Auckland, j'ai régulièrement rendu visite à Ambre et Stuart au cours des mois suivants, en général pour le thé ou le souper. Parfois, je m'emmêlais les pinceaux dans les rendez-vous et débarquais à la mauvaise heure, mais rien ne semblait jamais les déranger. Si l'état de Stuart empirait, il n'en laissait rien paraître, pour autant que je m'en sois aperçu. Jamais la moindre plainte, sur aucun sujet ; je voyais bien qu'il appréciait mes visites et qu'il en était venu à me considérer comme un ami de la famille. Il avait souvent un mot gentil, un encouragement ou un conseil pour m'aider à percer dans le cinéma, car je ne cachais pas que je galérais encore. Il ne savait pas toujours de quoi il parlait, mais il était plein de bonnes intentions, ça sautait aux yeux.

Fin juillet, subitement, l'état de Stuart a empiré et il a dû être soigné une semaine au Mercy Hospital, un luxueux établissement de santé privé à Epsom. D'après ce qu'Ambre m'a expliqué – ce que dans sa détresse elle a fait trop vite, s'écartant du passage des chariots-repas cliquetants –, il a failli y passer. Environ dix jours plus tôt, Stuart avait éprouvé des douleurs à la poitrine ; sachant que la PR doublait les risques d'insuffisance cardiaque, il avait consulté son généraliste. Mais les signes avant-coureurs d'un problème cardiaque et les symptômes de la PR étant les mêmes – souffle court, fatigue intense, difficulté à s'allonger, chevilles gonflées –, le généraliste avait prescrit des anti-inflammatoires, la pire chose pour un cœur sous pression. Le verdict du cardiologue a été sans appel : si Ambre ne s'était pas trouvée auprès de Stuart au moment de la crise cardiaque, il y passait.

Puis, un jour d'août, peu de temps après son retour de l'hôpital, je suis passé chez eux un soir vers 20 h 30, au cas où ils auraient eu besoin de quelque chose. On ne distinguait qu'une faible lumière à l'une des fenêtres du haut – difficile d'identifier l'étage parce que c'était l'une de ces maisons modernes à demi-niveaux, mezzanines et autres recoins secrets du même genre, mais dire que c'était presque tout en haut suffit. Une chambre, sûrement. Je l'imaginais facilement, pelotonnée contre lui, ses pieds froids à elle coincés sous ses jambes à lui, sa tête à elle contre son torse à lui, écoutant attentivement les battements de son cœur. Et je me suis demandé quel effet ça faisait d'aimer quelqu'un dont le corps se dégradait lentement, dont le cœur pouvait se taire à tout instant. Et puis la lumière s'est éteinte. Sans prévenir, bien qu'il soit encore tôt. Laissant le lieu dans l'obscurité et le calme. Je me suis retiré, avec le sentiment d'avoir, sans le vouloir, enfreint un moment d'intimité.

Début septembre 1981

C'était tout sauf un match de rugby ordinaire. C'était le match dont tout le monde parlait, celui qui divisait les familles, les amis, les collègues, qui mettait les gens en rage à la maison comme au travail. C'était le sujet à éviter à tout prix, comme la religion, sauf que personne ne l'évitait. Ma propre famille n'était pas épargnée par ces querelles à s'en péter les tympans : Papa et moi d'un côté, Maman et Vicky de l'autre, dans un vrai combat de Shadoks où chacun refusait de bouger d'un iota de sa position. Pour donner une idée du profond sentiment de malaise qui régnait contre le gouvernement de l'Afrique du Sud, le Premier ministre australien, Malcolm Fraser, n'avait même pas autorisé l'avion des Springboks à se ravitailler en Australie, sur son chemin ! Disons, pour faire court, que certains ici ne voulaient pas qu'on joue contre l'Afrique du Sud si nos All Blacks[1] devaient être « tous blancs » pour se conformer à leur politique d'apartheid, tandis que d'autres voulaient exprimer leur indignation en réduisant les Springboks en pâtée pour chat – telle était notre position, à Papa et moi. On voulait voir leurs esprits étroits réduits en bouillie, leurs visages meurtris, boueux et vaincus. (C'est assez drôle parce que je me considère comme pacifiste, mais les racistes ont vraiment le don de m'échauffer le sang!)

Comment j'ai mis la main sur des billets gratuits? Très simplement. Papa n'avait pas hésité à acheter quatre places, ce qui avait mis Maman et Vicky hors d'elles. Alors il avait déclaré qu'elles avaient tout gâché et qu'il ne voulait plus assister à ce match. L'incident n'était rien comparé au cas de certaines familles, comme celle de Ben, où ils ont carrément arrêté de se parler pendant quelques années. J'avais même deux billets en rab, le premier d'un ami d'ami, parce que l'ami d'ami n'y allait plus et voulait donner ses billets à son ami (qui était aussi le mien), puis l'ami d'ami s'était dit que c'était dégueulasse que son ami (qui était aussi le mien) veuille vraiment les utiliser. Donc, en réalité, les billets ne venaient pas d'un « ami d'ami » mais plutôt d'un « ex-ami d'ami ». Et l'ami en question, qui était à son tour ex-ami (pas de moi, de l'autre) a changé d'avis et fini par me donner les deux billets. Que j'ai refilés à Kahu, qui les a échangés dans mon dos avec des collègues contre des places de ciné gratuites pour *Mad Max 2*. Merci, les potes! Dans ce contexte tumultueux, j'ai été étonné par la facilité avec laquelle Ambre a accepté de venir avec moi. Je n'ai même pas eu besoin d'élaborer de théorie philosophique pour appuyer ma décision d'assister au match.

1. « All Blacks » signifie « tous noirs ».

Cependant, elle s'est dit qu'effectivement, ce serait peut-être « un petit peu trop d'excitation pour Stuart » et a conclu qu'elle le laisserait aux bons soins de l'« infirmière ». C'était la première fois que j'entendais parler d'une infirmière.

12 septembre 1981

Bien sûr, je savais qu'il y aurait probablement du grabuge à Eden Park, quelques bouteilles brisées et beaucoup de décibels d'injures et de noms d'oiseaux, mais honnêtement, je n'imaginais pas la réalité. Bon sang, c'était le tout dernier match et les services de sécurité étaient censés être parfaitement préparés. En plus, je m'étais dit que regarder notre équipe montrer aux Sud-Africains tout le bien qu'on pensait d'eux et de leur racisme puant exprimerait haut et fort nos sentiments à tous.

Quant à Ambre, d'avoir été enfermée si longtemps avec un invalide lui avait sans doute laissé des séquelles, parce qu'elle a complètement PÉTÉ UN PLOMB ! Au moment où on est arrivés aux alentours du stade, elle a rejoint les manifestants les plus virulents, qui lançaient des chapelets de pierres et de NIQUE LA POLICE ! C'est là que j'ai compris qu'elle n'avait eu que ça en tête depuis le début, depuis le moment où je lui avais proposé de venir avec moi.

Ce n'était pas très joli à voir : certains s'en prenaient plein la gueule – des coups à la tempe, sur le crâne, à l'arcade sourcilière, le sang coulait en deltas rouges sur leurs visages. Bref, je ne pouvais en aucun cas laisser Ambre se blesser, elle était sous *ma* responsabilité maintenant. Quant à la garder en sécurité derrière moi, c'était une autre paire de manches et il a fallu peu de temps pour que je goûte moi-même à la « barre de Minto[1] », et je n'aie qu'une chose à dire : ça fait mal. Puis, dans le feu de l'action, je l'ai perdue de vue – un autre coup dur. C'était franchement inutile d'essayer de se mouvoir parmi la foule compacte et enragée. Imaginez les manifestants d'un côté et la police de l'autre, et moi poussé par les uns et les autres dans une sorte de mêlée colossale, renforcée par des hordes de gens qui continuaient de s'ajouter pour faire reculer la police (laquelle a fini par lâcher du terrain). L'affrontement tournait à une saloperie de guerre civile ! Après bien des efforts j'ai réussi à m'en extraire pour m'engouffrer dans le stade, inquiet de ce qui pouvait arriver à Ambre mais bien décidé à rester au même endroit pour qu'elle puisse me retrouver.

Soudain, un avion Cessna a survolé le stade en larguant des bombes à farine, créant un nuage de fumée plus vrai que nature – ce que j'avais fait moi-même dans les studios parisiens. Ils ont aussi largué des fusées éclairantes, sans se soucier de ce qui se passait sur le terrain, que ce soit un plaquage, une touche ou un tir au pied. Une autre bombe à farine est tombée du ciel tout droit sur un joueur des All Blacks qui a été assommé sur-le-champ. Merde ! Je parie qu'il ne l'avait pas vue venir, celle-là ! L'herbe paraissait se couvrir progressivement de neige, saupoudrée légèrement ici, tombée en couches épaisses là… Les visages des joueurs, devenus blancs de farine, paraissaient tourner en dérision, involontairement mais quand même, le suprémacisme blanc sud-africain.

Dans ce chaos, un penalty a été accordé pour blessure, qui m'a semblé plutôt mineure comparée à celles que j'avais vues en arrivant sur place. Je me rappelle avoir pensé que ce serait

1. Les matraques étaient nommées « barres de Minto » d'après John Minto, un militant antiraciste néo-zélandais, organisateur des manifestations contre le Springbok Tour de 1981.

un miracle s'il n'y avait pas de morts avant le coup de sifflet final – celui de l'arbitre, pas celui d'un flic. Le score, 25-22, s'est gravé au fer rouge dans mon esprit, mais les détails de qui a bloqué quoi et qui a marqué quoi et comment, je ne saurais rien en dire. Ce qui comptait à mon sens, c'était qu'on avait gagné.

Le match fini, tandis que la foule se dispersait, j'ai pris Cricket Avenue en jouant des coudes et, enfin, j'ai repéré Ambre sur le trottoir, son œil si enflé et violacé qu'il était quasi fermé. Pour ajouter l'insulte à l'injure, deux agents l'escortaient, contre sa volonté, vers un fourgon de police garé quelques pas plus loin.

« Hé! leur ai-je crié en les rattrapant. C'est ma femme. Je vais m'en occuper. »

Les deux flics se sont arrêtés pour m'examiner avec scepticisme, comme si j'étais un parfait inconnu essayant de tirer d'affaire une délinquante, qui se trouvait être du sexe opposé, blonde et jolie.

« Écoutez, elle a été blessée, elle a besoin d'un médecin. » J'essayais de les amadouer en dépit de la foule autour de nous qui hurlait « salauds! » et leur balançait des bouteilles, dont les trajectoires ne m'inspiraient pas trop confiance. Les deux policiers ont échangé un regard, puis se sont dirigés vers la première personne qui leur tomberait sous la main et là, je m'attendais à ce qu'Ambre se jette dans mes bras comme le héros qui l'avait sauvée du pire. Mais j'avais dû rater quelque chose parce que j'ai eu droit à une baffe, aussi rapide qu'inattendue, en plein sur la joue gauche.

« Je ne suis PAS ta femme! PAS ta femme, tu comprends ça? Je suis et je resterai pour toujours la femme de Stuart Henry Reeds. » Elle avait l'air profondément heurtée, comme si j'avais franchi une ligne sacrée.

« C'était juste pour te sauver. *Purée.* » J'ai porté la main à ma joue, encore brûlante à cause de la gifle, stupéfait d'avoir été remis si brutalement à ma place.

« Je n'ai pas besoin d'être "sauvée" et surtout pas par *toi* ! Ce n'est pas la première fois que je prends des bleus ! Je ne suis pas en sucre ! » Elle avait un regard sauvage que je ne lui avais jamais vu auparavant et, honnêtement, elle m'a fait peur.

« *Désolé*. Franchement, j'essayais juste de t'aider. Qu'est-ce qui t'est arrivé ? Sans déconner.

– C'était tellement humiliant ! a-t-elle crié, les poings serrés de colère.

– *Humiliant ?* La prison, ça, ce serait humiliant !

– Pas si j'y vais pour mes principes. Ils peuvent bien m'enfermer, pour ce que j'en ai à foutre ! »

Et on a continué à s'écharper comme ça, en pleine rue, en se fichant complètement de ceux qui nous entendaient – comble de l'ironie, comme de vrais amoureux. Ensuite, outrés et abattus, on s'est quittés, chacun son chemin. Bien sûr, c'était ce qu'on s'était dit en surface ; mais ce qu'on touchait vraiment, c'était le sentiment enfoui au plus profond de nous, et on le savait tous des deux très bien. Elle avait percé à jour l'héroïque « C'est ma femme », qui l'avait vraiment offensée. Offensée pour Stuart, je suppose, qui était en train de mourir chez eux, autant que pour elle-même, qui avait cru être, à mes yeux, le genre de femme à se laisser embarquer dans une histoire pareille. En la voyant blessée, je dévoilais peut-être trop mes sentiments.

Après cet épisode, je ne l'ai plus revue, pas pendant un bon moment. Ni ne l'ai appelée, pas plus qu'elle ne m'a appelé. En fait si… une fois, la semaine suivante. J'avais un truc que je tenais de Ben pour appeler gratos à partir des téléphones publics dans tout le pays. En partant du nombre dix, on soustrayait chaque chiffre du numéro qu'on devait faire, et au lieu de le composer sur le cadran, on le tapait autant de fois sur l'interrupteur. Arrivé à zéro, on pouvait le composer normalement – « normalement », sachant que les chiffres étaient inversés: neuf correspondait à la distance la plus courte sur le cadran. Il paraît que quelqu'un au gouvernement a négocié un prix de gros défiant toute concurrence grâce à ce défaut. Cette ruse marchait quasiment à tous les coups si on ne s'était pas planté dans ses calculs. Grâce à cette méthode, j'ai appelé Ambre-et-Stuart. Le téléphone a longtemps sonné jusqu'à ce qu'une Anglaise non identifiée réponde. Avec le recul, je soupçonne que c'était l'infirmière dont Ambre m'avait parlé, mais sur le coup j'ai cru avoir fait un mauvais numéro et j'ai raccroché, voyant là le signe que ça ne devait pas aboutir, tout simplement.

Bellevue

Après-match 1982

Je ne peux pas être plus précis sur la date, parce que je ne notais pas grand-chose à l'époque ; mais je sais avec certitude que c'est dans ces eaux-là que le type avec qui Vicky était devenue sérieuse, depuis un an environ, l'a demandée en mariage. C'était un Russe orthodoxe non pratiquant qui était d'accord pour se convertir au catholicisme si ça lui permettait de baiser ma sœur en paix, sans avoir notre mère sur le dos. Nik s'était mis notre père dans la poche parce qu'il avait pris la sainte trinité scolaire (lire, écrire, compter) moins au sérieux que la sainte trinité sportive (rugby, aviron, rafting) ; en tant que prof d'EPS et entraîneur de tout ce qui roule, rebondit ou fait mal, il a obtenu sa bénédiction pour faire de ma pauvre sœur « Vicky Zimnyakov », un nom à coucher dehors, si tu veux mon avis. À peu près à cette époque aussi, j'en ai eu marre de mes colocs et j'ai senti qu'il était temps que j'avance. À l'école, pour mieux préparer les enfants à leur avenir, on devrait épingler au mur de grandes affiches sur le *genus colocatarius*, à la place de celles sur le règne animal et toutes ses formes de vie, qu'ils ne verront jamais en vrai. Suggestion supplémentaire au ministre de l'Éducation : MRS CREN, l'acronyme qui définit les traits communs à tous les organismes vivants – Mouvement, Respiration, Sensibilité,

Croissance, Reproduction, Excrétion et Nourriture – devrait être révisé pour correspondre au *genus colocatarius*, puisque mon expérience prouve que la sous-espèce partage les seuls traits MR REN.

En règle générale, les jeunes gens sains de notre âge ont tendance à être chauds comme des lapins, ce qui peut causer parfois de vrais problèmes d'intimité et d'hygiène. Laisse-moi juste dire que la goutte d'eau qui a fait déborder le vase, c'est quand Kahu a commencé à amener sa copine à la maison et qu'ils se sont mis à le faire sous la douche, la *seule* douche, pendant *une heure*. La consommation d'eau devait être divisée par trois (pas les factures d'eau – en ce temps-là, elle n'était pas comptée –, mais je veux dire la réserve *limitée* d'eau *chaude*). Tu te dis qu'à un moment il finirait quand même par y penser ? Lorsque j'entrais dans la salle de bains après leur passage, je portais des claquettes et je me demandais si le sida s'attrapait par inhalation de vapeurs torrides. Personne ne savait grand-chose du sida alors, c'était la nouvelle maladie, quelque chose de terrifiant, qui sortait de nulle part, et les rumeurs allaient bon train : « La CIA a commissionné des scientifiques chargés de créer le virus parce que Ronald Reagan voulait débarrasser le monde des gays et des drogués », « Si on peut l'attraper par une seringue, alors on peut aussi l'attraper par les piqûres de moustique ».

Je me suis dit que c'était probablement le bon moment pour m'acheter un appartement à moi, même une simple chambre assez grande pour y mettre un lit, je pouvais sûrement me payer ça? Au lieu de jeter l'argent par les fenêtres en loyer, je rembourserais petit à petit un prêt ; et d'ici quelques années, je pourrais acheter un peu plus grand. Je suis donc allé à la banque le lundi matin suivant, à 10 heures pile, pour en repartir à 10 h 05. C'est le temps qu'il a fallu, non pour *obtenir* le prêt, mais pour *ne pas l'obtenir*. Pour monter un dossier (et on parle seulement du *dossier* ici, c'est-à-dire juste le formulaire à remplir en majuscules), il aurait fallu que j'aie un compte épargne sur lequel j'aurais déposé du fric depuis trois ans ! Et ce prêt potentiel n'était même pas libre d'intérêts, ni ne constituait une sorte d'aide de l'État, puisqu'on devait payer un taux faramineux de 18 pour cent. Bref, j'ai jeté l'idée aux oubliettes et à la place j'ai loué un petit appart dans Herne Bay, dans l'une de ces hautes constructions des années 1980 qui projetaient des ombres froides dont les gens se plaignaient, et qui étaient tronçonnées en autant d'appartements que possible. Adieu au rêve néo-zélandais de la maison avec jardin. Mais vivre dans les « Appartements Bellevue » offrait un grand avantage : une fois dedans, on ne voyait plus le bâtiment. Ceux qui habitaient en face, dans les « Villas Marine », ne pouvaient pas en dire autant : ils disposaient de leurs propres jetées pour hors-bord, mais devaient endurer la vue de notre verrue titanesque et maudire pour toujours la personne qui avait signé le permis de construire.

J'ai balancé mes vieilles fringues. J'ai balancé mes meubles et autres affaires (déjà bousillées par le *genus colocatarius*). J'ai balancé mes vieilles cassettes audio, mangées une fois de trop par mon lecteur, fatigué de rembobiner des mètres de bande magnétique du doigt et de la rafistoler à coups de Scotch avec la dextérité d'un neurochirurgien. Enfin, il était temps de dire au revoir à mes cheveux longs. Pour me distinguer des cols blancs de ce monde, la nouvelle coupe était plus courte, mais cool, surtout pas classique. Une noisette de gel par jour et le tour était joué. Après un coup d'œil à mon reflet dans une vitrine, je me suis dit que le nouveau moi était vraiment dans le vent. Sauf que je ne devais plus dire « dans le vent » sous peine d'être estampillé « seventies » pour le restant de mes jours.

C'est le 3 mars 1982 que, selon mon journal, j'ai obtenu mon « premier vrai travail »: réaliser une publicité télévisée pour de la lessive. Mais attention, on était bien loin du schéma simpliste de la « femme au foyer qui frotte désespérément une tache de chocolat récalcitrante », et qui va se transformer en « femme au foyer en extase devant le blanc immaculé à l'endroit où était la tache ». Non, cette publicité était une poétisation de la corvée hebdomadaire: des draps aux motifs floraux flottaient dans le vent, une jeune mère les récupérait sur sa corde à linge et sa petite choute de cinq ans lui offrait un bouquet d'iris fraîchement cueillis. (« Pensez aux *Iris* de Van Gogh », c'était la référence de l'agence de pub.) J'avais pensé, je dois le dire, demander à Ambre de jouer la mère. Ce serait une manière de nous raccommoder. Puis je me suis ravisé, sachant parfaitement qu'elle verrait clair dans mon jeu.

16 février 1983

Au cours de l'année dernière, j'avais eu quelques copines de-ci, de-là mais rien de sérieux, pour une raison ou pour une autre (l'ex-copain de Scarlet était revenu, Maia était partie à l'étranger, Abby m'en demandait trop, trop vite). Dans la solitude quasi complète de ces dernières semaines, j'avais souvent veillé tard pour écrire le scénario d'un documentaire sur la faune de l'île du Sud que je devais présenter le vendredi suivant. À 11 heures du mat', je n'étais toujours pas rasé, je traînais en pantalon de survêt' et vieux marcel un peu dégueu quand quelqu'un a frappé à la porte. Pensant que c'était le plombier que mon agence de location s'était finalement décidée à m'envoyer, je me suis trouvé complètement pris au dépourvu: c'était Ambre. Waouh. Elle avait changé, elle aussi. Ses longs cheveux, pour ainsi dire sa marque de fabrique, avaient été coupés aux épaules, une coupe qui, sur elle, paraissait courte. Dans sa robe sans manches, elle me semblait aussi plus musclée.

« Salut ? a-t-elle dit en souriant nerveusement.

– Salut. »

Elle a jeté un regard inquiet derrière moi, comme pour voir si quelqu'un d'autre se tenait à l'intérieur, puis m'a demandé : « Je peux te parler ?

– Euh, oui, bien sûr. »

J'ai réussi à conserver un ton normal, malgré les battements précipités de mon cœur qui s'est emballé quand elle m'a frôlé en entrant, enveloppée de son délicat parfum.

Elle a observé autour d'elle avec curiosité, m'a complimenté sur mon appartement, pas trop de bordel pour un homme seul, quelques meubles rétro cool, tu les as dénichés où ?

« D'occase, Chez Papa – pas *mon papa*, c'est le nom de la boutique. Sur Queen Street.

– Oh. » Rire. « J'ai appelé ton ancien numéro pour savoir comment tu allais. » Elle a contourné avec soin les pages d'un story-board que j'avais étalées sur le sol. « Le type qui m'a répondu m'a donné ta nouvelle adresse.

– Ça devait être Ben. Ou Kahu.

– Il m'a dit de te dire que tu lui dois encore cent balles.

– Kahu. Fais comme chez toi. »

J'ai désigné le canapé deux places. Elle s'est assise pile au milieu, de sorte que je n'avais d'espace ni d'un côté ni de l'autre, puis elle a fait glisser ses escarpins en velours, couleur bronze, mais pas aussi bronze que ses jambes. J'ai vu qu'elle s'était charcuté le tibia en se rasant (on était aux temps glorieux du rasoir une lame) et qu'elle portait un pansement sur le petit orteil.

« Tu fais de la muscu ?

– Non… Pourquoi ?

– Tu as l'air plus musclée. Qu'avant, je veux dire. Pas musclée comme les culturistes, simplement plus forte. »

Je m'empêtrais.

« C'est de pousser Stuart partout, en descente, en montée – rien que de charger ou décharger son fauteuil dans la voiture, ça maintient en forme. »

J'ai tiré une chaise de la cuisine et je me suis assis pas trop loin, mais pas trop près non plus.

« Comment ça va ?

– Honnêtement ? La vie ne pourrait pas être plus merdique. » Elle a ri tristement, en mordillant ses cheveux.

« La fille de Stuart me traite comme une aide-soignante qui ferait mal son boulot. Pourquoi elle ne donne pas un coup de main ? C'est son père à elle aussi !

– À elle aussi ? » J'ai grimacé.

« Je veux dire qu'il n'est pas juste *mon mari*, a-t-elle précisé, l'air gêné. Cette fille est une vraie garce avec moi, et il n'a pas l'énergie de lui répondre. Il ne veut pas tout gâcher, le peu de temps où il la voit. Je comprends, mais quand même. »

Ses yeux ont étudié le sol un moment, sa jambe se balançait. « Mon frère me manque. Ça me manque aussi, ces trucs marrants qu'on faisait ensemble. Avant. »

Silencieux, j'attendais la suite, sans savoir vraiment où on allait.

« Tu te souviens de notre première rencontre ? J'avais une tenue d'équitation toute sale. » Elle a croisé les bras étroitement sur sa poitrine et s'est enfoncée dans le canapé en se mordant la lèvre. « Je ne te l'ai jamais dit. Ce qui s'est vraiment passé. Quand Popcorn s'est cassé la jambe, j'ai tout vu. Danny allongeait son trot, rien de plus, et Popcorn a trébuché. Ça aurait pu arriver à n'importe qui. » Elle a dégluti avec difficulté. « Et là, Papa fonce vers nous avec son fusil et se met à gueuler comme un fou. "Espèce de bon à rien ! Je t'ai dit qu'un cheval, c'est pas fait pour danser comme ça ! Putain de pédé, merde, quoi !"

« Et Danny éclate : "Tu peux battre un cheval pour le faire obéir à tes ordres, mais pas moi ! Vas-y, tue-moi – mais tu ne réussiras pas à tuer *qui* je suis !" Je leur ai crié d'arrêter à tous les deux, mais Papa a jeté son fusil par terre et dit : "Si tu peux apprendre à un cheval de sept cents kilos à se comporter contre nature, tu peux apprendre à te comporter toi-même comme la nature l'a voulu, bordel ! Et si t'y arrives pas, je t'entraînerai !" et il s'est mis à le frapper. Je ne pouvais plus supporter le cheval qui hennissait, le bruit des coups de Papa qui était en train de tuer Danny. C'est pour ça que j'ai tiré sur le pauvre cheval, un coup, et tout s'est arrêté. Papa, le poing en l'air, Danny, le visage en sang, les yeux écarquillés. Comme au ralenti, j'ai tourné le fusil vers Papa… »

Elle me regardait dans les yeux avec intensité.

« Je… n'avais pas l'intention de le rater. Je voulais le tuer. Mon propre père. » Elle s'est tue, s'est essuyé le nez avec son avant-bras. « C'est la seule fois où j'ai vu mon père pleurer. Après, quand il est allé dans la grange. Il n'y a jamais eu de cheval appelé "Douce Nuit", pas d'étalon indomptable qui m'aurait mise dans l'état où je me suis pointée à l'Alberton, avec un coquard que des tartines de fard bleu ne pouvaient pas masquer. Une fois Papa a fait une marque dans le mur en me tapant la tête dessus. Quand Maman a essayé de l'arrêter, il l'a envoyée cogner contre l'autre mur. Mais ce qu'il a fait, à Maman et moi, ce n'était rien comparé à ce qu'il infligeait à Danny, et Danny ne s'est jamais défendu. »

Je restais bouche bée.

« Est-ce que Stuart est au courant ? » C'était ma première question, je trouvais important de connaître la réponse.

« Une version édulcorée. Il n'y a que Danny qui sait tout, et Maman. C'est pas quelque chose qu'on raconte à tout le monde. Les choses deviennent même moins réelles quand on n'en parle à personne. Quand je fais comme si de rien n'était, ça n'existe pas. La plupart du temps.

– Est-ce que c'est pour ça que tu as… épousé Stuart ? Pour t'échapper ? ai-je demandé doucement.

– Je me sens sale au milieu de gens normaux, qui ont des familles normales. Stuart était torturé, il venait de perdre sa femme. La douleur, il sait ce que c'est. Je suppose que j'avais besoin d'une figure paternelle… Je sais que c'est difficile à comprendre. »

Ses sourcils se sont rejoints en V sur son front.

« Tu n'as aucune raison de te sentir sale. Mon Dieu, Ambre, tu n'as rien fait de mal.

– On peut savoir la réalité d'une chose et la ressentir autrement. » Elle a détourné les yeux. « Voir Stuart souffrir, voir tout lui devenir plus difficile, manger, aller aux toilettes… Je n'en peux plus, je suis à bout. »

Elle a baissé la tête et elle s'est mise à sangloter dans la paume de sa main. Dieu, que j'avais du mal à m'empêcher de la serrer dans mes bras… mais ça valait mieux, elle aurait pu le prendre mal. Je lui ai tendu une boîte de mouchoirs, elle en a pris un, puis deux en me décrivant, parfois en détail, à quel point la santé de Stuart déclinait sur tous les fronts.

« Désolée de t'embêter…

– Mais non. T'inquiète. Ça sert à ça les amis. »

***

Ensuite, je me rappelle avoir descendu l'escalier avec elle. J'étais resté un peu en arrière, dans le sillage de son shampooing aux plantes, j'observais son dos frêle en me demandant comment quelqu'un avait pu lever la main sur elle. Une fois dehors, elle m'a regardé, le visage bouffi, et elle a ouvert la bouche pour dire « salut », ou « à plus », ou je ne sais quels mots. Mais en proie à une forte émotion, ou peut-être que c'était de la retenue, elle est restée la bouche ouverte, incapable d'articuler. Puis elle s'est retournée brusquement sans avoir rien dit.

Les acacias étaient vivants de cigales, dont le chant se projetait au loin, elles semblaient prises d'un enthousiasme collectif pour célébrer un jour d'été tant qu'il était encore temps. Je respirais l'océan immense comme on aspire à des désirs inassouvis. Au loin, j'entendais le tintement creux de la cloche d'un chalutier et les mouettes surexcitées par l'odeur de la pêche. Il était temps de vivre, vivre sans lendemain, rien qu'un aujourd'hui, qu'il fallait saisir avant qu'il devienne trop vite un hier, un trop tard, un si seulement j'avais… Et pourtant elle s'éloignait, la distance entre nous se creusait à chacun de ses pas. Elle était à environ vingt pas, ou vingt mètres ou vingt kilomètres, lorsqu'elle a fait volte-face et que, mi-marchant, mi-courant, elle est revenue jusqu'à moi. Elle a pris abruptement mes deux joues entre ses mains et m'a embrassé sur la bouche. Comme une confession, enfin, que malgré tout ce qui s'était mis entre nous, elle m'avait toujours aimé de cette manière-là aussi.

Mais après trois secondes environ – non que je les aie comptées – elle a interrompu le baiser, l'air choquée par son propre geste, et a couvert sa bouche de ses mains. « Ce n'est pas arrivé, a-t-elle dit, cherchant son souffle.

– Non, ça… ça n'est… pas… arrivé, ai-je répété, en essayant de reprendre mes esprits.

– On va faire comme si ça ne s'était pas passé. D'accord ? » Avant que je puisse réagir elle s'éloignait de nouveau, telle une deuxième prise de la scène sur un plateau et, sans se retourner, elle s'est engouffrée dans une petite voiture compacte, probablement plus facile à garer en ville que celle prévue pour le fauteuil de Stuart. En partant, elle a tourné son regard dans ma direction en esquissant un petit signe nerveux de la main. Pour moi, ce baiser n'était que le signe d'un relâchement passager, unique concession à un moment de faiblesse.

Fin de l'été, automne 1983

Mais j'avais tort. Ce baiser était l'étincelle portée par le vent, qui prend et se répand comme un feu de forêt, détruisant toute vie qui s'y abritait. Cela dit, ça n'est pas arrivé tout de suite ; au début, on se voyait dans le centre-ville pour prendre un café quelque part, parfois pour déjeuner et ensuite se promener un peu n'importe où. Puis, pour tout dire, c'est moi qui ai fait le pas suivant et qui l'ai embrassée. On était dehors, près des bâtiments des ferries, debout sur les marches, en bas, où les balanes pullulaient, quand soudain une vague nous a pris par surprise. Alors que l'eau froide refluait en tourbillons, qu'elle s'infiltrait dans nos baskets et alourdissait le revers de nos jeans, je l'ai embrassée sur la bouche, comme elle l'avait fait elle-même. Elle n'a pas vraiment répondu, elle n'a pas vraiment résisté non plus. Je ne me suis pas senti tout à fait à l'aise ensuite, pas plus qu'elle, vu son expression – après tout, c'était elle qui allait rentrer et affronter son regard. Une autre fois, au Floriana Pizza Bar, je lui ai pris la main dans le décor odorant des stalactites de saucisses qui séchaient, pendues au plafond. On essayait de se décider sur les ingrédients à mettre sur notre pizza. Une autre fois encore, alors qu'on se promenait dans une exposition, on s'est tenus par la taille et, pendant un moment, on a goûté à la douceur d'être un couple normal, comme les autres. Ironiquement, la galerie s'appelait « Artistes cachés » : nous-mêmes, on était les « Amants cachés ».

Puis, comme c'est inévitable à notre âge, on s'est enhardis. J'en ai été l'instigateur, mes baisers vagabondaient sur ses joues, ses sourcils, son cou, plus bas, aussi près qu'elle me laissait approcher de ses seins. Dans les petites allées, entre immeubles et boutiques, on s'embrassait, puis je plongeais mon regard dans le sien et elle faisait de même. J'étais certain qu'elle savait à quel point je la désirais. Nos yeux s'embuaient pratiquement de ce désir longtemps inassouvi et pourtant, longtemps, nous nous sommes tous les deux retenus.

Je me souviens encore de la première fois, chez moi, de l'intensité avec laquelle on s'était regardés ; le temps s'était étiré et puis, sans que nos yeux se quittent, nos corps se sont rejoints. On était restés soudés pendant un bon moment, immobiles, à se répéter notre amour, tel un refrain rassurant. « Je t'aime. Je t'aime… » Et puis, avant que j'aie pu faire quoi que ce soit, elle s'est mise à pleurer comme une enfant. À cet instant, notre destin, qui jusque-là nous avait semblé sans cesse repoussé, par la suite de quelque regrettable erreur, nous était accordé. C'était l'amour à l'état pur, jailli de nos cœurs. Ambre s'accrochait à moi comme si elle ne voulait plus me laisser partir.

Parfois, on restait simplement allongés, nus, à se regarder dans les yeux, moi à toucher sa joue, elle à enrouler une mèche de mes cheveux autour de son doigt. Respirer l'autre, l'absorber, semblait être tout ce dont nous avions besoin. C'était ça, l'amour. Évidemment, de tels moments arrivaient fatalement à leur terme, puisque lui était encore là. Lui, dont je n'osais plus demander de nouvelles. Les rares fois où je m'y risquais elle m'assurait que Stuart ne se doutait de rien, qu'elle prenait soin de lui aussi bien que d'habitude, qu'elle était aussi attentive, sinon plus – source de soulagement autant que de douleur. Parfois, elle se sentait rongée par le remords en le retrouvant, mais plus la santé de Stuart se dégradait, plus son envie de vivre et de profiter de sa jeunesse devenait pressante, tant qu'il en était encore temps. L'humeur du jour changeait souvent. Oh, on avait essayé d'arrêter, plus d'une fois, mais on n'avait jamais réussi à se tenir loin l'un de l'autre plus de quelques jours d'affilée. On ne faisait pas l'amour chaque fois qu'on se voyait, mais quand c'était le cas, Ambre à la fin se couvrait le visage et fondait en larmes. Ou parfois elle s'arrêtait à la dernière seconde et, sans bouger, elle semblait vouloir mourir dans cette position, et moi aussi. Elle était vulnérable, émotive, instable et pourtant, au cœur de ces moments orageux et tumultueux, elle me disait qu'elle m'aimait comme jamais aucun autre.

Une fois, tandis qu'on était encore allongés ensemble, elle m'a demandé : « D'où vient l'amour, à ton avis ?

– Je dirais d'ici. » J'ai pointé le doigt sur mon cœur. Mais ce n'était pas ce qu'elle cherchait à savoir.

« Tu vois, quand une étoile explose et éparpille dans le cosmos tous les éléments qui font la vie, un peu comme une tête de pissenlit qui éclate et envoie toutes ses graines au vent, pour que la vie prenne… Ce que je me demande, c'est quand, à quel exact moment, l'amour naît-il à partir de ces éléments ? Est-ce qu'il était déjà là, tu sais, dans l'espace, attendant pendant des millions et des millions d'années de trouver son chemin en nous ? Autrement dit, est-ce que l'amour a toujours fait partie du plan cosmique ?

– Eh bien, ai-je dit en faisant mine de l'étouffer avec mon oreiller, toi, tu as toujours fait partie de mon plan ! Et je continuerai à t'aimer bien au-delà de ma brève existence terrestre, donc il va falloir t'y habituer ! »

Quelques-uns des plus beaux fous rires de ma vie datent de cette période. Une fois, elle a plongé droit sur le dos d'un parfait inconnu à la piscine municipale et s'est mise à le chatouiller vigoureusement sous les aisselles, avant de s'apercevoir, quand il est remonté chercher de l'air, que ce n'était pas moi. Une autre fois, j'avais pris des currys à emporter et quand je suis revenu dans la voiture, je me suis demandé où elle était passée et qui étaient ces gosses à l'arrière. C'est alors que je l'ai vue dans une autre voiture identique à la mienne, à quelques emplacements de là, écroulée de rire, donnant de grands coups dans le tableau de bord. Elle réussissait à enchanter les corvées les plus rasoirs et même quelque chose d'aussi bête que passer l'aspirateur devenait un jeu, parce qu'elle s'en servait pour aspirer certaines parties de mon corps. Elle avait une manière bien à elle de transformer l'ennui en folie.

On a continué à se voir, mois après mois, sans se poser plus de questions ; simplement, on n'a pas cherché à comprendre. Bref, on a accepté les choses telles qu'elles étaient. La nuit s'avérait plus difficile, Stuart arrivait avec son aiguillon tarauder ma conscience – pourtant, malgré le poids de la culpabilité, elle me manquait infiniment et je voulais qu'elle soit là, avec moi. Je me répétais que Stuart avait eu tort dès le début de lui faire des avances ; c'était lui qui était venu s'immiscer entre *nous*. D'ailleurs, son âge, le fait d'être le père de Tanya rendaient sa conduite inexcusable, de toute façon. Donc, d'une certaine manière, je remettais les choses dans l'ordre ; mais, en même temps, je n'avais jamais eu l'intention de le blesser, pas plus qu'elle. Et je comprenais ce qu'Ambre avait traversé, pourquoi elle se devait d'être là pour lui et de le veiller jusqu'au bout. On se rassurait : ce qu'il ignorait ne pouvait pas lui faire de mal, et il n'y avait aucun risque qu'aucun de nous le lui dise. Ainsi, de plus en plus, nous avons sombré l'un en l'autre, aussi profondément que deux êtres humains le peuvent. Chacun sentait ce que l'autre ressentait autant que lui-même, je la tenais, elle me tenait – jusqu'à ne plus savoir qui était qui – qui le savait ?

Mais tout n'était pas rose, crois-moi. Une fois, Ambre m'a fait mal avec sa bague en diamant pendant qu'on faisait l'amour ; rien de grave, mais tout de même une estafilade en pleine figure. Après, je lui faisais ôter ses bagues de fiançailles et de mariage, mais j'avais toujours mal (intérieurement, cette fois), parce que ces bijoux n'avaient pas disparu – les marques d'un blanc spectral sur ses doigts, assorties aux marques blanches de son bikini fantôme, hachant son bronzage de formes géométriques, me hantaient – elles s'étaient imprimées pendant qu'elle était avec lui. Impossible de l'avoir tout entière rien qu'à moi.

On se promenait sur le front de mer par un après-midi froid et couvert, on faisait une pause au milieu de la balade pour discuter, puis une pause au milieu de la discussion pour se balader, pause, discussion, pause, balade, pause, comme si au niveau émotionnel je lui forçais la main pour lui faire admettre que, dès le premier jour, Stuart n'avait pas été juste « une erreur » mais plutôt « la plus grosse erreur de sa vie », tandis qu'elle voulait souligner les aspects positifs de son mariage. Avec le recul, je me rends compte combien j'étais injuste en cherchant à lui faire dire qu'elle avait gâché quatre années de sa vie. Mais l'amour, j'en ai peur, n'est jamais ce qu'on pourrait appeler juste, il veut toujours avoir l'exclusivité, et rejette quiconque aurait pu compter à un moment donné dans la vie de l'autre.

On a exhumé beaucoup de vérités chez l'un et l'autre, certaines plus importantes que d'autres, pour tester notre amour. Elle m'a fait avouer que j'avais déjà fait pipi dans les douches des piscines municipales quand j'avais huit ou neuf ans, et que parfois je le faisais encore dans la mer. Si elle n'en avait jamais fait autant, elle a été obligée d'admettre qu'elle-même avait fait pipi au lit jusqu'à l'âge de dix ans. Puis elle a confessé qu'elle avait déjà essayé la drogue, la vraie drogue ; j'étais tellement sous le choc qu'on aurait pu me mettre au tapis d'une pichenette. Son frère lui avait filé du sulfate de morphine, de ces cristaux blancs qu'on donne aux chevaux contre la douleur. Je n'arrivais pas à croire qu'il ait pu donner une drogue aussi dure à sa petite sœur – à mes yeux, c'était criminel.

Mais elle l'a défendu bec et ongles. « Danny est le meilleur frère que j'aurais pu avoir, il m'a sauvée tellement de fois, tu n'as pas idée. Seulement, quand Papa piquait une crise, on se cachait parfois dans les écuries pour en prendre. »

Fiou ! Ça m'a coupé le sifflet. Vue de l'extérieur, sa famille m'avait paru idéale : le cadre, les chevaux, l'image d'Épinal – qui aurait pensé qu'elle était complètement fracturée ?

« Est-ce qu'il y a eu d'autres filles, de ton côté, ces dernières années ? m'a-t-elle demandé une fois, en se rongeant l'ongle du pouce.

– Euh, oui, quelques-unes, ai-je répondu en toute honnêteté, mais je n'ai jamais ressenti pour personne ce que je ressens pour toi. »

Ma réponse l'a déçue, à l'évidence. Elle a gardé les yeux baissés, bien que je lui aie répété plusieurs fois que je l'aimais, et depuis des années. « Tu as fait l'amour plus qu'une fois à certaines de ces filles, si je comprends bien ?

– Ben, oui, mais… »

J'aurais préféré qu'elle pique une crise de jalousie, n'importe quoi plutôt que le silence dans lequel elle s'est murée tout à coup. C'était tellement rageant. Je ne savais pas quoi dire.

« Tu étais mariée. Tu t'attendais à quoi ? »

Plus tard, elle a avoué, en enroulant ses cheveux autour de son index : « Je sais ce que tu penses, tu penses que je suis injuste, mais je ne contrôle pas mes sentiments, ils viennent sans que j'aie rien demandé. »

Notre échange ressemblait à un match de ping-pong. Sans répit, il fallait que je réagisse à chaque coup, à chaque rebond, que je coure en avant, en arrière, que je m'étire, que je saute, que je m'abaisse, et pourtant, ça ne pouvait être autrement qu'absolu. On était si profondément amoureux qu'on devenait un peu dingues à se retrouver coincés aussi longtemps que durerait cette situation ; mais ce qui était drôle, c'est qu'on n'a jamais parlé de sa mort. On savait qu'on devait coexister avec lui tant qu'il le faudrait. Il n'y a jamais eu de « si seulement » exprimé à voix haute ; en revanche, un « si seulement » tacite flottait au-dessus de nos têtes en permanence.

Le sous-marin noir

L'hiver 1983 s'est écoulé ainsi, émaillé de nos rendez-vous; jusqu'au mois d'août, où Stuart s'est trouvé encore plus mal, trop pour qu'elle puisse lui fausser compagnie et venir me voir. Puis, une dizaine de jours plus tard, comme nous ne pouvions plus supporter d'être séparés, une fin de matinée elle est arrivée à ma porte. Nous avions passé tous les deux encore une nuit sans sommeil, chacun manquait à l'autre au point de perdre la tête; on est tombés – non, plus exactement on s'est *effondrés* – dans les bras l'un de l'autre et, pris d'un élan passionné, on s'est unis d'une manière qui aurait pu être risquée si ce n'était pas juste avant ses règles. On avait tous les deux trop envie de ne rien avoir entre nous, on ne voulait pas gâcher la beauté du moment en s'emmerdant avec un préservatif. Autrement dit, je devais me retirer au bon (et plus difficile) moment; mais dans notre ivresse, impossible de se séparer. On a risqué gros. On savait maintenant qu'il fallait qu'on soit plus responsables et elle a commencé à prendre la pilule. La force de nos sentiments l'un pour l'autre ne nous laissait pas vraiment le choix.

« La pilule », c'était en fait tout un tas de pilules: une rose par jour pendant vingt et un jours, puis une bleue par jour pendant sept jours. Les bleues, selon le docteur, n'avaient aucun effet, elles servaient seulement à ne pas perdre l'habitude de prendre les roses. Il en restait encore six bleues sur la plaquette lorsque, le premier mois, elle les a jetées dans la cuvette des toilettes, se plaignant que les doses étaient trop fortes, qu'elles lui donnaient la nausée, qu'elles la faisaient grossir, qu'elle ne rentrait plus dans son jean… En plus, ces pilules rendaient ses seins si douloureux qu'elle n'avait même pas envie qu'on la touche.

« Avant, quand l'envie nous prenait, elle arrivait comme ça. » Elle était assise sur le sol de la salle de bains et se tenait les genoux. « Avant, quand on le faisait, on ne pouvait pas faire autrement, le désir devenait trop fort. Prendre ces pilules… j'ai l'impression de *planifier*. Je trouve que c'est plus… je ne sais pas… *immoral.* »

Donc, elle a arrêté… et puis elle a recommencé, puis non, puis si, puis non. On en discutait, je m'efforçais de la convaincre que c'était la méthode la plus sûre. Pour finir, on a conclu que la seule méthode fiable à cent pour cent serait de ne pas faire l'amour du tout, pour le moment ça résoudrait le problème d'une grossesse non désirée et, en même temps, éliminerait le pire des effets secondaires : la CULPABILITÉ. J'en portais ma part aussi ; parfois, j'avais la sensation d'être un salaud avec lui. Mais bientôt, en dépit de nos meilleures intentions, il est apparu que ne rien faire du tout était presque impossible ; autant vouloir résister aux lois de la nature. Tout de même, après chaque échec, on redoublait d'efforts en trouvant toutes sortes d'astuces pour contourner le problème (parfois assez littéralement). Même dans nos moments de faiblesse, on s'arrêtait juste avant d'aller trop loin ; entièrement habillé, je me collais à elle, tirais sur ses vêtements qu'elle gardait soigneusement sur elle et j'imitais les mouvements, sans risque de la mettre en cloque. Les aspects négatifs ne manquaient pas – beaucoup de frottements et peu de satisfaction, mais quelquefois on réussissait à exploser de rire. (« Qu'est-ce que j'ai envie de ton pull doux... » ou « Ce pantalon fuseau m'excite à mort ».) Malgré tout, on gardait mauvaise conscience, car enfin qui croyait-on tromper ? Au fond, on faisait bel et bien l'amour, mais d'une autre façon.

Alors on a décidé de s'interdire les caresses et tout contact physique. Pendant quelque temps on a fait tout et n'importe quoi ensemble, pourvu que ça n'ait aucun rapport avec le sexe. On a écumé les galeries d'art jusqu'au vertige, on s'est évadés dans les beaux livres de voyage de la bibliothèque, on a regardé des émissions télé – *A Dog's Show* (des fermiers entraînaient des chiens à entraîner des moutons à passer un portail), *Gliding On* (plongée au cœur des marasmes du service public) ou *World News* (quel contraste entre les événements majeurs du monde et ceux de chez nous, par exemple un chien qui aboie contre un mouton ou un fonctionnaire qui arrête de fumer). On a joué aux dames. Et puis, les dames nous ont eus. On était au beau milieu d'une partie, à plat ventre sur la moquette, et quand elle m'a mangé trois pions d'un coup, machinalement on a échangé un regard. Sans réfléchir, on a été happés irrésistiblement et, l'instant d'après, on était repartis. Retour à la case départ, pour ainsi dire. Cette fois, ça a été incroyablement passionné, après une si longue attente, on a vécu des retrouvailles extatiques, une frénésie de baisers sur le visage et de mots doux, le serment de s'aimer par-dessus tout. Heureusement, ses retards de règles ne dépassant pas deux jours, on n'a jamais connu d'angoisse au-delà de quarante-huit heures.

Mis bout à bout, ces mois avec elle, avec ou sans sexe, ou sexe sans sexe, ont été les plus beaux, les plus vibrants, les plus agonisants de ma vie. Désirer l'autre, s'unir pour ne faire plus qu'un étaient partie intégrante de nos sentiments ; un tel désir ne peut se distinguer d'un amour de jeunesse, ils sont inséparables, l'un est l'expression vivante de l'autre, comme l'air et le vent. Combien de nuits passées à se demander quoi faire, chercher la meilleure voie et, si elle n'était pas envisageable, quelle autre voie. Sur bien des points, je comprenais Ambre. Même *moi*, je ne pouvais pas lui demander de quitter un homme mourant, ou de divorcer pour m'épouser. Quel que soit l'angle sous lequel je triturais le problème, je savais que de tels choix seraient impardonnables aux yeux de tous, y compris les miens.

Paradoxalement, c'était par décence que j'espérais plus que jamais le voir passer l'arme à gauche. Oh, j'aurais pu être plus patient s'il l'avait fallu, après tout, une année de plus ou de moins… Et puis, je me disais qu'Ambre n'était plus « vraiment » avec lui, même si elle tenait son rôle d'infirmière dévouée la plus claire partie de la semaine. Il n'était jamais laissé seul ; quand ce n'était pas elle qui le veillait, l'infirmière la relayait, une certaine Mme Grant. Elle prenait soin de lui chaque fois qu'Ambre était avec moi, ou qu'elle avait d'autres choses à faire.

9 novembre 1983

À 6 heures du matin, je dormais encore quand Ambre s'est introduite avec la clé que je lui avais donnée quelques semaines plus tôt. Alors qu'elle entrait et sortait de l'appartement en faisant un raffut pas possible, j'ai ouvert un œil : elle avait des œufs plein les bras, je précise, des cartons pleins d'œufs. L'idée confuse qu'elle envisageait de me préparer un petit déjeuner au lit n'aurait pas pu être plus éloignée de la réalité.

« Lève-toi, marmotte, on a du pain sur la planche ! a-t-elle chantonné. Allez, on passe les cinq étapes du réveil – le déni, la colère, le marchandage, la dépression, l'acceptation ! » En réponse à son excès d'énergie, j'ai remonté la couverture jusqu'aux oreilles. « Oh non non non ! » a-t-elle protesté, en l'écartant d'un geste sec alors que je m'y accrochais farouchement, ce qui dégénéra en bataille acharnée. « Il y a des gens qui comptent sur moi. Bouge tes fesses ! »

À cet instant, tout me revint en mémoire : un groupe de ses amis « plaisanciers » (elle m'avait mis dans le même sac) comptait bloquer l'USS *Phoenix*. Quelques mois auparavant, à son arrivée à Wellington, l'USS *Texas* avait été accueilli par trente mille personnes brandissant des bannières : « Pas de nucléaire en NZ », « Non à la folie nucléaire » – mais tenir les Américains à distance n'allait pas être facile. Pour nous je veux dire, à court et à long terme, parce que si l'URSS ou la Chine communiste ou n'importe qui nous attaquait, il serait plus sûr, à mon avis, d'avoir les Amerloques de notre côté.

Ça m'a paru aberrant de monter sur le yacht de Stuart, mais sous la pression générale je ne pouvais qu'abdiquer. Du pont supérieur, je contemplais une armada aussi variée que des jouets pour le bain – des yachts, des vedettes, des catas, des trimarans, des barques de pêcheur, des planches à voile, une pirogue tahitienne, et même un radeau de fortune ! En fait, l'ambiance était loin d'être tendue comme lors de la crise des missiles de Cuba, elle était même plutôt joyeuse et animée. Tout le monde semblait se connaître, enfin, à part moi que personne ne connaissait et qui ne connaissais personne, sauf Ambre. On ne pouvait pas dire la même chose pour elle, qui occupait le centre de l'attention et que tout le monde appelait par son prénom. Des tas de gens se hélaient dans la foule, il n'y en avait donc pas que pour elle, mais quand même, pour être tout à fait honnête, je me sentais un peu menacé par sa popularité.

Peu après 8 heures, les choses se sont considérablement crispées quand le *Phoenix*, manœuvrant autour de North Head, s'est présenté tout entier à notre vue (enfin, aussi *entier* que possible pour un sous-marin). Noir, épuré, menaçant, comme le croisement meurtrier d'un requin et d'une torpille auquel un scientifique fou aurait donné vie, il était escorté d'une escadre de bateaux de police et flanqué de canots gonflables de la marine. Nous avions commencé à zigzaguer lentement de part et d'autre du chenal avec le reste du groupe, quand soudain l'escorte du *Phoenix* s'est mise à charger tout le monde (nous compris) dans toutes les directions et à nous ordonner (à tous) de nous disperser pendant que nous (et les autres) scandions en chœur : « Rentre chez toi, *Phoenix*, rentre chez toi », ce qui n'était pas bien méchant, sans déconner ! Puis c'est devenu le chaos, tout est arrivé très vite, les ordres criés, les vrombissements des hors-bord, l'eau agitée qui donnait l'impression d'un thé préparé avec un sachet déjà utilisé et une pauvre goutte de lait. Bientôt, personne n'aurait pu dire quel bateau était à qui et lequel était de quel côté : trop de poissons dans un trop petit étang. L'eau se crêtait de blanc, comme à l'approche d'un orage – et je supposais qu'il arrivait en effet, *l'orage politique* ! Puis, tout à coup, le sous-marin est apparu à une centaine de mètres, droit devant. Imagine ça, un sous-marin face à toi ! Paradoxalement, la menace semblait à la fois personnelle, comme si on était vraiment la cible, et impersonnelle, parce que « lui », il n'avait pas de visage, et nous non plus pour lui.

Et là, je m'en souviens clairement, un petit ketch, le *Vega*, lui a coupé la route dangereusement près, à cinquante mètres de lui peut-être. Je le connaissais parce que Ambre m'en avait rebattu les oreilles, *Vega* par-ci, *Vega* par-là : en 1973, avec ses quatre membres d'équipage, il était allé tenir tête à la marine française, façon David et Goliath, à Moruroa, dans la zone de tests. Sur place, un commando français avait tabassé le skipper canadien jusqu'à lui faire perdre conscience ; puis idem pour l'ancien membre de la Royal Navy. Avec une galanterie toute française, ils avaient épargné les deux jeunes Néo-Zélandaises, dont l'une n'avait que dix-neuf ans. Les autorités militaires françaises avaient déclaré qu'aucun d'entre eux n'avait levé le petit doigt contre les hommes (ce qui était vrai, à strictement parler, puisqu'ils n'avaient utilisé que leurs pieds et leurs matraques), mais la pellicule que la plus jeune des filles avait sauvée de leurs griffes s'est retrouvée dans la presse internationale – et ce jour-là, une tempête médiatique s'est déchaînée contre les responsables. Mais revenons-en à l'épisode de l'USS *Phoenix*. Personne ne savait si les Américains lanceraient ou non une démonstration de force. Sur le *Vega*, deux des activistes écolos, bronzés et musclés, faisaient de grands signes à Ambre – ces gars avaient un statut de rock star, non seulement pour elle, mais pour toute la gent féminine. Eh ben, ça a suscité chez moi une touche de jalousie en même temps que de l'admiration.

Sont restés gravés dans ma mémoire quelques détails isolés. Je me souviens des œufs que tout le monde lançait sur le sous-marin, dont les coquilles brisées restaient collées aussi bien que des bernacles sur le dos d'une baleine. Quelque chose me chiffonnait là-dedans, qui avait à voir avec mon éducation et l'interdiction de gâcher la nourriture – or, là, tous jetaient des œufs par dizaines. Certes, ce n'était rien qui puisse entamer leur *budget bouffe*, mais quand même, la faim régnait dans le monde, ici même d'ailleurs en Nouvelle-Zélande, juste sous leur nez à Auckland. Gaspiller de la nourriture comme ça, c'était le genre de manifestation qui ne pouvait venir à l'esprit que des riches.

Je me souviens de ce vieillard, dans son bateau à console centrale, qui secouait la tête en signe de réprobation, flanqué d'un autre vieux schnock qui nous avait demandé si on n'avait jamais entendu parler du traité ANZUS, et répétait de sa voix chevrotante : « Ils ont parfaitement le droit d'être ici ! Allez ouste, fichez le camp ! » Et plus tard un Américain, qui cabotait dans son bateau à cabine, gueulant qu'on ne savait pas reconnaître nos amis et qu'on aurait tout ce qu'on méritait si Kim Il-Sung, ou un autre détraqué, « nous faisait sauter », tandis que son binôme de pêche nous adressait un doigt d'honneur : « On n'a pas besoin de votre petite île ! Traîtres ! Ce n'est pas vos canoës qui vont vous sauver ! »

Ensuite, je me rappelle que quelqu'un a jeté un seau de peinture jaune sur le sous-marin déjà maculé de jaune d'œuf en chantant le fameux tube des Beatles, repris par la foule. C'est ce moment-là qu'a choisi une vedette de police pour s'approcher discrètement du *Santa Kathrina* et tenter d'enrouler un cordage à la rambarde pour nous remorquer à l'écart, mais Ambre, qui maîtrisait son élément, a lancé un cri d'alerte et, sur quelques ordres brefs, on avait pris le large avant que les policiers n'aient pu faire leur nœud.

« Vous êtes du mauvais côté de l'histoire ! » leur a hurlé Ambre, les mains en porte-voix.

Le yacht à pleine vitesse a laissé derrière lui un sillage puissant, une traînée longue et blanche qui s'est attardée sur les flots.

30 novembre 1983

J'ai noté la mauvaise nouvelle, ce jour-là : « Lester Deering, père d'Ambre, mortellement blessé ». C'est tout.

« Papa est mort », ce sont les seuls mots qu'elle a prononcés lorsqu'elle m'a appelé, suivis de quelques sanglots étouffés dans le silence qui s'était fait au téléphone. Stupéfait, je lui ai demandé où elle était et elle m'a répondu : Cambridge, avec sa mère. Elle a ajouté qu'elle « ferait mieux d'appeler les autres pour leur annoncer la nouvelle », puis elle a raccroché sans que j'aie pu en demander davantage. J'ai essayé de la rappeler aussitôt, mais la ligne était occupée, heure après heure, et je me demandais si elle faisait le tour des connaissances ou si elle n'avait pas mal raccroché – à moins qu'elle et sa mère aient décroché le combiné pour avoir un peu de paix.

Ce n'est que plus tard que j'ai appris les détails. Son père avait laissé quelques balles de foin sur le côté, pour pouvoir les déplacer plus facilement. Quand il a voulu en attraper une du dessus, une du dessous a roulé et causé un effondrement général. Son père est tombé sous les balles de foin qui lui ont écrasé la poitrine. Chacune pouvait peser jusqu'à cinq cents kilos, m'a-t-elle dit.

« Il n'avait pas l'habitude des balles de foin rondes, avait gémi Mme Deering après coup. Pourquoi il n'a pas fait comme d'habitude ? Les carrées étaient beaucoup plus stables, une fois empilées ! »

Je n'ai jamais su – et la question me travaille encore – si la mort de Lester a subitement révélé à Ambre que sa vie devait changer. Son décès l'a-t-il libérée de lui et de son regard sur elle ? Ou sa disparition l'a-t-elle rendue plus casse-cou ?

13 décembre 1983

Ambre a négligé toute prudence en m'appelant de chez Stuart, en présence de plusieurs personnes, pour me demander ouvertement si je pouvais passer la prendre à Mount Eden et l'amener à Fencourt. Il y avait là-bas une jument qui aurait dû mettre bas trois semaines plus tôt et, d'après sa mère qui l'avait palpée, la position du poulain pouvait entraîner des complications. Son père lui donnait toujours un coup de main dans ce genre de cas, mais maintenant qu'il était parti…

Bien sûr, ce qu'elle attendait de moi était risqué. La simple idée d'aller la récupérer chez eux me mettait mal à l'aise – je ne voulais pas avoir à faire la conversation à Stuart ou croiser son regard comme si de rien n'était – et pourtant, j'ai dit que je serais ravi de faire tout ce que je pouvais pour l'aider dans ces circonstances.

Quand je suis arrivé dans ma nouvelle Land Rover (c'est-à-dire nouvellement achetée chez un vendeur de voitures d'occasion), Ambre m'attendait déjà dehors et j'ai apprécié son tact – d'autant plus que j'ai repéré l'infirmière qui m'espionnait derrière le rideau. Elle ressemblait pile poil à la description qu'Ambre en avait faite, une matrone sévère, toute en poitrine. La mèche de cheveux blancs qui tranchait sur ses cheveux noirs me rappelait un putois.

En fin de compte, le trajet jusqu'à Cambridge m'a pris plus de deux heures, à cause d'un accident de moto, des ambulanciers de Saint-John, de la police, des badauds… On avançait au ralenti lorsque Ambre a déclaré tout en se caressant la joue avec les pointes de ses cheveux : « Tu sais, Papa n'était pas un mauvais homme. C'était un homme avec trop de responsabilités, qui devait s'occuper de trop de gens, trop de chevaux, trop de problèmes. Les chevaux, c'était sa seconde famille, il les nourrissait et ils étaient heureux, faciles à vivre… » Elle a repoussé ses cheveux derrière son oreille et s'est vigoureusement frotté la bouche du dos de la main. « Mais ne va pas croire qu'il ne nous aimait pas, Danny et moi, ce serait faux. La preuve : il ne voulait pas le voir traîné dans la boue parce qu'il "s'était roulé dans la paille avec un autre gars". Quand même, aux yeux de la loi, c'est un crime. »

Elle a tourné la tête pour regarder à travers la vitre et je lui ai pris la main.

« Ils ne se sont jamais reparlé jusqu'à sa mort. Et moi, mes sentiments pour Papa, j'en sais rien. Je le haïssais parfois, mais je l'aimais aussi – on ne cesse pas d'aimer des gens comme ça. »

Elle a pris le temps de réorienter la ventilation de la clim, de façon que l'air froid lui souffle droit sur le visage, et pour la première fois, elle m'a parlé des difficultés financières de sa famille.

« Mes parents ont travaillé si dur pendant des années, tout leur appartenait, à eux deux, évidemment. C'était juste plus simple à l'époque de tout mettre au nom de Papa. Mais ils étaient mariés, et maintenant Maman se débat avec cette merde administrative pour faire valoir ses droits sur sa propre maison et son propre compte en banque. Comment est-ce qu'elle est censée vivre, en attendant que tout soit examiné à la loupe par ces stupides tribunaux et bureaucrates ? Elle a de la chance de m'avoir – je lui paye un avocat et ce dont elle a besoin pour que Les Écuries fonctionnent. Mais si jamais les deux aînés de Stuart le découvrent, ça va mal tourner. » Même si la clim soufflait fort, elle a baissé sa vitre, pour avoir le plus d'air possible.

***

Au moment où on est arrivés à la ferme, la jument était allongée sur le flanc et le processus de mise bas paraissait déjà bien engagé. Je n'ai pas pu m'empêcher d'admirer la façon dont Ambre est allée droit vers la grande jument, à la robe brun foncé et aux crins noirs. Elle devait peser une tonne. Quelle serait sa réaction face à un étranger comme moi – une ruade suffirait à mettre n'importe qui K.O. – mais ma fierté a pris le dessus et je les ai rejointes en quelques enjambées, prêt à mouiller ma chemise si nécessaire.

« Ça va aller, ma fille, ça va aller », répétait la mère d'Ambre d'une voix apaisante. Elle a passé doucement sa main dans son toupet pour le coincer derrière une oreille agitée et caresser son cou brun et soyeux. J'ai remarqué que la queue avait déjà été enveloppée de bandages, qui la maintenaient de côté.

« Allez, ma toute belle… » Sans prévenir, un truc liquide a jailli de quelque part à l'arrière, et j'en ai éprouvé un léger malaise. Puis la jument a renâclé en essayant de se remettre sur ses quatre jambes, tout ça pour finalement baisser son museau jusqu'à une parcelle de terre dégarnie – pas le moindre brin d'herbe – où ses lèvres se sont obstinées à arracher des touffes de rien-du-tout, dans une étrange parodie de broutage. Pendant que Mme Deering était en train de l'encourager, la jument s'est immobilisée et ses jambes ont soudain cédé sous son poids. La pauvre avait l'air à moitié morte, couchée sur le côté.

Alors Mme Deering s'est agenouillée tout près de la jument et a paru s'adresser directement au poulain. « Plus de chichis. Allez. Sors ! » a-t-elle ordonné avec fermeté mais non sans douceur. Ambre a passé son bras tendrement autour des épaules de sa mère.

Tout à coup, la jument a émis un son profond, un peu comme le grondement distant du tonnerre qui se rapproche. Après ce qui a semblé une éternité, une espèce de sac blanc enfermant des jambes maigrichonnes a commencé à apparaître.

« Doucement, doucement, ma fille… » l'a bercée Mme Deering, sous le regard d'Ambre, puis elle a ajouté : « Oh, tu as vu, il est gris ! Qui l'aurait cru ? Bon, eh bien. Finissons-en une bonne fois pour toutes. Ils sont tous les deux épuisés, et moi aussi », a marmonné Mme Deering, le visage tendu de concentration.

Mais, malgré ce début prometteur, rien ne semblait plus progresser et franchement c'était pénible à voir. Les jambes du poulain, fragiles et blanches (apparemment dans le monde équestre on dit « gris » pour « blanc »), ressemblaient à des os saillant du ventre de la jument.

« Attention, Maman ! » a soudain averti Ambre et je ne savais si elle voulait dire par là que sa mère risquait d'être blessée, ou de blesser le cheval.

Avec l'adresse acquise par l'expérience, Mme Deering a commencé à tirer sur le poulain, alternant d'instinct douceur et fermeté. Il faut reconnaître que c'était une vraie pro : elle a tout bien géré. Enfin, est venu au jour un poulain aux oreilles rabattues, à la robe trempée, d'un blanc miteux, qui a laissé le ventre de la jument vide et sa peau pendouillante. Avec un petit rire, Ambre m'a assuré que tout était normal et se remettrait naturellement en place.

« C'est hallucinant, non ? Un vrai miracle ? me demanda Ambre, gagnée par une euphorie presque enfantine. Il se mettra debout dans une heure et trottera avant deux, déjà paré pour la vie ! Carrément plus vite que nous ! »

Sur le trajet de retour, aucun de nous deux n'a parlé, mais on se tenait la main et elle gardait la tête sur mon épaule. L'amour entre nous était trop fort pour qu'on puisse prononcer un mot. Parfois, on se serrait la main de plus en plus fort. Façon de s'exprimer, de se jurer notre amour et d'échanger des promesses, des promesses qu'on avait l'intention de tenir. Les formuler à haute voix n'aurait pas été pareil.

Pierres volées

Aujourd'hui, nous nous sommes rendus à l'extrémité ouest de l'Antarctique, laissant derrière nous la blancheur immense de l'île pour pénétrer dans un royaume de noirceur calcinée. Des coussins de lave se sont agrégés au fil du temps en monticules énormes, comme des restes carbonisés ; certains, fondus ensemble malencontreusement, suggéraient des corps consumés, méconnaissables. C'est ici que les manchots Adélie bâtissent leurs nids, à partir de galets et cailloux, mais leur rareté même en fait des objets de désir, comme les diamants pour les humains. Pour faire la cour, le mâle « soumet sa demande » en s'inclinant devant la femelle de son choix et en lui présentant l'une de ces précieuses pierres qu'il tient dans son bec. Si elle accepte, ils forment un couple pour la vie. Le manchot mâle n'hésite pas à voler des pierres dans le nid d'un autre afin de gagner le cœur de son élue, un manège que Raoul a capturé à la caméra cet après-midi. La nature semble l'avoir compris depuis longtemps : on n'a qu'une chance de trouver le bonheur dans la vie. Peut-être y avait-il un message caché pour moi – moi qui avais volé ma chance à un autre.

La passion

Noël 1983

Ambre et moi avons célébré la fête dans nos familles respectives. Elle, de son côté, rejoignait sa mère (qui ne pouvait pas s'éloigner de la ferme même un seul jour, car les chevaux avaient besoin d'être nourris et soignés) ainsi que Danny, venu de Londres en avion. Comme les trois enfants de Stuart s'étaient réunis pour passer quelques jours avec lui, Ambre était plus que soulagée de pouvoir s'échapper à la campagne, à Cambridge. De mon côté, ça voulait dire un Noël à Ponsonby avec Maman, Papa, Vicky et son super sportif de mari. *Comment*, je n'en sais rien, sûrement grâce à ses antennes, Maman avait décelé que ça devenait sérieux avec quelqu'un et m'a mis dos au mur à la première occasion : « C'est l'amour ! Je le sens ! » Elle m'en a même voulu de ne pas avoir invité « cette jeune femme » à la maison pour passer Noël avec ma famille, d'être égoïste et de mettre « l'art » avant « la vie », de ne pas m'engager, et ainsi de suite. Si seulement elle avait su.

2 janvier 1984

On n'a donc passé ni le réveillon ni le Nouvel An ensemble, mais le jour d'après on s'est enfin retrouvés en ville, pour boire un verre à la Shakespeare Tavern. On a beaucoup parlé de nouvelles résolutions à prendre et comment se voir plus régulièrement. J'ai aussi mentionné des projets que j'avais pour notre avenir. Les choses étaient difficiles en ce moment, c'est vrai, mais du moins regardait-on tous les deux dans la même direction. Tout ça sans mentionner Stuart, mais j'avais l'impression que l'arrivée récente de tous ses enfants laissait supposer que la fin était proche. Puis – apparemment mon intuition se confirmait – elle m'a demandé, pour la première fois depuis qu'on avait dépassé le stade de l'amitié, si ça ne me dérangeait pas de venir lui rendre visite, presque comme pour lui présenter mes derniers respects. C'était m'en demander beaucoup et j'ai essayé de me défiler, mais il avait déjà plusieurs fois insisté pour me voir.

Elle m'a dit qu'elle ne pouvait pas constamment me trouver des excuses. Il était vrai que je n'avais pas rendu visite à Stuart depuis des lustres et peut-être qu'elle avait raison : on allait se poser de plus en plus de questions si je n'y allais pas.

Nous étions en fin d'après-midi. Je me rassurais en me répétant que ce serait l'affaire de quelques minutes. J'étais déjà venu des tas de fois, mais bien sûr les choses avaient changé depuis. À l'évidence, Ambre était aussi tendue que moi en me guidant dans la maison jusqu'à la chambre de Stuart, où elle essaya de me faire entrer sans elle. Avant même de mettre un pied à l'intérieur, j'ai perçu l'odeur aigre de l'urine dans l'atmosphère renfermée de la pièce. Je ne mesurais pas le moins du monde à quel point Stuart était proche de la mort, ou ce que signifie la proximité de la mort, parce que quand je l'ai vu j'ai eu le souffle coupé, et je suis resté sans voix pendant un bon moment. J'étais sidéré par sa perte de poids ; il ne lui restait plus que la peau sur les os, il avait des cernes si noirs qu'il paraissait avoir été passé à tabac. C'est peut-être difficile à croire, mais je n'ai éprouvé absolument aucune joie à le voir dans cet état. C'était une chose d'espérer, à distance, qu'il se dépêche d'aller manger les pissenlits par la racine ; c'en était une tout autre de le regarder souffrir.

Je demeurai dans l'embrasure de la porte, le cœur lourd, ne sachant pas trop comment me conduire. Mme Grant, l'infirmière, a fini par me remarquer et m'a lancé un regard méfiant, apparemment décidée à m'ignorer. Elle a mis du temps pour prendre le pouls de Stuart à son poignet, les yeux rivés sur sa montre, comptant tout bas, puis, de nouveau sans se presser, a écrit les résultats.

« Stuart ? ai-je finalement tenté, juste assez fort pour être entendu.

– Monsieur Reeds. Je crois que vous avez un… – elle a marqué une pause et a fait un bref signe de tête dans ma direction – invité. »

En m'apercevant, il a essayé de se redresser à coups de coude à droite et à gauche, si bien qu'il a renversé malencontreusement les flacons de médicaments posés sur sa table de chevet. À vrai dire, j'étais heureux de plonger hors de sa vue pour ramasser ce qui était tombé, histoire de cacher l'expression de culpabilité qui devait se lire sur mon visage.

« Ça fait… long… temps… a-t-il dit d'une voix faible, qu'il essayait d'éclaircir péniblement.

– Trop longtemps, ai-je répondu en remettant avec soin chaque flacon à sa place. Il y a une éternité que je voulais venir vous voir, mais j'ai été débordé par le boulot… »

Les minutes suivantes, il a fait de gros efforts pour respirer, me demander comment allaient mes films, si j'étais capable de joindre les deux bouts ces jours-ci. Presque le genre de questions qu'un futur beau-père pourrait poser à un prétendant à la main de sa fille pour juger s'il est capable de la soutenir financièrement. J'ai dit que les pubs pour la télé me permettaient de gagner de quoi réaliser des documentaires, et j'ai débité ce que j'avais planifié pour la suite, bien qu'il ne m'ait pas demandé autant de détails. Pendant ce temps, Mme Grant avait remonté le bas de son pantalon de pyjama rayé et s'était mise à masser les muscles atrophiés de ses jambes. Elle avait les bras potelés, parsemés de grains de beauté, et, bien qu'elle ait eu les yeux concentrés sur ce qu'elle faisait, je savais qu'elle écoutait avec attention chaque mot que je prononçais. Puis mon cœur a failli s'arrêter lorsque Stuart lui a demandé, de but en blanc, si elle pouvait avoir « la gentillesse de nous laisser seuls ». Elle a redressé fièrement le menton, visiblement opposée à cette idée ; pourtant elle a reposé la jambe de Stuart, lui a tapoté affectueusement le genou et a quitté la pièce avec un respectueux « Comme vous voulez, monsieur Reeds ».

Allait-il me demander de veiller sur Ambre une fois qu'il ne serait plus là ? Ou bien me mettre froidement un revolver sur la tempe et m'ordonner de ne plus jamais m'approcher d'elle… ou sinon ? Concentré, il fronçait les sourcils, comme s'il pensait à quelque chose de précis, mais là encore, peut-être rassemblait-il simplement ses forces pour parler.

« C'est malheureux, a-t-il enfin articulé avec difficulté, que ma femme soit mariée à un mourant, et qu'en plus mon état peu attirant dure aussi longtemps. Inutile de dire que cela n'a pas été une vie pour elle. »

Il semblait attendre une réaction de ma part et, sentant qu'il me fallait remplir ce blanc, j'ai tenté de me montrer aussi rassurant que possible : « Vous avez tout de même partagé beaucoup de bons moments. »

Pendant quelques secondes il n'a fait que hocher la tête d'un air grave. « Oui, beaucoup de bons moments en effet, des moments absolument exquis. Mais en vérité, le dernier chapitre peut changer la perception qu'on avait du livre. Il peut en altérer complètement le sens. Notre compréhension des personnages se transforme alors, lorsque nous rejouons toutes les scènes dans notre tête. »

Il me fixait droit dans les yeux, le regard ferme et perçant de quelqu'un qui en comprend plus qu'il ne le laisse entendre ; et ses paroles, plutôt détachées et volontairement floues, m'ont fait douter de ce dont en réalité il se doutait peut-être. Déconcerté, troublé, je tentais de rester impassible. La possibilité qu'Ambre ait tout avoué avant mon arrivée m'a même traversé l'esprit.

« Être tous les jours l'esclave d'un homme qu'il faut dorloter et distraire alors qu'il a un pied dans la tombe, c'était sûrement trop demander à une jeune femme belle et brillante. »

J'ai pris une grande inspiration et déclaré : « Le mariage, c'est "pour le meilleur et pour le pire, dans la santé et dans la maladie". » Ça sonnait un peu trop récité par cœur, et sans doute, pas assez sincère.

« Jusqu'à ce que la *mort* vous sépare. » À mon grand embarras, il a complété ce que j'avais voulu éviter de dire moi-même.

Je me suis gratté la nuque et j'ai bafouillé : « Mais non, je n'ai pas parlé de la "mort". C'est pas ce que je voulais dire.

– Bien sûr que non, a-t-il admis d'un ton aimable. Mais tout cela nous ramène au fait que c'est le dernier chapitre qui définit l'homme. Dis-moi, comment penses-tu que celui-ci va se terminer ?

– "Celui-ci" ?

– Ce livre, enfin… cette histoire ? »

J'étais sans mots ; alors, avec impatience, presque brusquerie, il m'a aidé. « Que va devenir Ambre ? Comme tu le sais, je la laisserai veuve très jeune. Elle n'a que vingt-deux ans. Bien des femmes aujourd'hui ne pensent même pas au mariage, à cet âge. Comment un deuil aussi inconsolable va-t-il l'affecter ? Son père est mort et le moment viendra, que tu oses prononcer le mot ou pas, où ce sera mon tour, à *moi aussi*. Il ne lui restera plus d'homme dans sa vie. » Il m'a dévisagé en articulant lentement, avec une sorte de délectation.

« Pardon de le dire, mais je ne pense pas qu'Ambre soit du genre à avoir besoin d'un homme à tout prix dans sa vie.

– Ah, tu as l'air de bien la connaître, toi aussi. Aussi bien que moi. » Il a souri brièvement puis désouri (ce mot devrait exister) et, encore une fois, nous avons échangé un regard tendu. « Il n'empêche que je vais la laisser dans une situation de grande vulnérabilité. Jeune, belle, endeuillée. Et, ne l'oublions pas, *riche*. »

Là, il a scruté quelques plaies ouvertes sur son avant-bras, les frôlant du bout du doigt comme s'il venait de les remarquer… avant de m'observer de ses yeux perçants, comme pour me mettre exprès mal à l'aise. « Des hommes sans scrupule pourraient abuser d'elle. La tromper en lui faisant croire qu'ils l'aiment. En réalité, tout ce qu'ils aiment chez elle, c'est sa beauté. Son piquant. Sa joie de vivre. Ils voudront mettre la main sur elle et sur son argent.

– Ambre est intelligente, ai-je dit, dégoûté par ses insinuations et le lui faisant clairement sentir dans ma voix.

– Bien sûr, bien sûr. C'est indiscutable. Mais elle est aussi capable d'émotions fortes et de se laisser, en fait, entièrement guider par elles. Des émotions qui peuvent l'emporter aussi violemment que le vent, pour la déposer Dieu sait où si elle ne fait pas attention. Ambre peut être impulsive, irréfléchie, imprévisible. Tu as certainement toi aussi remarqué ces caractéristiques chez elle ? » a-t-il demandé, la tête penchée sur le côté, le même sourire éphémère.

J'ai dégluti. J'avais l'impression qu'il prenait le dessus, mais il a enchaîné sans attendre ma réponse. « Et pourtant, c'est là qu'elle est le plus belle, n'est-ce pas, Ethan ? Comme un cheval sauvage que personne ne peut dompter ! Tous ceux qui pensent réussir sont des fous qui s'imaginent pouvoir la posséder. »

C'est ainsi qu'il me semblait que lui et moi dansions au bord d'un précipice. Je perdais parfois l'équilibre et devais écarter les bras ou lever une jambe pour éviter de tomber par-dessus bord. C'est pendant ce moment étrange, chargé d'adrénaline, qu'Ambre est entrée. Instantanément elle a perçu que les choses ne se passaient pas bien pour moi. Stuart l'a longuement regardée, puis s'est allongé dans son lit avant d'énoncer avec lassitude : « Peut-être que j'ai été un fou, moi aussi. »

Ambre l'a considéré sans comprendre ce qu'il voulait dire par là, mais sachant d'instinct que ces mots la concernaient. On a échangé un regard inquiet. Est-ce que j'avais bien fait de venir ? Est-ce qu'elle avait bien fait de me le demander ? Dans ce bref instant où nos regards se sont noués, nos doutes sont passés de l'un à l'autre, sans qu'il y ait besoin de parler. J'ai senti que Stuart nous observait de toute son attention. Il n'en avait rien manqué.

Ambre n'avait pas manqué non plus de s'apercevoir qu'il n'en avait rien manqué. Pour faire diversion, elle s'est forcée à demander d'un ton un peu trop guilleret si on voulait une tasse de thé bien chaud. Thé vert au jasmin, thé oolong, à la menthe poivrée, ou thé noir tout simple ? La dernière image de la visite dont je me souviens, ce fameux jour, c'est Stuart qui s'endort avec la rapidité improbable d'un acteur de seconde zone. Comme s'il avait vu ce qu'il lui fallait et qu'il était temps pour moi de tirer ma révérence. En même temps, je n'étais – et ne suis toujours – que trop conscient que les circonstances ont très bien pu me rendre paranoïaque.

***

Mme Grant arrivait toujours à 7 heures précises et restait jusqu'à 20 h 30, de longues heures pour lesquelles, m'avait confié Ambre, elle était grassement rémunérée ; avant de partir, tous les soirs, elle vérifiait que Stuart avait bien vidé sa vessie et pris son somnifère. C'était une femme fiable, responsable, à qui on avait confié un trousseau de clés. Elle allait et venait avec la régularité mécanique d'un coucou jaillissant de son horloge suisse. Quand elle était absente, Stuart dormait d'un sommeil de plomb, si profond qu'il semblait presque inconscient. Parfois Ambre avait même peur qu'il soit mort et prenait son pouls. Toucher son poignet, bouger son bras dans tous les sens, rien ne le réveillait, mais à son grand soulagement, elle finissait toujours par trouver un pouls, même faible. Je me répétais que ça n'allait plus durer très longtemps, tout en m'inquiétant à l'idée qu'il reste pour toujours dans cet état végétatif où il serait légalement encore en vie, mais à toutes fins pratiques aussi bon que mort. Durant les heures de la nuit noire où les tic-tac résonnaient et où la mort pouvait frapper à tout instant, Ambre avait peur et ne voulait plus rester seule. Je faisais de mon mieux pour calmer ses angoisses avant de rentrer chez moi. Je ne mentirai pas, le moment du départ était un déchirement pour moi aussi ; et ce n'est qu'après l'avoir serrée dans mes bras de longues minutes que je me forçais à faire le pas le plus difficile, pour quitter la maison.

Puis, un soir, ce qui devait arriver arriva. Alors qu'on s'étreignait, Ambre et moi, à notre habitude, elle a claqué la porte très bruyamment, pour parer à l'éventualité fort improbable où Stuart nous écouterait et prendrait note de l'heure de mon départ. Mais ce soir-là, j'étais resté à l'intérieur. Je n'avais pas trouvé la force de partir et Ambre n'en avait pas envie non plus. Elle voulait que je reste seulement pour la réconforter, tel un enfant qui n'arrive pas à s'endormir sans son ours en peluche ; puis j'ai honte d'avouer que j'ai recommencé une fois, et encore une fois, jusqu'à ce que ça devienne presque une habitude. Pour être honnête, je partais juste une heure avant l'arrivée de Mme Grant – disons plutôt une demi-heure, ce qui est vite devenu la norme. Au fur et à mesure que la situation se banalisait, je l'ai poussée à faire des choses qu'elle n'aurait jamais faites autrement. Presque comme si je marquais mon territoire, faisant de leur maison la nôtre, à Ambre et à moi, un peu plus chaque jour. Nous dormions (je dis bien, *dormions*) au-dessus de lui, dans la chambre d'amis du deuxième étage ; sa chambre à lui étant au rez-de-chaussée, deux volées de marches nous séparaient. Vu qu'il ne pouvait même pas se déplacer seul jusqu'à la salle de bains, à trois pas à peine de son lit – sans oublier que la maison était incroyablement grande –, nous ne risquions absolument rien. Mme Grant elle aussi restait toujours au rez-de-chaussée – de toute manière, elle n'avait rien à faire ailleurs. Elle ne serait jamais montée et ça aurait été impossible pour lui. Et d'ailleurs, pourquoi en aurait-il eu envie ? Stuart n'avait qu'à appuyer sur le bouton rouge d'une sonnette, que Mme Grant avait attachée à sa table de chevet, à portée de main. La sonnerie était assez forte pour réveiller un mort. Une pression sur le bouton et Ambre accourait.

On se sentait tellement en sécurité que quelque chose dans cette situation, la douleur ou la frustration, nous poussait de plus en plus – nous, ou notre amour, devenu la force dominante – à expérimenter ce que serait notre vie si nous étions tous les deux seuls dans la maison.

Je sais bien que cela peut paraître horrible ; mais l'intensité de notre amour s'ajoutait à la contrariété permanente de ne pouvoir être vraiment ensemble, à cause d'un vieux mourant qui, par une folle erreur de jeunesse, était devenu l'époux d'Ambre – ce qui aurait dû être interdit par la loi. Ces circonstances nous ont rendus aveugles, aveugles à la raison, aveugles à nos torts, aveugles aux signaux qui guident notre sens moral. On était tous les deux jeunes, tous les deux terriblement amoureux et on se jetait tous les deux à corps perdu dans l'instant présent.

19 janvier 1984

On montait l'escalier vers la chambre d'amis, avec l'intention de mettre ces deux étages entre nous et lui, de s'éloigner au plus vite du rez-de-chaussée, pour se glisser dans notre coin à nous. Par jeu, j'ai commencé à lui enlever quelques-uns de ses vêtements ; j'ai ôté son chemisier sur la dernière marche du premier escalier, puis suspendu son soutien-gorge à la rambarde en bas du deuxième. En arrivant à la seconde volée de marches j'ai tiré sur sa jupe moulante et enfin, alors qu'elle se tortillait comme pour résister à des chatouilles, sa culotte a suivi le même chemin. Les escarpins n'ont pas offert plus de résistance. Alors que j'étais moi-même encore habillé, je l'ai portée et déposée amoureusement, nue, sur le tapis blanc à poils longs qui courait le long du couloir. Je l'ai embrassée sur les lèvres, je l'ai bercée tendrement pendant que je la couvrais de baisers. Elle ne pouvait pas attendre davantage, moi non plus – il y avait urgence. Je faisais ma part, en position de planche, bras tendus, ses jambes enroulées autour de moi, me serrant fort. Elle réagissait au moindre de mes mouvements et j'ai dû lui couvrir la bouche d'une main pour qu'elle ne fasse pas de bruit.

Après, un grand calme s'est étendu, une merveilleuse tranquillité a pris place, quand soudain, venu de nulle part, un craquement très distinct s'est fait entendre derrière nous. Par réflexe, j'ai tourné la tête. Il a suffi à Ambre de regarder par-dessus mon épaule pour voir ce que je voyais.

À ma grande horreur, quelqu'un se tenait à quelques mètres de nous. Ce n'était pas Mme Grant, comme je l'avais craint d'abord, mais Stuart lui-même, appuyé de tout son poids sur une canne plantée devant lui, qu'il serrait si fort que ses jointures apparaissaient, d'un blanc osseux sous sa peau. Dans son pyjama rayé, il avait l'air d'un moribond. Son visage exprimait une telle douleur, un tel choc tandis qu'il découvrait l'ampleur de notre trahison. Cette expression, je ne l'oublierai jamais, ni le sifflement aigu et frénétique de sa respiration, ni le filet de bave coulant au coin de sa bouche, ni ses yeux enfoncés et son regard atterré – c'était au-delà des mots. La bulle magique qui nous abritait, Ambre et moi, venait d'éclater ; en un instant nous étions ramenés à une réalité sévère, irrespirable, où surgissaient l'énormité de ce qu'on avait fait et la honte, l'inimaginable honte. Stuart tremblait visiblement et bientôt il a été pris de convulsions comme s'il avait une attaque. Il avait épuisé ses dernières forces pour monter jusque-là, et il semblait à bout, appuyé à sa canne qui oscillait violemment d'un côté et de l'autre. Les vêtements d'Ambre disséminés sur l'escalier avaient dû le guider, pantelant, hors d'haleine, pour gravir dans des efforts démesurés chaque marche après l'autre. Notre position nous bloquait. Si je bougeais, j'exposais Ambre. Tous les trois, nous formions une sorte de point d'exclamation, elle et moi la ligne, lui le point. Puis, dans une soudaine explosion de rage, il a levé sa canne vers nous, m'a frappé le dos plusieurs fois. Je me suis retourné pour dévier le coup suivant, j'ai attrapé l'objet, que j'ai essayé de lui arracher des mains, sidéré par la force de sa poigne. Il m'a fallu beaucoup plus d'énergie que je ne l'imaginais pour l'envoyer valser. Ce n'était pas mon intention, mais le mouvement l'a déséquilibré. Il a commencé à pencher vers moi et la canne a atterri quelque part derrière lui avec un grand bruit ; moi, dans un état second, incapable de l'arrêter, j'ai regardé le corps fragile de Stuart se courber de plus en plus dangereusement, comme lors d'une chute dans la piscine tête la première.

Je me rappelle le silence qui s'est abattu, après que sa tête a cogné violemment le parquet, ratant le tapis de très peu. Sous le choc, Ambre a bondi, toute nue qu'elle était, pour appeler le 111. À part la vague conscience d'être dans la merde jusqu'au cou, ma tête flottait en plein brouillard, mon cœur battait violemment, j'étouffais, la poitrine comprimée par la peur, le corps paralysé, mais je suis quand même allé le voir. Il gisait face contre terre, la tête légèrement tournée sur le côté dans une flaque de sang qui grossissait à vue d'œil. Sur l'instant, j'ai vraiment cru qu'il était mort. C'était horrible, on aurait dit une scène de meurtre à la télé, et moi je tenais le rôle du meurtrier. Je l'ai retourné sans penser aux conséquences de mon geste si jamais il avait une blessure à la colonne vertébrale, ou si je me tachais de sang, du sang sur les mains, sur la chemise, sur le pantalon, du sang tellement rouge. Ça n'aurait jamais dû se produire, c'est tout ce que j'arrivais à penser et j'essayais de refouler le sentiment sombre et confus qui m'envahissait… une vie sans issue, mes parents et les gens qui découvrent tout, la prison. Le sang jaillissait d'une blessure ouverte au front, coulait de son nez, son souffle était irrégulier, comme s'il essayait de respirer à plat ventre dans un bain d'un centimètre d'eau.

J'ai hurlé son nom, espérant le ranimer, et je l'ai secoué par les épaules, mais il est resté inerte. Je n'aurais pas su dire s'il était réellement inconscient ou s'il gardait simplement les yeux fermés pour ne plus nous voir le temps qu'il avait encore à vivre. Les ambulanciers de Saint-John ont mis onze minutes, c'est-à-dire une éternité, à arriver et il a été transporté à l'hôpital pendant qu'Ambre et moi sommes restés à la maison – leur maison. En d'autres circonstances elle serait montée dans l'ambulance pour l'accompagner, les gars s'y attendaient à moitié, mais avait-elle le choix ?

Tandis que le bruit de la sirène s'estompait au loin, Ambre a fixé le parquet – les longues lignes de sang entre les lames, le tapis déjà imbibé – et s'est mise à paniquer complètement.

« Oh mon Dieu ! Qu'est-ce que j'ai fait ! Qu'est-ce qu'on va faire ?!

– Il faut tout nettoyer ! ai-je crié, cédant moi-même à la panique. C'est la première chose à faire.

– Non, si on fait ça, c'est comme si on avait un truc à cacher, comme si on maquillait une scène de crime !

– On ne peut pas laisser du sang partout ! Et si jamais il meurt, ça aura l'air de quoi ?

– N'y touche pas ! a-t-elle crié alors que j'essayais de rouler le tapis. Je demanderai à Mme Grant de s'en occuper quand elle arrivera demain. Ça se verra bien qu'on n'avait rien à cacher.

– Elle ne doit pas savoir. Allez, on en essuie le plus gros nous-mêmes.

– Il faut qu'on lui donne notre version d'abord, au cas où il lui dirait quelque chose.

– Il ne se souviendra de rien. De rien du tout, ai-je insisté. Il a eu un traumatisme crânien. Ce serait tout aussi suspect de ne rien nettoyer du tout.

– Je ne sais pas, dit-elle en enfouissant le visage dans ses mains, puis en se tirant les cheveux.

– On brûlera les chiffons, ai-je suggéré. Ça donnera l'impression qu'il a moins saigné.

– Noooon ! On va les garder dans un sac en plastique juste ici dans le couloir. Les ambulanciers ont déjà tout vu.

– Ils ne savent rien de nous. Mme Grant, elle, va supposer le pire. »

Elle a jeté un regard à la ronde, affolée et indécise.

« C'est ma faute, ai-je dit. Je n'aurais jamais dû… *putain* !

– Je suis sa femme, dit-elle, à moitié pour elle-même, les lèvres serrées. C'était à moi de dire non. »

Alors, à quatre pattes, côte à côte, on s'est mis à essuyer le sang, les yeux fermés quand c'était trop répugnant, cette odeur légèrement métallique, le sang dégoulinant des éponges avec un bruit de pluie dans le seau où on les essorait. C'est là qu'elle a déclaré : « Il faut qu'on ait la même version, toi et moi. Au cas où la police nous interrogerait séparément. »

Je me suis immobilisé pour essayer de réfléchir, c'était pas gagné, puis j'ai tenté une « explication officielle » avec toute l'assurance possible. « On était tous les deux en haut. J'étais venu rendre visite. Stuart est monté et il est tombé. C'est tout. Il faut faire simple.

– Qu'est-ce qu'on faisait ? a-t-elle demandé, la voix tremblante.

– On parlait. On parlait, rien de plus !

– De *quoi* ?

– De *n'importe quoi* ! Ils ne demanderont jamais !

– Mais si, c'est possible ! T'en sais rien ! »

Je me suis levé et fébrilement j'ai commencé à faire les cent pas. « On parlait de *lui*. De Stuart. Tu ne voulais pas rester seule. Tu avais une peur panique qu'il meure. C'est pour ça que j'étais resté, pour te tenir compagnie. Ensuite, Stuart est monté et on l'a vu tomber. On l'a tous les deux vu tomber. S'évanouir. Tomber.

– Comment tu t'es retrouvé couvert de sang ? » Elle s'est rapprochée, pointant du doigt tous les endroits où j'avais du sang sur moi, mes mains, ma chemise, les genoux de mon pantalon, le bord de la semelle en caoutchouc et la toile de mes baskets.

– J'ai essayé de l'aider. Tu as appelé le 111. Point barre.

– S'il meurt maintenant, si tu vas en prison, je… je ne sais pas ce que je ferai ! »

Elle a foncé brusquement à l'autre bout du couloir – je ne savais pas où elle voulait en venir et je n'étais pas certain qu'elle le sache elle-même – alors je l'ai agrippée et serrée fort contre moi. Il fallait qu'elle se ressaisisse pour affronter la réalité.

« Et s'il se souvient de tout ? Hein ? Il se passe quoi ? dit-elle en essayant de se libérer.

– N'aie pas peur », ai-je répondu. Je l'ai serrée plus fort et ce n'est que quand elle a cessé de résister que je l'ai laissée se dégager. « On niera tout en bloc. On lui dira que ce n'était qu'un cauchemar. On rira à la simple idée qu'il ait pu croire un truc pareil. On dira que ses médicaments l'ont fait halluciner ! » Je n'ai pas osé ajouter qu'il ne vivrait peut-être pas assez longtemps pour voir le jour se lever.

L'hôpital l'a gardé en observation pendant toute la nuit, nuit qu'on a passée éveillés, dans le même couloir lugubre, à réviser encore et encore ce qu'on allait lui dire. Ou ce qu'on dirait ou ferait pour contrer tous les « si ». S'il parlait à

Mme Grant. S'il parlait à Tanya. S'il parlait à ses deux autres enfants.

Aux premières heures du jour, je l'ai déposée à l'hôpital et quand je suis revenu pour voir où elle en était, plus tard dans l'après-midi, j'ai appris que les services d'urgence avaient parlé, à ce stade, de soins palliatifs. Un « accompagnement en fin de vie », c'étaient les termes qu'ils employaient. Comme il était inimaginable qu'Ambre l'abandonne dans un mouroir, elle l'a ramené chez eux. Ou peut-être seulement le lendemain, peu importe. Elle m'a annoncé que Stuart bénéficierait désormais des soins de Mme Grant vingt-quatre heures sur vingt-quatre, que celle-ci viendrait de ce fait habiter sur place jour et nuit, que ce ne serait plus une bonne idée que je vienne la voir, elle s'occuperait de tout elle-même, jusqu'à la fin, pour ne pas me compromettre plus qu'elle ne l'avait déjà fait.

Je pensais que les choses ne pouvaient pas être pires, mais j'avais tort. Tout peut toujours être pire. Dès lors, Stuart ne parlait plus, ne mangeait plus, n'ouvrait plus les yeux. Je suis assez tenté de dire qu'il *refusait* de parler, *refusait* de manger et *refusait* d'ouvrir les yeux, mais je ne peux pas être sûr à cent pour cent qu'il était vraiment capable d'une telle détermination, même si j'avais l'intuition qu'il l'était peut-être. Plus probablement, il avait choisi délibérément de ne rien faire. Ainsi, Mme Grant lui administrait une perfusion, apparemment suffisante pour le garder hydraté et nourri par intraveineuse. Il ne s'est plus jamais levé, ne mangeant et ne buvant plus, ni seul ni assisté. Mme Grant avait recours à un bassin de lit et à des couches pour adulte, mais étant donné qu'il n'ingérait rien en dehors de sa perfusion il n'y avait pas grand-chose à faire de ce côté-là. C'était elle qui, avec un gant de toilette, le lavait sans rater aucun endroit et c'était Ambre qui l'essuyait et l'habillait. Durant ces moments-là, les silences moralisateurs de Mme Grant pesaient aussi lourd que ses remarques sur « la mort digne à laquelle chacun de ses chers patients avait droit ». « Si l'un d'eux, continuait-elle, quittait ce monde un seul jour plus tôt que prévu, à cause de négligences ou de n'importe quoi d'autre, ça revenait à un meurtre à ses yeux ».

Les trois enfants de Stuart étaient venus lui rendre visite sur « son lit de mort », mais il ne leur répondait pas plus qu'à Ambre ; et, crois-moi, parfois elle pleurait toutes les larmes de son corps, en le suppliant de lui parler, de lui pardonner avant de mourir. Je le sais parce qu'elle me le racontait elle-même.

D'une certaine manière, le soulagement était inexprimable – il ne nous avait pas dénoncés, ni elle ni moi. À l'inverse, nous éprouvions une immense douleur à constater combien la blessure que nous lui avions infligée était profonde, au point qu'il ne disait même pas adieu à ses propres enfants, qu'il leur cachait la vérité pour la protéger, elle. Il se laissait mourir afin qu'elle puisse se remettre à vivre, dans un dernier acte de générosité, avec la bienveillance d'un vrai *gentleman*. Grâce à cet ultime geste, ou peut-être par tactique, comme je m'en suis fait l'amère réflexion, il a remporté la longue et difficile bataille pour le cœur d'Ambre.

4 février 1984

Stuart est mort le samedi du week-end de Waitangi[1]. Ses trois enfants se sont occupés avec Ambre des funérailles. À cette période, je posais de temps en temps contre sa porte d'entrée une carte de condoléances, qui restait très neutre au cas où l'une d'entre elles tomberait entre de mauvaises

1. Fête nationale de Nouvelle-Zélande, commémorant la signature du traité de Waitangi entre certains chefs maoris et les autorités britanniques.

mains : *Avec ma sympathie la plus profonde*, *Je pense à toi en ces temps difficiles*, *Je partage ta peine*. Les illustrations représentaient une colombe, des fleurs de lavande, un coquillage en spirale. J'ai dû attendre près de deux semaines pour avoir une réponse, qui disait seulement : « J'ai besoin de plus de temps, comprends-moi. » Ce n'était pas assez pour elle, mais c'était déjà beaucoup trop pour moi.

« Combien de temps ?

– Je… ne sais pas vraiment. »

Elle avait besoin de temps. Je pouvais le comprendre. En l'exprimant clairement, elle en a obtenu plus ; mais peu après, je rongeais mon frein et j'ai recommencé à la harceler.

« Je ne sais pas si je peux continuer comme avant, a-t-elle murmuré. Après Stuart.

– Il n'est plus là. Il n'est pas en train de nous juger. Maintenant, on est juste tous les deux. Tu dois aller de l'avant ! » ai-je plaidé.

Elle m'a parlé de sa culpabilité et de ses mauvaises actions à elle avant d'en arriver aux miennes. On a fini tous les deux par péter les plombs.

« Qu'est-ce que ça représente, quelques semaines ou quelques mois en moins dans la vie d'un mourant ? Il souffrait tellement, de toute façon ! » J'essayais de la raisonner de mon mieux. « Si ça se trouve, il n'en a même pas été conscient, pas plus d'une fraction de seconde ! »

Elle a évité de me regarder dans les yeux. « On sait tous les deux qu'il n'est pas mort de mort naturelle.

– C'était de la légitime défense ! Sans mauvaise intention aucune, je le jure. En plus, il était *déjà* mourant. On pourrait presque parler d'euthanasie ! Tu abrégerais bien les souffrances d'un cheval, non ?

– Arrête ! m'a-t-elle dit, le regard horrifié. Ne parle plus jamais de mon défunt mari comme ça.

– Je t'en prie, ne le laisse pas se mettre entre nous. C'est exactement ce qu'il voulait.

– Est-ce que tu t'entends quand tu parles ? »

Elle avait ses raisons de vouloir se racheter auprès de lui de manière posthume. Son refus d'ouvrir les yeux quand elle essayait de lui parler, et la certitude qu'il les ouvrait bel et bien, au moins brièvement, une fois les lumières éteintes. Comme s'il puisait dans ses souvenirs le courage et la force de s'affamer un jour supplémentaire.

Parfois je pensais qu'elle exagérait, qu'elle s'apitoyait sur son chagrin, transformait des faits douteux en délires. Cependant il m'arrivait de penser qu'elle avait peut-être raison. Après tout, il avait connu la guerre, il avait l'expérience de la famine et de la torture dont il s'était peut-être servi.

Plus d'une fois, je me suis dit que cet enfoiré avait sciemment, avec calcul et rancœur, façonné son dernier chapitre de manière à y apparaître en héros, comme il en avait eu l'intention tout du long.

La fumée

22 mars 1984

Je l'ai vue, la maison, dans une de ces brochures hebdomadaires qui publient des offres immobilières. On ne pouvait pas dire que je sois tombé dessus par hasard, étant donné que je cherchais activement à mettre la main sur tous les imprimés de ce genre pour vérifier si elle y figurait. Et ce jour-là, elle y était. C'était donc le bon moment, ai-je décidé, pour aller lui rendre visite, au moins en tant qu'ami, à défaut d'autre chose, pour mettre une bonne fois pour toutes Stuart et les mauvais souvenirs de côté. Pour m'accueillir, j'ai eu droit au visage suffisant de l'agent immobilier étalé sur le panneau « À vendre » planté dans le jardin, comme si désormais c'était devenu son territoire. J'aurais voulu effacer son sourire supérieur de sa tête de blaireau. Il semblait remuer le couteau dans la plaie en me faisant comprendre que la vie d'Ambre continuait et que le rôle que j'y avais joué était à présent disponible.

J'ai appuyé sur la sonnette, une fois, puis sans attendre j'ai frappé – et même fini par cogner – à la porte. Elle a mis longtemps à descendre, très longtemps. On était au début de l'automne, les jours raccourcissaient et les nuits fraîchissaient, mais il faisait encore bon dans la journée lorsqu'il y avait un beau soleil – pas comme ce jour-là. Quand elle a fini par m'ouvrir, elle m'est apparue calme et posée, peut-être même un peu endormie. Derrière elle, des cartons s'empilaient contre les murs, comme si tout ce qui appartenait à son ancienne vie était déjà emballé, prêt à partir. À l'évidence, elle ne voulait pas attendre le coup de marteau. (La maison, je précise, serait vendue aux enchères.) Rien qu'à son visage on voyait qu'elle avait perdu du poids, pas mal de poids. Elle portait un long manteau rouge framboise que je ne lui avais jamais vu. Je me suis demandé si elle s'apprêtait à sortir dans un endroit chicos.

« Salut », m'a-t-elle dit d'une voix faible sans m'inviter à entrer. Au contraire, elle a fermé la porte avec soin derrière elle, puis elle a descendu l'allée pour s'asseoir sur le capot de sa petite Toyota. Et c'est là que j'ai compris. Elle était avec quelqu'un. Oui, tout à coup c'était parfaitement clair, ses joues avaient cette rougeur que je ne connaissais que trop bien. Et je voyais qu'elle se sentait mal à l'aise avec moi, parce que quelqu'un était à l'intérieur, attendant qu'elle m'envoie balader. Voilà pourquoi elle avait remonté le col de son manteau et qu'elle le tenait bien fermé de ses deux mains, c'était pour cacher d'éventuelles rougeurs sur sa peau. Elle le portait sur elle, cet autre, enveloppée étroitement, intimement de son odeur. Je n'arrivais pas à y croire. Comment pouvait-elle sortir avec quelqu'un aussi tôt après la mort de Stuart, aussi tôt après *moi* ? Eh bien, réflexion faite, je réussissais à y croire. Elle avait bien flashé sur Stuart, à quoi pouvais-je m'attendre de la part d'une croqueuse de diamants comme elle ?

« Comment ça va ? m'a-t-elle demandé, tout en baissant les yeux pour gratter un truc sur sa manche.

– Super mal. » Je n'ai fait aucun effort pour cacher à quel point j'étais choqué.

Elle est restée silencieuse.

« Peut-être que je n'arrive pas au bon moment ? ai-je demandé sur un ton légèrement sarcastique.

– Non, en effet. » Son intonation semblait assez sincère. « Il s'est passé beaucoup de choses.

– C'est ce que j'ai cru deviner », ai-je répondu avec amertume et elle n'a même pas essayé de nier.

Puis, sans me regarder, elle a dit : « D'abord, c'est la bagarre avec les héritiers de Stuart, Tanya comprise cette fois.

– Ils récupèrent la maison ?

– C'est là que ça devient moche, ils se battent à propos de tout. La maison, les investissements, le bateau, le portefeuille immobilier, les comptes en banque, les actions, les biens mobiliers. Ils ont gelé ses avoirs. Je ne veux pas en parler. Et ma pauvre Maman a besoin d'argent. Il faut que je trouve un moyen de l'aider. Si l'argent pour vivre est immobilisé, s'il n'y a pas de liquidités… Donc je fais tout ce que je dois faire. »

C'est là que j'ai pigé et commencé à avoir peur qu'elle ait choisi ce nouveau type pour son argent. Je la soupçonnais déjà de n'être pas prête à renoncer à son niveau de vie, si jamais la nécessité s'en présentait. Et maintenant qu'il lui fallait compter avec sa mère, c'était évident, pas besoin de réfléchir.

« Ce n'est pas le pire. Avant que Papa ne meure, Maman et lui… quelque chose de grave s'est passé. » À ce stade, elle parvenait à peine à contenir son émotion et il lui a fallu du temps avant de pouvoir continuer. Je ne l'ai pas aidée, j'attendais simplement qu'elle m'annonce que j'avais été largué pour l'Homme Riche n° 2.

« Elle est tombée enceinte. C'était un accident, mais elle a quarante-huit ans. Ça met sa vie en danger.

– Oh ! Punaise. » Je me suis gratté la tête. « Est-ce qu'elle a envisagé de… tu sais ? Je suis sûr qu'ils seraient d'accord, ceux qui… donnent l'autorisation dans ce genre de cas.

– Mon Dieu, jamais de la vie. Plutôt mourir, a-t-elle dit en me dévisageant comme si j'étais un monstre. Il y a déjà un risque qu'elle perde le bébé – elle est obligée de s'allonger plus souvent qu'elle n'en a le temps, elle pourrait faire une hémorragie… » Ses yeux scrutaient un point au loin et elle a dit d'une voix blanche : « Je ne veux pas perdre Maman. »

J'ai voulu la prendre contre moi, mais d'un geste résolu elle a tendu le bras. Le signal ne pouvait pas être plus clair : c'était fini entre nous. Ce qui me prouvait sans l'ombre d'un doute qu'elle était liée à cet autre type, auquel revenait désormais le rôle de la réconforter.

Deux ou trois semaines plus tard, j'ai voulu l'appeler, mais la ligne avait été coupée. Je le savais ! Elle avait dû déjà emménager avec l'Homme Riche n° 2. À mon avis, elle l'avait chopé par pur désespoir. Ou est-ce que je me mentais à moi-même ? La mort de Stuart avait-elle marqué le moment de vérité pour moi ? J'avais toujours *supposé* que, Stuart mort, je serais celui d'après ; mais maintenant que la place était effectivement libre, c'était une tout autre histoire. Peut-être qu'elle avait su tout du long que je n'étais qu'une phase dans sa vie. Une fois Stuart officiellement hors jeu, elle pouvait se recaser qu'avec quelqu'un d'aussi riche et d'un statut social équivalent.

Ma douleur s'est muée en colère avant de se calmer et de se transformer de nouveau en douleur, puis de se distiller en rage silencieuse. J'avais besoin de l'entendre de sa propre bouche, il faudrait qu'elle me regarde dans les yeux et me dise qu'elle ne m'aimait plus ou qu'elle ne voulait plus de moi. Le problème, c'était que je n'avais aucune idée de leur adresse actuelle, à elle et à son nouveau fournisseur de luxe. J'aurais parié qu'il s'agissait de l'une de ces baraques d'un quartier cossu d'Auckland, du genre « propriété de grand standing et son écrin de verdure ». Peut-être qu'elle s'était jetée sur l'ancien associé de Stuart ? Ou sur un voisin rupin ? Je l'en croyais bien capable. Je n'ai pas tardé à scruter chaque maison prétentieuse devant laquelle je passais, tout en me demandant quelle serait ma réaction si je l'apercevais derrière une fenêtre.

En fin de compte, n'y tenant plus, j'ai appelé sa mère d'une cabine publique pour avoir son nouveau numéro. Mme Deering s'est montrée si hésitante que c'en était vexant ; elle pensait peut-être que je ferais des vagues si elle me le donnait. En désespoir de cause, j'ai marmonné quelque chose comme quoi je l'avais déjà, mais je ne me rappelais plus où…

Une autre pause, plus courte cette fois. « C'est celui que tu viens de composer. Ambre est revenue près de moi le temps de m'aider, j'ai un pépin de santé. » Apparemment, elle ne savait pas que j'étais au courant de sa grossesse. Est-ce qu'Ambre était vraiment là ? Ou est-ce que Mme Deering me donnait cette réponse uniquement pour brouiller les pistes ?

« Est-ce que je peux lui parler, s'il vous plaît ? » Le cœur rempli de doute et de méfiance, j'ai attendu, jusqu'à ce que j'entende Ambre qui disait quelque chose en arrière-plan. Il y a eu trente secondes d'un échange étouffé – Mme Deering couvrant le combiné de sa main –, mais puisque Ambre ne me prenait pas au téléphone, puisqu'elle ne s'était pas précipitée pour lui arracher l'appareil, elle devait être en train d'expliquer qu'elle n'avait pas envie de me parler. Puis la voix de Mme Deering est revenue au bout du fil, de nouveau distincte.

« Je t'en prie, Ethan. Une veuve a besoin de temps pour faire son deuil. Mon Dieu, Stuart n'est mort que le 4 février, Ambre a perdu presque dix kilos depuis. Laisser passer un an, ce n'est que juste décence, et c'est ce qui convient à… un jeune homme. C'est comme ça qu'on fait les choses, par ici. » Manifestement, mon appel la contrariait, sa voix tremblait de colère. Après des au revoir brefs, s'il en fut, nous avons raccroché.

J'ai frappé le téléphone si fort que des pièces ont jailli hors de l'appareil. Attendre jusqu'au 4 février 1985 ? Elle se foutait de moi ?

Le restant de l'année 1984

J'ai envisagé d'aller aux Écuries plaider ma cause directement auprès d'Ambre, me fichant de ce qu'on pouvait en penser, mais plus j'y songeais, moins j'avais envie de risquer qu'elle explose devant moi. De toute façon, ça me convenait aussi de la laisser tranquille un bon moment, pour que son animosité envers moi s'apaise et qu'elle tempère ses reproches sur la fin de Stuart et tout ce qui s'était mal passé. J'allais la laisser se calmer et me concentrer sur ma carrière pour être, le jour où je reviendrais, dans une position beaucoup plus confortable – tout en lui offrant le temps de se rendre compte que je lui manquais, comme elle me manquait. Naturellement, je pensais toujours à elle, je me demandais à quoi pouvait bien ressembler sa vie avec sa mère, quand arriverait l'accouchement et, plus tard, si elle avait déjà accouché. Alors, qu'est-ce que c'était ? Ambre avait-elle eu un petit frère ou une petite sœur ? Est-ce que la présence de ce bébé lui donnait des envies de maternité ? Ou le bébé de sa mère comblait-il artificiellement le besoin qu'elle avait pu ressentir de fonder sa propre famille ? Je me posais une myriade de questions, c'est donc bille en tête que je me suis plongé dans mon travail chaque fois qu'on me proposait de réaliser une pub, parce que ça me donnait plusieurs semaines de répit, en comptant pré-prod et post-prod.

Pendant tout ce temps, je n'ai connu aucune histoire, pas même pour un soir, avec des filles ; j'étais trop absorbé dans mon travail pour remarquer les autres femmes qui foulaient le sol de cette terre. Je savais que, si on se remettait ensemble, Ambre et moi, elle me poserait la question et me prendrait pour un vrai salaud en apprenant que j'avais eu des aventures. Le truc, c'était que je ne savais même pas définir ce qui nous arrivait… Une séparation ? Une rupture ? Une période de deuil officiel ? Du temps pour soi ? Ou un plan machiavélique conçu par Ambre dans l'espoir qu'un an plus tard, le risque ait diminué que j'aille faire la peau à l'Autre ?

Je ne nierai pas que j'aurais souvent préféré supporter vingt-quatre heures sur un lit de 1 111 clous que subir cette foutue « année d'attente de rigueur ». Parfois, j'avais de gros doutes et je me disais qu'elle s'amusait simplement à me faire tourner en bourrique. Que n'avais-je pas déjà fait pour elle ? Au nom de l'amour ? Parfois même, je souhaitais n'avoir jamais posé les yeux sur elle. Pourtant, il suffisait que j'aperçoive dans la ville quelques éclats d'elle – la même couleur ou texture de cheveux, un corps aussi longiligne que le sien, ou presque, et je la recréais par fragments dans mon esprit, comme une sorte de Dr Frankenstein, emporté par le désir fou de la ramener à la vie.

4 janvier 1985

On entrait dans le temps des soldes après Noël, où seuls restaient les rebuts dont personne n'avait voulu, une forêt déplumée de sapins artificiels et des décorations en pagaille qui n'avaient pas trouvé preneur. Presque tout était au rabais et même quand ça ne l'était pas, c'était franchement donné – pour la première fois de ma vie, j'ai eu l'impression d'économiser de l'argent en le dépensant. Le premier Warehouse[1] tenait davantage du hangar d'avion que d'un magasin ; les marchandises s'empilaient en hautes tours sur les étagères ou s'entassaient pêle-mêle dans des bacs « Tout doit disparaître ». À l'acheteur de faire tout le boulot. Mais le bon côté des choses, c'était l'absence du « Est-ce que je peux vous aider ? », qui fout la pression. Maintenant que le pays était autorisé à importer toutes sortes de biens, des produits inconnus déferlaient. Des chaises longues en forme de bananes, des stores en rotin, des coussins en forme de carottes, des radios en forme de ballon de foot, des verres à whisky ornés d'une moustache… Un monde de divertissement s'offrait à nos yeux et, tant qu'on n'achetait pas soi-même ces articles bizarroïdes, on avait le plaisir supplémentaire de se moquer du mauvais goût des autres.

J'étais en train de regarder des valises à se casser le dos d'avant l'ère des bagages à roulettes, en chemin vers la section petite enfance, puisque quelques mois auparavant (22 octobre 1984 pour être précis) ma sœur Vicky avait donné naissance à un beau garçon de plus de quatre kilos, Iosif Maksim Zimnyakov. (Surnom : Joey, que je n'écrirai pas avec un « I » car « Ioey » me semble trop saugrenu.) Mon beau-frère Nik, aux anges, se comportait déjà comme un entraîneur à la maternité, coinçant des petites cuillères dans les minuscules poings fermés de son fils pour l'initier à la sensation du rameur. J'aimerais pouvoir dire que c'était une blague.

Il y avait assez d'allées pour se perdre dans ce magasin, mais je me suis finalement retrouvé en face du rayon bébés, saisi par l'embarras du choix. Qu'offrir au petit gars ? Un ours en peluche d'un mètre de haut, ce n'était pas une mauvaise

1. Warehouse est une chaîne de magasins bon marché en Nouvelle-Zélande.

idée, et je l'ai notée mentalement comme une possibilité. Soudain, pour la première fois depuis des lustres, je me suis rendu compte que j'avais sous les yeux non pas un fragment d'Ambre, mais bien Ambre tout entière ! Pour de vrai ! De la tête aux pieds, c'était bien elle, à une longueur de moi, dans un survêt rose, à passer en revue les articles alignés sur l'étagère du bas.

Je me suis rapproché et j'ai à moitié dit, ou à moitié demandé, incrédule, comme pour m'assurer que je ne déraillais pas : « *Ambre ?* »

Elle a levé les yeux sur moi, littéralement stupéfaite. Puis son visage est devenu rouge vif. « Oh, ah, euh. Salut.

– Salut », ai-je répété en écho.

N'en croyant pas ma chance, je me suis tout de suite lancé dans une explication, probablement plutôt une *sur-explication*, de ce que je faisais dans la section *petite enfance*.

Elle a soupiré et m'a confié que sa mère l'avait envoyée acheter quelques bricoles pour le bébé, parce que le nourrir au sein l'épuisait « un max », au point qu'elle ne quittait plus la maison, parfois même pas son lit. Et c'est ainsi que, sans savoir comment, par magie, nous nous sommes trouvé un point commun, tous les deux nous faisions la même chose, des courses pour un bébé qui n'était pas le nôtre ! Ironico-romantique, voilà ce que c'était, embarrassant et pourtant chargé d'émotions. Y avait-il une chance sur un million que nous nous rencontrions dans ce magasin comme futurs Maman et Papa ? Le message était écrit en lettres géantes dans l'air, elle les a vues aussi, il fallait être aveugle pour ne pas les voir, bien qu'elle ait fait comme si de rien n'était – mais je n'étais pas dupe. Elle ressentait ce que je ressentais, je l'aurais parié. L'enfant de Mme Deering étant né quelques mois avant celui de Vicky, elle avait un sujet de conversation tout tracé sur le développement du cerveau de l'enfant, l'évolution de ses capacités motrices et ainsi de suite, jusqu'à ce que je finisse par prendre un jeu consistant à encastrer des formes géométriques.

« Qu'est-ce qu'il y a de vraiment "éducatif" dans le fait d'apprendre à un jeune esprit qu'un carré ne va qu'avec un carré, un ovale avec un ovale, ou un pentagone avec un pentagone ? » ai-je demandé.

Elle a mis les mains sur les hanches.

« Il faut d'abord connaître les formes, sinon comment sauras-tu remarquer leur spécificité ? D'ailleurs, c'était l'intention de la nature qu'il y ait des formes, que les oranges soient rondes, les étoiles de mer en forme d'étoiles et que les abeilles fassent des hexagones. »

Elle a jeté un regard alentour, puis elle s'est saisie d'un cheval bâton, qu'elle a brandi dans les airs. « J'ai toujours trouvé un truc pareil barbare, on dirait une tête fichée sur une pique », a-t-elle ri. Après mûre réflexion, elle a opté pour un cheval à bascule : « Il n'y a pas d'âge pour monter !

– Laisse-moi te porter ça.

– Pas besoin.

– C'est lourd.

– Je suis forte. »

En se dirigeant vers les caisses, on est tombés sur des tables et chaises de jardin, des parasols grands ouverts et des barbecues disposés autour des chaises longues. Elle s'est amusée à en tester une, les jambes étendues, les bras derrière la tête comme si elle faisait bronzette au soleil. J'ai suivi son exemple, je me suis allongé juste à côté d'elle, mon accoudoir touchant le sien. C'était irréel, nous deux ensemble dans un semblant de chez-soi, un coin douillet bien caché dans l'espace colossal du magasin, telle une scène sur laquelle s'ouvrirait le rideau d'un théâtre. Et j'ai eu un aperçu de ce que ça donnerait, elle et moi, dans une maison qui serait à nous. Grâce à sa mère qui cuisinait et prenait soin d'elle, elle paraissait en meilleure forme que la dernière fois que je l'avais vue. Elle avait repris un peu de poids, elle avait l'air bien. Et joyeuse aussi, en me décrivant l'accouchement de sa mère. Attentif, je hochais souvent la tête, tout en me perdant un peu, je le crains, dans tous les détails, les trucs sur les contractions, les secondes, les centimètres. La signification de ces chiffres me passait largement au-dessus de la tête, mais j'avais compris l'idée générale : quand le bébé arrive, ça fait mal.

« Maman a été si… courageuse. Le bébé est magnifique. Mais c'est dur parfois. Maman sait que sa fille ne connaîtra jamais son papa. » Elle s'est tue un instant, mordant sa lèvre inférieure, puis elle a chassé son émotion d'un geste de la main. « Je vais bien, s'est-elle moquée d'elle-même. Vraiment bien. Je suis *si heureuse* pour Maman. Elle l'a appelée Gracie, Gracie Aimée Deering, son deuxième prénom en français a été choisi pour qu'elle ne doute jamais qu'elle l'est vraiment, aimée, malgré le contexte dans lequel elle est née… le fait que Maman soit veuve et tout. »

Mon instinct me soufflait que dans son émotion il y en avait un peu pour moi aussi… que ses sentiments à mon égard étaient loin d'être éteints.

Mon instinct devait être juste, parce que deux jours plus tard, un dimanche, elle m'a appelé à l'improviste pour m'inviter à dîner aux Écuries. Au milieu de l'après-midi, elle demandait si je pouvais y être à 18 heures. Ai-je osé espérer que peut-être, seulement peut-être, elle était de nouveau prête à me voir ? J'avais l'impression de bénéficier d'une remise de peine pour bonne conduite alors que je ne savais même pas que j'étais éligible. Plus tard, quand je suis arrivé, une bouteille de rouge à la main, je me suis rendu compte que c'était Ambre mon agent de liberté conditionnelle, et certainement pas sa mère. La bouteille a été interceptée par Mme Deering et posée sur un escabeau où elle est restée, intacte, toute la soirée. Mme Deering avait pris pas mal de kilos pendant sa grossesse et semblait fatiguée, de mauvaise humeur, probablement aussi à cause du bébé. Mais surtout, elle semblait contrariée par ma présence auprès de sa fille. Ah là là, je sentais bien que ma visite était prématurée. De plus, comme elle avait eu un bébé sur le tard, le moindre incident la faisait flipper. « *Attention en fermant la porte, le bébé dort* », « *Ne laissez pas le chat entrer, il risque d'étouffer le bébé* », et « *Chut!* » chaque fois qu'on haussait la voix au-dessus du murmure ou qu'on ne marchait pas sur la pointe des pieds. Dans ce calme anormal, même la chute d'une épingle aurait eu l'effet d'une bombe!

Cependant, en dépit de toutes les précautions, le bébé s'est réveillé quand même et on l'a entendu pleurer à l'autre bout de la maison. (J'étais plutôt content parce que maintenant on pouvait enfin *respirer*.) Puis, comme pour défier sa mère, Ambre a pris mon bras et annoncé qu'il était *grand temps* que je rencontre la nouvelle arrivée dans la famille. Elle voulait peut-être me traiter comme son bon ami, voire son futur petit ami, que sa mère l'accepte ou non; et m'a donc entraîné quelque part et ce quelque part s'est révélé être la chambre de sa mère, où le berceau de l'enfant était installé tout contre son grand lit en bois. Mais Mme Deering a dû considérer que la présence d'un chaperon était nécessaire et elle s'est glissée dans notre dos. « Ah non, non, non, pas question, si ça se trouve il pourrait apporter des germes d'Auckland – Gracie risque d'attraper quelque chose! » Ambre a levé les yeux au ciel et a répliqué qu'il n'était pas moins dangereux de la garder dans une bulle stérile toute sa vie. Quant à moi, je ne voulais pas faire de vagues. Voir un bébé dont la couche avait besoin d'être changée (mon nez me l'avait fortement indiqué), *y avait pas de quoi s'emballer*. Et désolé mais, la plupart des hommes le diront, même pour un bébé dont la couche *n'a pas besoin d'être changée – y a pas de quoi s'emballer non plus !*

Je suis reparti vers le salon rustique, en m'arrêtant devant des photos encadrées pour présenter mes respects à ce petit monde immobile. J'essayais d'ignorer les cris perçants de l'enfant, probablement le son le plus irritant jamais entendu par les oreilles d'un homme. Grâce au ciel, il a fini par s'arrêter, puis j'ai distingué la voix de Mme Deering qui, bien qu'étouffée par la porte close, laissait percevoir un ton désagréable, j'en avais la certitude. J'avais l'impression qu'Ambre avait omis de dire à sa mère que je venais dîner, ou ne l'avait fait qu'une fois que j'étais en chemin. J'ai soulevé un lourd cadre d'étain qui contenait une photo de famille de M. et Mme Deering jeunes, assis sur les marches de leur maison en tenue de cavaliers, flanqués d'un mini-Danny tout maigre, tenant une cravache, et de bébé Ambre boudinée, qui avait l'air prête à brailler à cause du flash. À y regarder de plus près, M. Deering avait le visage sévère et déterminé ainsi que quelque chose du coq dans sa manière de bomber la poitrine, comme s'il prenait trop au sérieux ses responsabilités familiales. C'était triste qu'il n'ait pas eu la moindre idée qu'un autre enfant se préparait, un qui ne ferait son entrée dans le monde qu'après sa propre sortie.

Les craquements du plancher se sont rapprochés. Ambre et Mme Deering sont apparues, comme si de rien n'était, et j'ai fait semblant de les croire et elles ont fait semblant de croire que je les croyais, alors qu'aucun de nous ne croyait rien du tout. J'ai remarqué les yeux baissés d'Ambre et le regard fuyant de Mme Deering lorsqu'elles sont entrées dans la pièce. Je me suis vraiment demandé – et pas pour la première fois – ce que j'avais fait pour me la mettre si férocement à dos. Le dîner, sur la table de la cuisine – *du pain, du beurre, et le plan chacun-pèle-son-œuf-dur* –, a été vite expédié, parce que la mère et la fille avaient « encore beaucoup de travail ce soir ». Si je voulais du dessert, il y avait un pommier sauvage dehors où je pouvais me servir en partant. *Une pomme sauvage*, petite et aigre, *merci beaucoup*.

Avant que j'aie eu le temps de comprendre ce qui m'arrivait, Ambre me raccompagnait à ma Jeep. À mon avis, elle se sentait gênée par sa mère, mais c'était sans doute le prix qu'elle était prête à payer pour passer du temps avec moi d'une manière ou d'une autre. L'air du soir me parut agréablement frais, surtout après l'atmosphère étouffante à l'intérieur de la maison et je l'ai aspiré à pleins poumons, histoire de faire comprendre ce que je pensais de sa mère.

« Ne t'en fais pas pour Maman, a-t-elle essayé de me rassurer. Elle va s'y faire. »

Je n'en étais pas si sûr.

Puis, avec un regain d'énergie, elle a sauté pour attraper une branche feuillue, qu'elle a attirée à elle.

« Pour perpétuer la tradition d'Adam et Ève, voici, me dit-elle en m'offrant une pomme sauvage.

– Hum, je ne sais pas trop si je dois l'accepter », ai-je répondu en feignant la peur et m'éloignant de quelques enjambées.

Avec un rire, elle l'a jetée sur moi et je la lui ai renvoyée d'un même mouvement ; on a continué à se lancer la pomme toujours plus haut, à dessiner de grands arcs dans le ciel, si bien que j'ai manqué de tomber à la renverse pour rattraper son (mauvais) envoi. Au-dessus de nous, le ciel s'intensifiait vers le bleu profond du jour qui va se perdre dans la nuit, une première étoile avait déjà fait son apparition, la lune n'était qu'un croissant fin et fragile, comme un dernier quartier qu'on aurait laissé à l'abandon. Ambre levait la tête, son visage irradiait, libéré de tout souci ; avec un pincement au cœur, je me suis souvenu de nous, avant. Malgré tout, je gardais espoir. Et j'éprouvais de la gratitude pour tout ce que je pourrais avoir. Même une pomme sauvage.

***

À partir de ce soir-là, je suis passé à la ferme de temps en temps pour donner un coup de main, bien que personne ne me l'ait demandé. Je peux dire sans trop m'avancer que mon aide soulageait Mme Deering d'un vrai poids – surtout quand je déplaçais des charges lourdes en me servant parfois d'une brouette. Un cheval rejette en moyenne dix-huit kilos de crottin par jour ; multipliés par trois cent soixante-cinq jours, ça fait *sept tonnes* ! Multipliées par le nombre de chevaux, ça donne une idée de l'ampleur de la tâche. C'était du boulot, un sacré boulot ! Mais autant mon aide aidait Mme Deering (hé non, aider n'aide pas toujours), autant je sentais qu'elle détestait me voir là, à moins qu'elle n'ait rejeté la simple présence d'un homme chez elles. Qu'essayaient-elles de se prouver, toutes les deux ? Qu'elles n'avaient pas besoin d'un homme ? Comme si deux femmes seules pouvaient gérer tout, réparer n'importe quoi, et n'avoir peur de rien ? Foutaises ! Il y avait quelque chose de dysfonctionnel entre elles, une mère veuve et âgée, et sa fille célibataire, jeune et libre, qui essaient de mener leur vie avec un bébé. Tout le monde aurait dit que la plus jeune des deux était la mère, et la plus vieille (de loin) la grand-mère. Soit ça, soit elles étaient lesbiennes ! Les membres de leur entourage devaient gaffer tout le temps. Sauf qu'il n'y avait personne dans leur entourage. À part moi.

J'aidais aussi à nourrir les chevaux qui, à l'heure dite, devenaient complètement fous, se mettaient à hennir, à ruer, à cogner leurs stalles pour accélérer le service. Parfois, entrer dans le box d'un étalon particulièrement agressif pouvait s'avérer un tantinet effrayant. Je nourrissais aussi la horde de poules (moins effrayantes, même si chaque œuf se payait d'un coup de bec) ; j'aidais même à nourrir la petite sœur d'Ambre. C'était un bébé aux grands yeux bleus, avec un duvet blond en guise de cheveux (dans l'absolu, elle était plutôt chauve), qui ressemblait à Mme Deering (chose effrayante en soi). Mais elle tenait aussi un peu de M. Deering : grosse tête, lèvres serrées, expression décidée qui présageait un caractère têtu. Chaque fois que je lui mettais une cuillérée de banane écrasée dans la bouche, elle se servait aussitôt de sa langue pour la repousser et je devais récupérer ce qui avait dégouliné sur son menton avec la cuillère avant de recommencer de zéro. Ma patience s'amenuisait (je faisais de mon mieux pour me montrer à Ambre sous mon meilleur jour de père, mais sa sale gamine de sœur me faisait tourner en bourrique). Pourtant, il fallait que je reste tout sourire, « Vrou, vrou, l'avion va atterrir, ouvre grand, une cuillère pour ta grande sœur… et une cuillère pour oncle Ethie… » Ambre souriait comme si elle ne savait que trop bien où je voulais en venir, bien que, techniquement, elle soit la sœur et pas la tante, donc ce que je disais n'avait pas vraiment de sens. Ce moment aurait pu déboucher sur quelque chose, mais Mme Deering a déboulé en me jetant des regards furibonds, du genre à m'ôter toute idée de bébé ou de quoi que ce soit avec sa fille. *Pfff*, quelle pisse-vinaigre !

Une fois, alors que je versais du grain dans les mangeoires d'angle des stalles, au milieu d'une frénésie de chevaux survoltés, j'ai demandé à Ambre si sa mère était au courant pour nous deux. Il y a eu un long blanc avant qu'elle se défende d'un *non*, absolument pas, rien du tout ; puis qu'elle admette, par bribes, que sa mère était convaincue que j'étais amoureux. Dans son idée, la mort de Stuart me donnerait l'espoir qu'elle soit, euh, de nouveau « disponible ». Sa mère, a-t-elle ajouté, lui rappelait constamment que le veuvage exige le respect des convenances pendant un bon bout de temps, parce que les gens parlent beaucoup dans les petites villes. Difficile de dire clairement ce qu'Ambre elle-même pensait, agissant d'abord comme si j'étais le bienvenu, malgré sa mère, puis faisant marche arrière comme si sa mère pouvait avoir raison. Je bouillais. Incapable de tenir ma langue, je lui ai balancé qu'elle était une adulte, pour l'amour du ciel, pas un bébé à sa maman, qu'elle laisse ce rôle à sa sœur !

Puis, peu à peu, je me suis rendu à l'évidence que gagner Mme Deering à ma cause, ou du moins obtenir son aval, me rendrait sans doute les choses plus faciles. Une fois, donc, histoire de lui passer de la pommade, je me suis fendu d'un commentaire à propos de son bébé, du genre : « C'est votre portrait craché, madame Deering, à part quelque chose dans la forme de sa tête, je pense, et de sa bouche, qui tient de M. Deering. » Non seulement je n'ai pas obtenu l'assentiment ravi prévu, mais j'ai eu droit à un silence pour le moins hostile. Je suppose que c'était parce que je venais de lui rappeler son mari et sa brutalité. Qui sait ? Peu importe, en tout cas, ma tentative s'était totalement retournée contre moi.

Un dimanche, en allant là-bas, j'ai trouvé Ambre toute seule à la grange. Elle était assise sur une botte de foin dans une position bizarre, une jambe repliée, le pied fléchi, tout son être en tension, comme si elle avait voulu sauter, puis était restée immobilisée en plein mouvement, figée dans ses pensées. Elle n'a pas réagi quand je suis entré dans son champ de vision, là où n'importe qui d'autre m'aurait remarqué. J'ai tout de suite pensé que ça avait à voir avec l'accident de son père. Il s'était produit ici, juste là où elle se trouvait, à l'endroit où les balles de foin avaient dégringolé d'une sorte de mezzanine. Est-ce qu'elle regrettait de s'être autant dévouée à Stuart, au détriment de son propre père, de sa propre famille ? Ou était-ce le fait que son père et Danny ne s'étaient jamais réconciliés ? En un éclair, j'ai eu la vision de Mme Deering poussant son mari depuis la mezzanine. Aurait-il forcé sa femme ? L'aurait-elle repoussé ? Ou alors elle l'avait trompé avec un autre fermier, était tombée enceinte et s'était débarrassée de lui avant qu'il ne se venge en découvrant la vérité ? N'importe quoi. C'était juste mon imagination débridée, le réalisateur en moi.

Aux alentours de février 1985

Entre Ambre et sa mère, les engueulades ont commencé, parfois explosives, venues de nulle part, d'abord épisodiques, puis de plus en plus fréquentes. On ne peut pas dire que je les surveillais, mais j'avais une assez bonne idée de ce qui se passait, car Ambre me racontait ses frustrations régulièrement. Selon elle, elles se montaient le bourrichon à propos de « rien vraiment », seulement des « petits trucs stupides », mais en creusant un peu, j'ai découvert que les « petits trucs stupides » cachaient toujours des problèmes plus sérieux. Leur rapport hiérarchique, par exemple. Une fois Ambre avait donné au bébé une cuillère de beurre de cacahuète, pour les protéines, et Mme Deering s'était carrément énervée parce que la petite risquait « une réaction allergique aux arachides ». Ce n'était pas tant ce qu'elle disait que sa manière de le dire qui hérissait Ambre. Elle commençait à en avoir assez d'être traitée en nounou qui ne fait pas bien son travail. J'imagine qu'en temps normal, on n'aurait pas trouvé deux femmes adultes chargées du même bébé sous le même toit, on aurait eu des *parents*, avec l'homme qui laisse sa femme s'occuper de l'enfant sans s'en mêler. Deux femmes prenant soin du même bébé, c'était le désastre assuré !

À quoi Ambre s'attendait-elle ? À ce que la vie soit une partie de plaisir en retournant vivre à la maison ? Son instinct maternel se manifestait naturellement à son âge – vingt-quatre ans ou pas loin – et sa mère, clairement, en profitait. Que Mme Deering ait besoin d'aide, je le comprenais, mais placer un tel fardeau sur les épaules de sa fille ? Ce n'était pas juste. Après tout, elle pouvait bien vendre Les Écuries, non ? Ou se dégoter un compagnon au lieu de transformer sa fille en partenaire ! Les pépins, ça arrive, mais c'est la vie. Elle aurait plutôt dû s'inquiéter qu'Ambre ne finisse pas vieille fille. Sans déconner, Mme Deering n'était-elle pas supposée veiller aussi à l'avenir de son aînée ? Une fois, je n'ai pas pu m'empêcher de vider mon sac et j'ai monté Ambre contre sa mère plus que je ne l'aurais imaginé… et ensuite, en une journée, tout était pardonné entre elles alors que Mme Deering, je le savais, m'en voudrait jusqu'à perpète.

Parfois, les choses dérapaient quand même, alors Ambre claquait la porte et « s'enfuyait » à Auckland, où elle dormait sur le yacht de Stuart, toujours amarré à sa place. C'était son « temps de décompression », comme elle l'appelait. En plus des problèmes avec sa mère, d'autres questions la dévoraient aussi. Elle voulait mettre les voiles pour Moruroa avec ses amis, et y faire un boucan d'enfer contre la poursuite des essais nucléaires. Malheureusement, elle ne pouvait pas à cause de sa mère qui avait besoin d'elle, ce qui mettait ses nerfs encore plus à fleur de peau. En vérité, elle aurait eu de toute façon bien du mal à partir, vu que les enfants de Stuart l'attaquaient en justice (et s'attaquaient entre eux) pour la possession du yacht ; ils avaient obtenu que tous les comptes et les avoirs soient gelés, ce qui signifiait que personne n'avait le droit de les vendre ou d'en disposer jusqu'au jugement : quoi était quoi, qui était qui pour qui, et quoi allait à qui et pas à qui. Ces démêlés juridiques étaient une source d'angoisse pour Ambre, surtout qu'ils s'éternisaient. Enfin, depuis la mort de Stuart, un an plus tôt.

Un jour que nous marchions sur les passerelles flottantes de la marina, Ambre m'avait confié que, si le *Santa Kathrina* tombait entre leurs mains, ce serait du gâchis, juste une occasion de frimer ; elle, au contraire, voulait l'utiliser pour essayer de sauver la planète (elle ne reculait pas devant l'emphase, portée par une foi sincère en ses propres paroles). Pour l'instant, elle était autorisée à aller *sur* le yacht, mais pas à *partir avec*, bien qu'il n'y ait ni gardes ni personne qui l'en empêcherait si elle en avait envie. Cette idée ne lui a peut-être jamais effleuré l'esprit, mais à moi si, une pulsion soudaine qu'elle aurait d'échapper à tous ses problèmes et recommencer sa vie quelque part, très loin.

Quand elle avait l'impression que l'étau se refermait sur elle, Ambre venait à la marina certaines nuits noyer son chagrin dans une bouteille ou l'évacuer dans la fumée d'un pétard. Généralement, je dois le préciser, en compagnie de ses amis écolos et artistes qui en faisaient autant, sans compter les resquilleurs. Au beau milieu de la nuit, alors que j'étais profondément endormi dans mon appart, le téléphone, sur ma table de chevet à quelques centimètres de mon visage, avait pris l'habitude de sonner. C'était toujours Ambre, en pleurs, me répétant que je lui manquais, et qu'il fallait que je vienne. Ainsi, une ou deux fois par semaine, j'attrapais ma veste dans le placard à porte coulissante et j'accourais. J'arrivais au milieu-de-la-nuit-et-quart pour trouver une foule de noctambules déchirés à bord du vaisseau tant disputé, l'un étalé de tout son long, l'autre adossé au bastingage, plusieurs, l'air à moitié morts, ici et là. Sans compter ceux, l'air complètement morts, qui jonchaient le pont dans assez de positions pour représenter la moitié de l'alphabet. Mon cœur sombrait inévitablement dans mes chaussettes quand je la repérais – la seule pour laquelle j'étais là –, fondue dans l'anonymat collectif des encéphalogrammes plats et défoncés, qui tétaient beaucoup trop de bouteilles; les extrémités incandescentes des pétards roulés flottaient dans l'air comme des lucioles dans le noir, et qui sait quoi d'autre passait de main en main – de la poudre blanche, peut-être?

Je me souviens bien d'un épisode. C'était une nuit claire d'automne, les lumières de la ville déposaient des copeaux luminescents au creux de l'eau, le bateau dérivait paresseusement de son mouillage dans un mouvement de va-et-vient, les cordes d'amarrage tour à tour lâches et tendues. En peu de temps, le roulis m'a bercé et j'ai fermé les yeux, écoutant les voix diverses autour de moi. Quelqu'un évoquait la centaine de bombes nucléaires qui avaient explosé en dix ans, ou peut-être cent vingt bombes en vingt ans, ou cent cinquante en quinze ans, peut-être que les chiffres ne sont pas les bons, mais tu vois l'idée. D'autres parlaient du Pacifique qui avait été utilisé pendant des décennies comme terrain d'essais nucléaires et poubelle à déchets radioactifs; et de la bombe Bravo, la plus puissante jamais activée par les États-Unis. L'explosion avait été inimaginable. Les insulaires décrivaient un pilier blanc colossal qui avait fusé vers le ciel;

un champignon gigantesque s'en était détaché, on aurait dit une étrange créature blanche, venue d'un autre temps, décapitée puis remplacée par une autre tête, plus petite, enflant à sa place. Ils racontaient avoir été frappés par une vague extrêmement puissante bien qu'invisible, une vague de chaleur effroyable qui avait brûlé les peaux plus sévèrement qu'un coup de soleil, d'autant plus étrange qu'il s'était mis à neiger. Eux qui n'avaient jamais vu la neige – ils en avaient seulement entendu parler – étaient restés captivés par les flocons qui tombaient avec légèreté du ciel… Cette neige n'avait pas causé d'inquiétude chez les insulaires, même les enfants s'étaient précipités pour jouer avec, au début, c'était si drôle ! Ils riaient et s'ébattaient, chacun essayant d'attraper sa part, et pendant que certains ouvraient la bouche pour sentir les flocons sur leur langue, d'autres fermaient les yeux pour les recueillir sur leurs cils. La cendre avait continué à tomber, comme dans les boules à neige qu'on trouve dans les boutiques pour touristes de l'île voisine. D'une secousse, une féerie de flocons venait blanchir les cocotiers et finissaient en douceur sur le sable.

Au milieu de l'après-midi, ils en avaient presque jusqu'aux chevilles, de cette étrange poudreuse qui recouvrait l'île d'un blanc cendreux et tous ceux qui en étaient touchés avaient douloureusement pris conscience d'une démangeaison aiguë, due à leur « coup de soleil ». Les enfants à présent pleuraient, se débattaient, hurlaient, se griffaient de souffrance, mais personne ne pouvait rien faire pour les aider. D'autres autour de moi ont évoqué les victimes de la « guerre froide », des chefs d'État considérés comme des monstres, de Henry Kissinger qui avait déclaré que dans le Pacifique « il n'y a que quatre-vingt-dix mille personnes. On s'en fout ! ». Quelqu'un a parlé des « bébés méduses » nés depuis, sans yeux, ni visage, ni os – certains respiraient quelques heures, puis périssaient inévitablement. J'ai d'abord compris qu'il était question de bébés méduses, des méduses à l'état de bébés, puis je me suis rendu compte qu'il s'agissait de bébés humains. Le bateau tanguait, les gens discutaient et, aux premières lueurs de l'aube, Ambre avait disparu. Je dois le reconnaître, elle n'avait jamais laissé tomber sa mère, quelle qu'ait été l'ampleur de leur querelle de la veille, elle était toujours de retour à temps pour nourrir les chevaux. (Les chevaux, d'après ce qu'Ambre m'a dit, stressent si leurs repas n'arrivent pas chaque jour à exactement la même minute de la même heure. Un retard, si minime soit-il, peut causer de graves coliques.) Elle rentrait donc toujours à temps ; en revanche, qu'elle ait été ou non en état de conduire, j'avais des doutes là-dessus.

Il y a eu encore plusieurs soirées de ce genre sur le bateau, où j'allais uniquement pour garder un œil sur Ambre, qui devenait de plus en plus paumée. Elle a commencé à ressembler à une toxico – bien trop maigre, blême, des traces de mascara sous les yeux, l'air perdu, abattu, le regard dans le vague. Parfois j'étais en tournage, dans l'impossibilité de venir, et j'avais le pressentiment que des mecs essayaient de mettre leurs sales pattes sur elle en état d'inconscience, sans que je puisse la protéger ; mais elle avait l'air de s'en ficher, prenant les choses comme une fatalité, d'ailleurs elle n'en gardait aucun souvenir et, selon toute probabilité, eux non plus.

Une fois je l'ai trouvée évanouie après avoir trop bu ou pire, étendue sur le ventre les bras en croix, et à la façon dont ce connard de Flynn a réagi quand il m'a vu, esquivant mon regard, j'étais sûr que quelque chose s'était passé. Au fond de moi, j'avais le mauvais pressentiment qu'il n'était pas le premier type sur le yacht à avoir profité d'elle. Quand il a vite vérifié sa braguette et relevé la tête, je lui ai donné un coup de poing dans l'estomac, à la mâchoire et au menton pour l'envoyer valdinguer. Dans la foulée, il a décampé. Je suis revenu à Ambre, je lui ai donné des claques et jeté de l'eau sur le visage pour la ranimer. Je l'ai forcée à marcher afin de réactiver sa circulation. Tout ce qu'elle voulait, c'était dormir. Je lui ai tenu compagnie le reste de la nuit, le seul à vraiment veiller sur elle – et de fait, le seul assez sobre pour en être capable. Le problème, c'était que, tellement absorbée par son chaos familial, son chaos juridique, le chaos gigantesque du monde, elle ne voyait même pas le chaos qu'était devenue sa vie.

Le lendemain matin, je l'ai empêchée de prendre la voiture pour rentrer à la ferme, car elle était encore trop dans les vapes. Je me suis mis au volant, je l'ai amenée à ses chevaux, mais j'ai accompli les tâches quotidiennes à sa place pendant qu'elle dormait. Non, sa mère n'a pas remercié sa bonne étoile, ni même moi, pas une seule fois. Au contraire, ses regards me trouaient la peau comme si c'était moi la mauvaise influence derrière tout ça.

La dernière soirée de ce genre à laquelle j'ai assisté, une brume s'étalait paresseusement sur la baie. Un tas de gens passaient de l'état de langueur à celui de profonde ébriété. Après avoir questionné à la ronde et reçu une succession de « chépa », j'ai fini par trouver Ambre, à la proue, tirant sur un pétard possiblement coupé avec autre chose. À ce stade, je soupçonnais que ce n'était pas pour la compagnie qu'elle tolérait ces soirées, c'était pour la drogue. On est restés silencieux pendant longtemps, puis je lui ai demandé, d'un ton calme et détaché, la raison qui la poussait à bousiller sa vie. Sans me répondre, elle m'a pris par la main et, slalomant avec précaution entre jambes, bras et bouteilles, elle m'a guidé jusqu'à un escalier raide antidérapant, puis en bas sous le pont. Je m'attendais à ce qu'elle exhibe une lettre ou un document de la Cour concernant la succession.

En fait, elle m'a conduit à travers une salle à manger si grandiose que j'en aurais oublié où j'étais, s'il n'y avait pas eu cette odeur de moisissure particulière aux bateaux. Un bateau sentira toujours le bateau, qu'importent les finitions les plus raffinées du monde. Là, j'ai entraperçu une cuisine futuriste et une chambre cinq étoiles, avec lit nuptial et commodes à boutons en laiton, mais elle a choisi de m'attirer vers une cabine plus petite. À l'intérieur, porte verrouillée, elle s'est assise sur le bord d'un lit en triangle qui épousait parfaitement la forme de la proue. Sur un couvre-lit en jacquard doré s'entassaient pléthore de coussins assortis, brillants et ronds, en nombre si grand qu'ils devaient avoir été pondus par une poule aux œufs d'or géante. Bref, voyant à quel point je lui étais encore béatement dévoué, elle s'était finalement radoucie. Cette nuit-là, on a fait l'amour dans cette cabine, mais la culpabilité était encore présente et elle ne m'a pas réellement permis de la toucher, excepté ses bras et ses jambes. Le reste de son corps, *grosso modo*, était hors limites. Il a fallu que je me plie aux règles. C'était comme un degré moindre d'intimité, si ironique que ça puisse paraître.

Après, j'ai posé ma tête sur sa poitrine pour écouter son cœur. Peut-être essayais-je ainsi de me rapprocher d'elle, d'éprouver une intimité plus que juste physique. Peut-être mon geste était-il trop intrusif, ou prématuré ; parce que, quand je me suis étonné que son cœur batte si vite et si fort, je lui ai demandé si elle se sentait bien, elle a paru se rendre compte que ça n'allait effectivement pas du tout. J'aurais sans doute mieux fait de me taire, parce que mes mots ont eu l'effet inverse de celui escompté – elle s'est redressée, a attrapé une veste de sauvetage orange qu'elle a plaquée contre elle comme pour se cacher, tandis qu'elle était encore en soutien-gorge, alors pour quoi faire ?

« C'était une erreur, a-t-elle murmuré. Je suis désolée. Je n'aurais pas dû. S'il te plaît, Ethie, ne cherche pas à recoller les morceaux. S'il te plaît. Arrête… de m'aimer. Tu ne fais que rendre les choses plus difficiles. » Ses mots étaient indéniablement durs, mais le ton était doux comme si elle les énonçait dans mon propre intérêt, comme s'ils la blessaient encore plus que moi. Je voyais très bien qu'elle n'était pas en train de jouer avec moi, de m'embrouiller délibérément par des signaux contradictoires, elle était juste complètement déboussolée.

Elle a baissé les yeux et s'est mise à pleurer, à pleurer vraiment excessivement. Son nez coulait beaucoup – je veux dire qu'il y avait *beaucoup* de morve qu'elle ne prenait même pas la peine d'essuyer. Je crois que, à cause des drogues, elle ne s'en rendait même pas compte. Savait-elle seulement ce qu'elle disait ? Par exemple, qu'elle n'en pouvait plus de vivre une vie qui n'était pas *la sienne*. Une vie devenue une grosse bulle de mensonges. Se sentir trop proche de moi la ferait éclater et tout jaillirait dans une énorme explosion, atteignant ceux qu'elle aimait. Une grande partie de ce qu'elle racontait n'avait aucun sens pour moi. Rien d'étonnant, vu son état, mais quand même, ça faisait mal de l'écouter. Je lui ai essuyé le visage avec un coussin doré faute de mouchoir, avant de lui tendre ses collants pour qu'elle puisse se rhabiller ; mais elle est tombée en arrière sur le lit, s'est couvert le visage de ses mains et a crié à moitié : « Je ne peux pas. *C'est pour ça !* C'est impossible ! »

Je ne lui avais pourtant rien demandé…

« Je ne peux plus être avec toi, Ethan. Il faut que j'arrête de faire des *erreurs stupides* ! »

Je ne suis pas resté plus longtemps après ça. Elle éliminerait les drogues avec un bon sommeil, mais pas la cause profonde de son mal-être. Le temps qu'elle crie mon nom, j'avais déjà atteint le milieu de l'escalier. Je me suis dépêché de quitter ce bateau. J'en avais vraiment eu assez et j'étais plus que mûr pour jeter l'éponge.

La lave et la glace

C'était une sensation étrange de chaud et de froid aujourd'hui. Je me trouvais sur les pentes inférieures du mont Erebus tandis que le soleil, descendu à mi-mât, baignait la neige d'une teinte rouge et que la chaleur volcanique me réchauffait à travers les semelles de mes bottes. Du cratère s'échappent régulièrement des fumerolles de vapeur qui se solidifient en hautes piles de glace. Les unes après les autres, ces masses s'écrasent lourdement au sol comme des os gigantesques, de telle sorte que les alentours ressemblent à un ossuaire de titans tombés au combat. Dans cet enchevêtrement confus et chaotique, des entrées dérobées, frangées de stalactites et de stalagmites, s'ouvrent sur un monde souterrain secret, fait de couloirs et de grottes creusés dans la glace. À l'intérieur, des formations singulières suspendues, évoquant des forêts enchantées d'une blancheur pure ou des jardins renversés, comme vitrifiés. D'étranges miroirs de glace sont accrochés pêle-mêle aux parois gelées, des traces de fonte partielle créent des surfaces bien circonscrites, lisses, réfléchissantes et trompeuses, jouant avec la réalité. Des lustres inachevés et souvent bancals tiennent précairement grâce à des filets d'eau gelée entortillés, exposant le mystère de leur présence aussi impénétrable que le secret de leur beauté. Dans les jeux de lumière, bulbes et gouttelettes de cristal, tels des prismes, projettent de faibles arcs-en-ciel sur les plaques luisantes ; pourtant, dans ce palais immaculé de cristal blanc, la couleur elle-même ne semble guère plus que mirages ou ruses de la nature. Rien dans ce décor d'illusion ne semblait être ce que c'était réellement.

Je n'avais pas la tête à une fête d'anniversaire quand on est rentrés à moitié gelés du tournage – à vrai dire, je n'avais même pas remarqué qu'on était le 20 février. Mais tout le monde mourait d'envie de s'amuser un peu et surtout d'avoir une bonne excuse pour plonger sa chope dans le tonneau de bière ! Les gars ont insisté : trente-trois ans, c'est *l'âge du Christ**, un âge spécial, un âge de sagesse et de raison – Bertrand m'a donc confectionné un gâteau à la vanille couvert d'un glaçage blanc prêt à l'emploi. Ici, tellement loin de tout, ça me paraissait la chose la plus délicieuse que j'aie goûtée de ma vie. Pour rigoler, il l'a décoré de quelques mini-stalactites récoltées dehors, en disant qu'ainsi il élevait le « glaçage » à un tout autre niveau. Stalactites et bougies, feu et glace, quel gâteau étrange ! Mais à quoi s'attendre d'autre dans un lieu si étrange ?

L'arc-en-ciel

Mai 1985

J'ai rencontré une femme, une assistante dentaire, « Janet Knapp », d'après le badge que j'avais littéralement sous les yeux pendant qu'un vieux sadique de dentiste faisait du forage dans ma bouche. De son côté, Janet aspirait ce qui en résultait, une hémorragie de sang et de caillots, j'imagine, si j'en croyais le bruit épouvantable qui ressemblait aux derniers instants d'un milk-shake. Janet était menue, elle avait des cheveux châtain clair ramassés en une petite queue-de-cheval. Un nez, des pommettes et un menton proéminents donnaient à son visage quelque chose de médiéval. Elle avait une façon de faire énergique et agitée, en partie parce qu'elle devait surveiller le petit garçon, dans le fond de la salle de torture, qui trompait son ennui en faisant claquer les mâchoires de la maquette en plâtre.

« Attention ! Tu pourrais ébrécher une dent, l'avertit-elle.

– Ou perdre un doigt », ai-je tenté de blaguer entre un rinçage et un crachat.

Je supposais que c'était une mère célibataire qui ne pouvait pas se payer la garde d'enfants après l'école. Une caisse contenait des livres pour enfants, qu'elle lui répétait de lire, mais comme dans tous les cabinets dentaires, les illustrations qui se dépliaient en 3D quand on ouvrait les pages avaient été déchirées depuis longtemps. Les jouets éparpillés par terre avaient l'air d'avoir pris un coup aussi – des figurines démembrées, des poupées nues et sans yeux, le parfait attirail du futur psychopathe. Parce qu'il avait été sage, le petit gars a eu le droit d'actionner le levier qui redressait le fauteuil dentaire avec un bourdonnement. Il ne m'a pas regardé quand je me suis levé, ses yeux baissés ne quittaient pas ses baskets esquintées, à l'évidence de la même marque que les miennes à son âge : DÈCHE.

« Tu t'appelles comment ? » je lui ai demandé.

Sa mère a répondu pour lui : « Il s'appelle Liam.

– Tu as quel âge ? Huit ans ?

– Neuf ans jeudi prochain », a-t-elle de nouveau répondu à sa place.

Et de fil en aiguille cette conversation a débouché sur un rendez-vous à moitié déguisé, sous le prétexte que : « Oh oui, Liam *adorerait* aller au zoo. » Le grand sourire de sa mère s'adressait à lui, évidemment, pas à moi.

J'avais oublié à quel point un zoo puait, même les reptiles schlinguaient à mort. Pourquoi ça ne m'avait jamais dérangé quand j'étais gamin ? Maintenant que j'étais assez vieux pour comprendre, voir les animaux prisonniers derrière les barreaux, à perpétuité, m'a vraiment troublé. Pendant que Liam essayait d'attirer l'attention de deux vieux orangs-outans tristes, à la poitrine flasque, on était restés derrière, Janet et moi, pour mieux faire connaissance. J'ai su qu'elle avait eu une histoire avec un maçon qui, en apprenant qu'elle était enceinte, avait mis les voiles pour Sydney. De mon côté, je lui ai confié seulement que j'avais eu une longue relation qui n'avait pas connu son dernier chapitre – « ils vécurent heureux et eurent beaucoup d'enfants ». Elle n'a pas cherché à en savoir plus – j'aimais ça chez elle.

Après le sentiment de m'être souvent comporté comme un salaud en incitant Ambre à tromper Stuart, je pense que me montrer gentil avec Janet et son fils m'a fait du bien, même si j'avais du sang sur les mains. Avant que je m'en aperçoive, ma vie avait subi pas mal de modifications mineures – *majeures*. Couper en quart les oranges pour le sport du samedi matin, plus précisément *très tôt* le samedi matin, traverser la région d'Auckland au volant, braver les pluies diluviennes et applaudir à toute force la trajectoire aléatoire d'une balle ; patienter trois heures aux urgences, à cause d'une cheville foulée ou d'une trompe d'Eustache bouchée, en dehors des heures de visite du toubib ; travailler le week-end entier à une affiche censée représenter « avec de beaux dessins précis » le cycle de vie d'une grenouille ou le cycle reproductif d'un conifère ; pendant des semaines avant et après la fête de la Science, enjamber la maquette de volcan dans la salle de bains qu'on active avec du bicarbonate de soude et du vinaigre ; se précipiter à l'école pour apporter le repas de midi oublié, le déposer comme un agent secret, sans se faire remarquer. J'avais beaucoup à apprendre pour devenir le beau-père dont on avait tant besoin, mais pas toujours envie.

Je pense, par exemple, à la fois où Liam a bousillé mon téléphone avec – fallait y songer – un vide-pomme. C'était un modèle noir et brillant que j'avais depuis un certain temps, même si techniquement il était devenu celui de Janet autant que le mien, puisque j'avais déjà rendu les clés de mon appartement à Bellevue pour emménager chez eux, et je l'avais pris avec moi. Curieusement, Liam n'essayait pas de tailler d'autres trous dans le cadran rond mais s'en servait comme rampe de lancement (est-ce qu'un vide-pomme ressemble vraiment à un missile ?) et avait flingué le petit bout de plastique entre les trous des numéros 1 et 2. C'était le monde à l'envers : Liam avait fait les dégâts et moi, j'ai failli me faire arracher la tête par Janet… sauf que j'ai tenu bon. Elle disait que j'aurais dû faire plus attention – il aurait pu perdre un œil si le vide-pomme lui avait atterri en pleine figure, et de toute façon mon téléphone n'était qu'une vieille pièce de ferraille, donc pas besoin de « pleurnicher pour si peu ». Je ne « pleurnichais » pas, simplement je contestais qu'elle reporte la faute sur moi et mon téléphone, qui était en parfait état avant que Liam ne mette ses mains dessus. *Alors penses-y à deux fois avant de m'accuser !*

On louait un petit pavillon à Parnell (une sorte de boîte en crépi à deux chambres qu'elle aimait qualifier de style Arts déco). Cette histoire de téléphone me sortait par les trous de nez quand je suis allé à pied jusqu'au bureau de poste, pour y entendre la femme au guichet me réclamer d'abord de prouver que l'« ancien » appareil était irréparable avant qu'on puisse le remplacer. Et devine quoi ? Pour le « prouver », il fallait que je rentre à la maison, toujours à pied, récupérer le téléphone en question (ma parole ne comptait pour rien), puis que je revienne là pour le présenter. Mais, mon devoir rempli, quand je l'ai déposé au guichet devant elle, peut-être avec un peu trop d'assurance, elle a fait glisser ses lunettes demi-lunes au bout de son nez, penché la tête en arrière pour l'examiner, puis a déclaré que ça pouvait être réparé et que, par conséquent, je n'étais pas *autorisé* à en recevoir un nouveau. Or j'étais parvenu à ce stade de ma vie où je n'aurais pas laissé *ma propre mère* me dicter ce que je pouvais ou ne pouvais pas faire, je n'allais donc pas laisser la dame du bureau de poste me donner des ordres.

C'en était trop ! Furieux, je suis rentré à la maison et j'ai attaqué moi-même l'objet avec le vide-pomme. Ce n'était pas vraiment le téléphone que j'attaquais, mais l'attitude exaspérante de Janet, à quoi s'ajoutait celle de la fonctionnaire de la poste. À ma stupéfaction, quand je suis revenu le jour suivant pour lui montrer les dégâts (en faisant, bien sûr, porter le chapeau à mon coquin de beau-fils, « *ah, ces garçons vous savez…* »), elle n'a toujours pas jugé que c'était « irréparable ». Pas moyen de gagner avec elle parce que, comme Janet, elle avait réponse à tout. Les « pièces remplaçables » ont mis un bail à être remplacées, or, durant cette attente, j'ai eu besoin d'appeler Janet de toute urgence au travail pour lui dire que l'école avait renvoyé Liam à la maison avec la varicelle. Pas de pot, la cabine téléphonique était hors service : une mauvaise pièce coincée dans la bonne fente. Je me suis dépêché d'aller jusqu'à la plus proche, trop heureux de pouvoir m'y protéger du vent, de la pluie et du froid ; mais aussitôt je l'ai regretté, parce que quelqu'un s'était servi de l'endroit pour déféquer à l'abri, et quelques pages blanches de l'annuaire n'étaient plus exactement blanches. Alors j'ai décidé que cet appel n'était pas si urgent que ça, après tout. Pendant les cinq heures suivantes, j'ai employé tous mes pouvoirs de persuasion à empêcher Liam de se gratter ses mille et une croûtes. C'était comme essayer de lui faire manger des haricots verts – un max d'efforts pour arriver à UN haricot vert avalé et ZÉRO gratitude en retour. Le pire taux de change qu'on puisse imaginer pour n'importe quoi dans la vie.

Un jour de juillet, on préparait Liam qui allait partir à l'école ; la radio de la cuisine marchait à fond pour qu'on puisse entendre ce qui se passait dans le monde par-dessus le grésillement du bacon, les claquements du tiroir à couverts et les *ton-petit-déj-va-refroidir* criés d'un bout à l'autre de la maison. Tout à coup, Janet s'est précipitée sur la radio et m'a dit d'éteindre le gaz, *vite* ! Ni elle ni moi n'en avons cru nos oreilles. Quoi ?! Un attentat contre le *Rainbow Warrior* ?

Coulé ici même, dans le port d'Auckland, la nuit dernière ? Un homme mort ? Le photographe de Greenpeace, Fernando Pereira. Stupéfaits et révoltés, on a échangé un regard qui nous a unis contre l'ennemi commun. Toute la question était de savoir *qui* était cet ennemi commun. La première idée qui m'est venue à l'esprit a été… les Américains. Ils nous punissaient parce qu'on ne voulait pas de leurs navires de guerre à propulsion nucléaire. Probablement un coup de la CIA et de ses agents secrets. Ils avaient attendu, le temps d'éviter les soupçons, mais qui croyaient-ils tromper ?

Ensuite, quand même, ça paraissait trop évident et je me suis demandé si, en fait, ce n'était pas les Soviétiques, qui voulaient nous *faire croire* que c'était les Américains ? Un coup du KGB et de *ses* agents secrets ? Dans la course à l'armement nucléaire de la guerre froide, tout était possible. La première bombe avait fait un trou dans la coque, assez large pour laisser passer une baleine grise, puis quelques minutes après avait suivi une autre explosion à la poupe. Apparemment, on avait fêté l'anniversaire de quelqu'un à bord. Pile le genre de fête à laquelle Ambre serait allée, si elle avait été invitée.

Comme Janet ne commençait pas le travail avant 13 heures, elle voulait à tout prix se rendre au port. Un tel événement, disait-elle, n'arrive pas tous les jours. Personnellement, je trouvais l'idée mauvaise. Je ne me sentais pas l'âme d'un curieux qui regarde un tel spectacle la bouche ouverte, même sous le prétexte de proposer notre aide. Au fond, je ne voulais pas croiser Ambre au cas où elle aurait été là, et il y avait de bonnes chances qu'elle y soit. Je ne voulais pas rouvrir de vieilles blessures.

De loin déjà je distinguais la foule de gens, de policiers, et à l'approche de Marsden Wharf il était impossible de rater l'expression générale de sidération, le sentiment collectif d'une innocence perdue : notre paradis avait été infiltré par un malfaisant sans visage. Sans perdre de temps, Janet nous a entraînés vers le bord du quai pour voir de près le bateau submergé aux quatre-cinquièmes, le mât près de sombrer ; c'était bien triste de contempler ce vaisseau, autrefois si fier et valeureux, aux faux airs de Léviathan, flotter sur le flanc, enflé et mort, dans une mer épaisse de débris et de diesel. Étrangement, à la lumière du jour, la nappe huileuse créait des veinures de couleur à la surface de l'eau, comme un arc-en-ciel dilué dans le port. Le tableau impressionniste invitait à la réflexion, mais vu la tête de Janet, je crois qu'elle n'a rien compris de ce que je lui disais.

Sur les marches du commissariat, plusieurs personnes enroulées dans des couvertures semblaient avoir passé là toute la nuit – des membres d'équipage, sans doute – et je me suis rendu compte que le *Rainbow Warrior* avait été leur maison, le lieu où ils vivaient jour après jour. Avant le milieu de la matinée, c'était déjà plein à craquer de bénévoles avec quantité de nourriture, de Thermos de soupe et de café en flot continu ; billets et pièces remplissaient boîte sur boîte ; des vêtements s'entassaient, offerts spontanément, certains à peine ôtés des épaules de leurs propriétaires. Résolument, Janet a ajouté son manteau de laine à la collection et, comme je ne portais pas de vêtement que j'aurais pu lui donner à la place, j'ai mis mon bras fermement autour d'elle pour qu'elle ne prenne pas froid. Si Ambre était là quelque part, je ne l'ai pas vue, mais je me suis souvent demandé depuis si effectivement elle n'était pas dans la foule et si, en ce cas, elle nous avait aperçus ensemble, Janet et moi. D'instinct, j'avais tendance à répondre oui aux deux questions.

Un jour de semaine, début novembre, j'étais allongé sur le canapé de la maison et je regardais en direct l'audition préliminaire des deux agents français arrêtés (sur treize ou plus) dans le cadre de l'affaire. Non pas que j'aie bullé devant la téloche. Enfin, techniquement si, mais seulement parce que j'avais été opéré d'une hernie après avoir aidé une amie de Janet à déménager et que donc, encore patraque, j'étais en train de « récupérer activement ». Les caméras étaient interdites dans la salle d'audience, ce qui n'a pas empêché de filmer la façade de la Cour suprême et la foule massée devant. Si Ambre s'était trouvée là, il aurait été difficile de la manquer, même une caméra balayant des milliers de fans dans un stade de rugby s'arrêterait sur elle. Sa taille élancée, sa finesse, sa chevelure blonde bien à elle, sa façon de se tenir – tout en elle attirait le regard.

Un fourgon sans fenêtres, escorté par des voitures de police, sirènes hurlantes, gyrophares tournoyants, s'est arrêté au niveau de l'attroupement des journalistes internationaux, sous les clic-clac des appareils photo. Les accusés, recroquevillés sous des couvertures dissimulant leur tête, ont passé les lourdes portes du tribunal, qui se sont refermées sur eux. Au procès, les deux prévenus ont plaidé coupable d'un moindre délit, préalablement convenu, et en quelques minutes c'était plié. Inouï, moi qui avais prévu que ça allait durer des jours et des semaines… J'ai encaissé ma déception, en pensant à Ambre qui, où qu'elle soit, suivait sûrement l'affaire et devait ressentir la même chose que moi. J'ai commencé à me demander si par hasard elle ne pensait pas aussi à moi ? J'imagine que rester à la maison, cloué au canapé, avec des points de suture le long de mon abdomen évoquant une espèce de mille-pattes, ne m'aidait pas vraiment.

Plus tard, après cette saga internationale, Janet et moi étions dans un café où Liam a voulu commander une part de quiche. Janet s'est mise aussitôt à le sermonner comme quoi il ne fallait pas, car c'était « français » et que « les Français » avaient fait exploser le *Rainbow Warrior*. Ne te méprends pas, moi aussi cette histoire de bombe m'avait rendu furieux, mais ça m'énervait ce sentiment anti-français qui, à l'époque, s'était emparé du pays, tout comme le comportement de Janet, trop heureuse de reporter sa colère sur le pauvre gamin – mais enfin, lui ou le pauvre propriétaire du café avaient-ils quelque chose à voir là-dedans ? Je lui ai dit que, pour son information, il y avait aussi des Français qui condamnaient l'attaque, à commencer par des journalistes, puis tous ceux qui lisaient leurs articles et n'en croyaient pas leurs yeux, des célébrités françaises, des défenseurs de l'environnement comme Jacques Cousteau, et que dire de ce fameux général français et de son combat contre les essais nucléaires ?

« Alors, s'il te plaît, ne mets pas tout le monde dans le même bateau ! ai-je conclu.

– Surtout s'il y a des Français dans le coin ! » a-t-elle riposté, l'air triomphant.

Liam s'est rapetissé sur son siège et, quand sa quiche est arrivée, il l'a à peine picorée. J'ai mangé le reste, en faisant semblant de l'apprécier beaucoup plus qu'elle ne le valait.

7 février 1986

C'était un jour d'été à la chaleur suffocante. Je conduisais le long du front de mer, Janet occupait la place du passager et Liam se roulait sur la banquette arrière. Nous faisions notre sortie habituelle du dimanche, qui déboucherait sur notre promenade habituelle du dimanche. Ce qui habituellement voulait dire qu'on s'arrêtait au premier endroit qui paraissait assez bien. Je roulais pénard, une main sur le volant, l'autre pendant hors de la fenêtre. Quelque part après Wynyard Wharf, une école de voile était de sortie, des optimists blanc vif fendaient les vaguelettes d'un bleu de plomb de Saint-Mary's Bay. Et là, mon cœur a bondi à la vue d'Ambre, assise sur un banc en béton. Je l'ai déjà dit, elle était difficile à rater. Avachie, une cigarette à peine retenue entre les doigts, en mini-short de jean effiloché et marcel ; rien de plus, sauf un gros bleu, plutôt vert, sur sa cheville qui était en fait, je le sais maintenant, un twist Pikorua tatoué. Mme Deering et sa petite dernière, Gracie, étaient à environ trente mètres d'elle. Mme Deering faisait étalage de sa maternité, elle se pavanait en se dirigeant vers Ambre tandis que Gracie trottinait devant elle ; sa grosse couche lui faisait des fesses de canard, auxquelles son petit ventre replet servait de contrepoids. Dans chacune de ses mains potelées, elle tenait un cône de crème glacée, sans retenir les serviettes blanches en papier qui s'envolaient derrière elle, trop excitée à l'idée de donner l'un des cônes à sa sœur (et de garder l'autre pour elle-même). Quant à Mme D., elle était habillée trop jeune pour son âge, exhibait des cheveux bouclés par une permanente pour aller avec son rôle de « jeune mère ». Deux sœurs, une génération d'écart, l'une émerveillée par la vie, l'autre accablée et usée, comme si elle n'avait plus la force de rêver. Mais là encore – je me faisais peut-être des idées – elle pouvait simplement souffrir de la chaleur.

Quand même, ça m'a foutu un coup. Quelle plaisanterie cruelle, cette petite fille venue au monde tel un chérubin malicieux pour semer la pagaille dans la vie de tous. Elle aurait dû être notre enfant, à Ambre et moi, pas celui de sa mère, qui approchait les cinquante piges ! Voir Ambre a eu pour effet que j'ai dû appuyer sur le frein brusquement au feu rouge pour éviter de rentrer dans le grand camping-car blanc devant moi. Le souvenir d'Ambre, de sa sœur haute comme trois pommes et de serviettes aussi blanches qu'un vol de colombes sorti du chapeau d'un magicien, est resté ancré dans un repli de ma mémoire, aiguille sur un disque rayé, qui tourne, tourne et n'avance pas.

Le Déluge

Mai 1987

Au bout de presque deux ans, ma relation avec Janet a commencé à s'essouffler lentement. Je ne peux même pas dire quand exactement, parce que je sentais qu'elle finissait en pourriture sèche plutôt qu'en explosion de laboratoire. Une femme menue avec des épaulettes rembourrées, ça devrait porter une étiquette « avertissement ». (Je suppose que je devrais revoir cette formulation.)

Janet, convaincue d'avoir fait de grosses erreurs dans sa vie, stressait souvent à l'idée d'en ajouter la moindre à sa liste. S'agissant d'un détail aussi banal qu'acheter de la bouffe pour la boîte à goûter de Liam, fallait pas se tromper. Le pain devait être blanc, prétranché, fin, pas épais. (Lui faire ouvrir la mâchoire un peu plus, c'était trop lui demander ; par contre, me faire retourner au magasin acheter le « bon pain », c'était acceptable ?) Les bananes devaient être jaunes, pas vertes, sans taches brunes (je parle bien de la *peau* des bananes, qu'il ne risquait pas de goûter), sinon elles ne quitteraient pas sa boîte à goûter « Inspecteur Gadget ». Plus d'une fois j'ai essayé de le tester à l'aveugle, mais Janet m'en a toujours empêché. Le souci de satisfaire ces deux-là suffisait à me rendre complètement fou ! Et dire qu'elle croyait réellement qu'il y avait un bon sens pour mettre le papier toilette sur le dérouleur, sans quoi on ne voyait pas bien les motifs ? Ces gribouillis argentés étaient donc de l'art ? La façon qu'elle avait de placer le rouleau, pour empêcher qu'il ne touche le mur en se déroulant, permettait à Liam de l'attraper facilement d'un coup sec et on se retrouvait avec un diorama du Danube serpentant à travers la salle de bains – voilà pourquoi j'avais tourné le dérouleur à la verticale : afin d'éviter ce résultat. Même Salomon n'aurait pas fait mieux. Mais non. Chaque fois qu'un différend nous opposait, c'était sa maison, son gamin, sa méthode. Une fois de trop.

Comme Janet et Liam vivaient déjà à Bradford Street depuis quelques années avant que je ne migre chez eux, il me revenait, à moi, de partir. Normal. Peut-être un peu moins normal – mon côté chevaleresque – de leur laisser une grande partie de mes achats accumulés durant nos années de vie commune. La table pour quatre. Le canapé d'angle. La télé Sony flambant neuve, une boîte carrée de trente-quatre pouces, presque aussi haute que profonde, qui avait une place de choix dans le salon. Je n'étais pas exactement à la rue, mais j'avais l'impression de devoir tout recommencer de zéro. Je suppose que j'étais désolé pour le gamin, je ne voulais pas qu'il manque de quoi que ce soit. Malgré la rupture, on est restés en bons termes. Une fois par semaine, Janet me laissait emmener Liam au cinéma, mais au bout d'un certain temps cette routine s'est essoufflée elle aussi. Il savait que je n'étais plus avec sa mère, que je n'étais pas son « vrai père », et puis l'arrivée d'un nouveau copain dans la vie de Janet a réglé la question.

Pour trouver un appart à peu près décent sans salaire fixe (j'avais laissé tomber le boulot dans le musée un an auparavant parce que j'avais à l'époque assez de contrats de pubs), j'ai dû mener des négociations humiliantes – imagine devoir supplier Maman et Papa de se porter garants de leur fils de vingt-neuf ans pour une simple location ! J'ai finalement obtenu un appart très rudimentaire sur Crummer Road, à Grey Lynn, c'était retour à payer tout seul le téléphone, les charges, et le reste. J'enrageais, plus je gagnais ma vie plus la vie me coûtait à cause de l'inflation ou des fluctuations économiques mondiales que je ne comprenais pas vraiment, mais qui rendaient toujours plus difficile de gagner sa croûte. Je me disais que si je vivais ailleurs, n'importe où en Nouvelle-Zélande sauf dans LA grande ville, ce serait plus économique. Disons à Taihape – la « capitale mondiale de la botte en caoutchouc », dont la principale œuvre d'art était une sculpture en plein air d'une botte géante en tôle ondulée, et dont le principal parc d'attractions était cette même botte, que les enfants escaladaient. On célébrait à Taihape le « Jour de la botte en caoutchouc » une fois par an : l'événement sportif de l'année, compétition qui consistait à lancer une botte en caoutchouc le plus loin possible... Là-bas, je me sentirais probablement méga-riche, je posséderais même ma propre maison. Mais bon, je ne pensais pas obtenir beaucoup de contrats dans la pub et le cinéma à Taihape, donc tout ne serait probablement pas rose non plus.

Alors j'ai décidé de tenter ma chance au loto, mis en place depuis peu. Ma mère était contre, elle considérait le jeu comme un vice, mais jour après jour, j'avais conscience qu'une meilleure existence m'attendait, parallèle à la réalité que je vivais. Dans un recoin de mon esprit, j'étais soulagé, car il y avait de bonnes chances que je ne recroise pas Ambre dans ce quartier. Je ne voulais pas qu'elle sache que j'habitais de nouveau un appart ordinaire, que je conduisais de nouveau une voiture ordinaire, que je mangeais comme d'hab' de la nourriture ordinaire estampillée « PROMO », en attendant une fois de plus que ma vie prenne un tournant plus favorable. Je crois que la simple idée de tenir à portée de main un changement possible m'offrait quelque chose que je n'avais pas avant : l'ESPOIR ! Ce n'était pas de la chance que j'achetais, plutôt de l'*espoir*, peut-être même un peu trop parce que le vendeur m'a jeté un drôle de regard, l'air de dire que vingt tickets, c'était de la cupidité, ou de la folie, voire carrément de la triche.

Hélas, Ambre ne devait jamais me voir ici. Cette visite embarrassante m'a été épargnée, elle n'a pas eu à connaître ce cadre moins que parfait – une bicoque banale, quelques taches sur les murs, deux ou trois trous de cigarette dans la moquette, des meubles dépareillés, de la vaisselle ébréchée et une voiture sans intérêt garée dans la rue… Parce que le 26 août 1987, quelques jours avant le tirage des numéros gagnants du loto, alors que j'étais à la maison à parcourir le journal pour savoir quel veinard avait gagné le dernier jackpot, je suis tombé sur une photo d'elle dans le *Herald*. Un portrait posé, bien éclairé, sans ombre parasite, une photo prise à l'époque où ses cheveux étaient le plus longs, elle penchait légèrement la tête, sans doute sur les ordres du photographe, les yeux limpides et pleins d'espoir. Comme nimbée d'une aura de lumière, elle semblait sourire pour toujours à un avenir qui ne viendrait jamais, du moins pas de la façon dont elle semblait avoir rêvé. Ambre, la sublime, si belle, si spontanée, si gaie, si drôle, Ambre, l'amour de ma vie, n'était plus de ce monde. Elle était morte.

Sa photo figurait page cinq. En noir et blanc. Veuve de feu Stuart Reeds. Militante bien connue. Elle était morte, annonçait le journal, ce lundi. Exactement avant-hier, il y avait deux jours, pendant que moi, insouciant, je vaquais à mes occupations comme d'habitude. Le choc m'a paralysé.

Assis, incapable de bouger ou même de cligner les yeux. Je n'arrivais pas à dépasser les mots « overdose accidentelle ». Soudain, tout dans le monde autour de moi a changé, toutes mes valeurs, mes croyances, mes suppositions aussi, telles des plaques tectoniques bousculées lors d'une formidable catastrophe. Il n'y aurait plus de soleil, plus de lendemain.

J'étais détruit, je voulais crier, l'appeler, mais ma bouche refusait de s'ouvrir, comme si j'étais bâillonné et privé d'air. Soudain, je m'en foutais qu'elle me voie dans un taudis. Ou à la rue. Dans l'épave de voiture ou sous un putain de pont. D'abord je suis demeuré devant ma table à tréteaux, figé, sous mes yeux les mots de l'article se fondaient les uns dans les autres, je n'arrivais plus à les lire, puis une larme a dû tomber parce que soudain c'était comme si elle avait coulé de son œil à elle, lui donnant l'air triste, ridant le papier fin et fragile de sa joue. Tout ce qui me restait d'elle, maintenant. Et bien vite je l'ai essuyée avant que ça ne « lui » fasse plus de mal, j'avais l'impression de veiller sur elle, alors qu'il s'agissait seulement d'une photo reproduite dans un journal à la con. En vérité, je le savais, je ne pourrais jamais plus veiller sur « elle » en vrai.

Tout à coup elle a déferlé sur moi en trombe – la rage. J'ai bondi, renversé et frappé du pied ce qui se mettait en travers de mon chemin, chaises, paniers, valises, boîtes de rangement. Je haïssais les objets qui avaient eu autrefois une valeur à mes yeux, parce qu'ils n'étaient plus rien pour moi, pas sans elle dans ce monde. Je ne voulais plus d'eux, c'était elle que je voulais. Pendant quelques minutes, je suis devenu fou, mes livres, cassettes, vidéos préférés volaient dans tous les sens, se cassant et s'abîmant, cassant et abîmant ce qu'ils percutaient sur leur trajectoire. Puis la rage aveuglante s'est éteinte subitement et je me suis senti vidé ; je me suis accroupi dans un coin, les mains pressées contre mon visage, aux prises avec la réalité de plus en plus aiguë de sa mort, ce qu'elle signifiait pour elle, pour moi. Sa mort changeait tout. L'avenir, le passé, mes réflexions sur l'avenir et le passé.

Pourquoi, *pourquoi* ne l'avais-je pas recontactée une fois que j'avais emménagé ? Comment avais-je pu ne pas l'appeler, même juste pour prendre de ses nouvelles ? Un simple coup de fil aurait pu suffire à éviter ça. Un – simple – coup de fil. C'est peut-être exactement ce qu'il aurait fallu ! J'avais décidé de ne pas l'appeler pour une seule raison : comment elle me verrait, comment je me voyais moi-même, en somme, à travers « ses yeux ». Pour qui je me prenais en prétendant imaginer ce que ses yeux auraient vu ? Si ça se trouve, ils auraient vu qu'il existait quelqu'un au monde qui tenait à elle. Tout simplement. Si j'avais une seconde chance, je revivrais chaque foutue minute de ma vie dans le seul objectif d'arriver à ce moment précis où je ne l'avais pas appelée, et je décrocherais le combiné, je composerais son numéro et j'entendrais sa voix encore une fois.

D'insoutenables minutes ont passé, peut-être beaucoup plus encore, des heures pour ce que j'en sais. Je n'avais pas de photos de nous ensemble, ce qui me plongeait dans des souffrances sans fin, car il ne restait rien de notre temps passé à deux, pas de trace de nous, pas de preuve qu'on ait été ensemble. Non que j'aie eu besoin de *preuve*. Ce que je veux dire, c'est qu'il ne me restait rien de notre couple, rien que je puisse contempler longtemps après. Tout ce que j'avais, c'étaient les photos et les films de ma mémoire.

Pendant des heures, des jours, des semaines, je n'ai pas cessé de lui parler dans ma tête. Parfois je l'entendais me répondre, calmement. D'autres fois, j'avais l'impression qu'elle m'opposait le silence. Le plus douloureux, c'était que je n'avais même pas pu la serrer dans mes bras, longtemps et fort, pour lui dire au revoir. Ça me semblait la chose la plus importante du monde, ainsi que toutes les choses que je lui aurais dites, si j'avais su qu'elle partirait. Je n'ai pas pu lui dire que les moments les plus heureux de ma vie, comme les plus tristes, aussi importants à leur manière… enfin, que les moments les plus chers pour moi, je les avais passés avec elle. Tous les superlatifs de ma vie lui revenaient. J'avais tellement besoin de tenir son visage entre mes mains, de la regarder dans les yeux et de lui dire une dernière fois que je l'avais aimée dès le début, que je l'aimais toujours, vérité inchangée aujourd'hui, dans ce monde froid et glacé.

Les murs et le plafond, lorsque j'ai lentement repris conscience de leur présence, se refermaient sur un silence si assourdissant et asphyxiant que j'entendais presque mes pensées grouiller dans ma tête. J'ai compté et recompté. Elle n'avait que vingt-six ans, Dieu du ciel, vingt-six ans seulement ! Est-ce que cette overdose était vraiment un accident ? Ou un suicide ? Était-ce ma faute, à cause de la culpabilité qui continuait de peser après ce qu'on avait fait pendant son mariage avec Stuart, ou de ce qui lui était arrivé ? C'était une pensée insoutenable qui me plongeait dans les affres de la douleur. Je ne savais même pas quand le jour devenait nuit. J'ai connu la pire souffrance de ma vie et je préfère vraiment ne pas m'en souvenir.

C'est toujours tellement douloureux à revivre que je ferais mieux de passer à mon réveil, aux premières lueurs, allongé sur le sol. Je n'avais pas eu le cœur de me mettre dans un lit confortable alors qu'elle-même n'en avait pas. C'était ma manière à moi de l'accompagner, même si ça n'a aucun sens pour un esprit rationnel. J'ai dû dormir deux petites heures avant de me réveiller d'un seul coup, le corps envahi d'une terrible angoisse ; je me suis tout rappelé et l'effroi m'a repris. La réalité était trop atroce pour être vraie. Pourtant, fou d'anxiété, je suis entré dans le salon presque à contrecœur, les chaises sens dessus dessous, le foutoir de ce que j'avais jeté partout voulaient tout dire. Oui, c'était bien vrai, ce n'était pas un cauchemar que je pouvais chasser avec un café, une chanson à la radio et une douche. Pas cette fois. La table à tréteaux était renversée, le journal avait glissé à terre, encore ouvert à la même page. Un pas après l'autre, je me suis traîné jusqu'à ce que je la voie, toujours le même sourire, toujours le même espoir, et toujours aussi morte qu'avant.

Réalisant qu'il n'y avait pas de retour en arrière, pas de possibilité de défaire le passé, de la ramener à la vie, j'ai tourné en rond pendant un temps indéfini, mes mains plaquées sur mes yeux. Finalement, je ne sais combien d'heures plus tard, puisque ma perception du temps n'était plus la même, je me suis agenouillé par terre près du téléphone pour appeler sa mère, dont je connaissais encore le numéro par cœur. Mais je n'ai pas pu me résoudre à le composer, malgré la force avec laquelle une partie de moi me l'ordonnait, j'étais incapable d'agir aussi formellement, comme un vieil ami, une simple connaissance de sa fille ; pas après la relation si profonde qu'Ambre et moi avions partagée. Le jour de ses obsèques était mentionné dans le journal. Comment est-ce qu'ils avaient formulé ça ? Une « célébration de sa vie ». Elle se tiendrait chez sa mère. Le mieux serait d'y aller, d'y aller de bonne heure et de rester silencieux, à l'arrière-plan. Il semblait peu probable que sa mère, ou même son frère s'il était de retour de Londres, penserait à me prévenir. De toute façon, ils n'avaient pas mon nouveau numéro. Et s'ils l'avaient eu, l'un ou l'autre l'aurait-il utilisé ? Qu'est-ce que j'allais m'imaginer là ?

Si ma mémoire est une vaste mer agitée, une balise y a été fichée dans le fond marin à ce moment précis, et je ne cesse d'y revenir en voyage solitaire, tournant autour dans ma petite chaloupe, observant la couche épaisse de bernacles accumulée à fleur d'eau, le poteau usé et fissuré par les intempéries, mais aussi tellement fidèle au poste pour me guider exactement à ce même point. J'essaye de l'examiner sous plein d'angles différents, alors que tout le reste de ma vie a été chamboulé par le claquement constant des vagues et les vents changeants. Si seulement j'avais réagi n'importe quand avant que ce point n'ait été atteint. Si je l'avais prise à part, même si mon geste avait pu paraître malvenu, ou gênant, ou complètement fou… Je ne peux pas m'empêcher de ressasser et d'imaginer les nombreuses autres routes qui sillonnent la mer à partir de ce point.

29 août 1987

Je ne suis pas arrivé aussi tôt que je le voulais parce que ma saloperie de voiture est tombée en panne sur l'autoroute. Par chance, j'étais impatient et donc parti de bonne heure, et ça a payé car j'ai eu le temps d'être remorqué jusqu'à une station-service et de me dégoter un véhicule de remplacement. C'est ainsi que, dans un vieux break flanqué d'ignobles plaquages en simili bois à l'extérieur et qui puait la clope à l'intérieur, j'ai remonté la longue allée poussiéreuse qui menait à la vieille villa. Mais, après la mort d'Ambre, les préoccupations matérielles ou ce que les autres pouvaient bien penser de moi, c'était fini. Je m'en fichais royalement. Sans réfléchir, je me suis garé dans la zone de gravillons et j'ai tiré sur le frein à main réticent. Des voitures de toutes sortes continuaient d'affluer, des pick-up, des vans à chevaux aussi, les gens se garaient là où ils trouvaient de la place, quelques-uns à côté de la grange ou à l'arrière, près des boxes des chevaux. En l'espace d'une heure, on comptait une centaine de personnes réunies là, qui se parlaient entre elles sur la large pelouse devant la maison. J'ai senti que c'était le bon moment pour les rejoindre.

En m'approchant du gros de la foule, j'ai distingué Daniel, le frère d'Ambre. Il avait l'air de débarquer directement de Soho – pantalon en vinyle noir porté serré, cheveux décolorés d'un blanc éclatant, dressés en pointes style crème fouettée. Au milieu d'un tas de conservateurs ruraux, il détonnait vraiment. Il semblait vouloir dire : « je suis comme je suis », ayant entretemps gagné confiance en lui parmi les siens à Londres. Je dis ça, mais il est possible aussi qu'il ait dû sauter dans le premier avion, sans avoir eu le temps de se changer ou de faire ses valises. Qui sait, et franchement je m'en foutais. Comme un mondain, il papillonnait au milieu des gens, leur tapant sur le dos avant d'ouvrir largement ses bras lorsqu'ils se retournaient. Pendant qu'il faisait son tour, un grand échalas dans une veste en velours bleu, un œillet à la boutonnière, se tenait fidèlement derrière lui. Son copain, je me suis dit, ça se voyait à la manière dont… ça se voyait.

Je suis d'abord resté à l'écart des gens, puis j'ai enfin réussi à me fondre suffisamment parmi eux pour échanger quelques mots avec un fermier, dont la femme racontait qu'Ambre venait chez eux sur sa jolie pouliche palomino quand elle était haute comme trois pommes ! Un peu plus tard, j'ai remarqué sa petite sœur, le têtard, qui avait maintenant à peu près trois ans – trop jeune pour comprendre pourquoi tous ces gens avaient envahi sa maison. Mme Deering s'agrippait à elle comme à son dernier espoir dans la vie. Peut-être qu'elle avait l'impression de tenir Ambre dans ses bras de nouveau, au même âge. Un couple parlait à Mme Deering, j'ai dû attendre le bon moment pour présenter mes condoléances. Tandis qu'elle les remerciait d'être venus, entourant la femme de son bras libre, son regard s'est posé sur moi par hasard et elle a semblé prise de court ; j'ai lu distinctement dans ses yeux : « Encore ce vieil amoureux d'autrefois ! » à moins que ce ne soit : « Qu'est-ce qu'il vient faire ici sans avoir été invité ? » A suivi un étirement des lèvres que j'ai supposé être une tentative de sourire, saluant ma présence. Je me suis frayé un chemin jusqu'à elle et j'ai commencé à lui dire combien j'étais désolé… mais elle a porté la main à sa gorge d'une façon qui m'a arrêté net ; nous nous sommes dévisagés dans un silence douloureux, puis elle s'est détournée brusquement et s'est éloignée à pas pressés.

J'ai attribué sa réaction à la situation plutôt qu'à moi personnellement, mais quand même j'étais inquiet à l'idée de l'avoir involontairement contrariée. Troublé, j'ai tourné mon attention vers les autres conversant comme s'il s'agissait d'une garden-party mélancolique. Il y avait l'ancien partenaire de Stuart, la partie « Anderson » de « Reeds & Anderson », que j'ai reconnu, je pense, à cause des panneaux publicitaires qui se dressaient autrefois dans Auckland. Et cette fille avec laquelle Ambre avait essayé de me caser pendant le rendez-vous à quatre… Candice, c'était bien son nom ? Je ne pense pas qu'elle se soit souvenue de moi, cela dit, parce qu'elle a regardé dans ma direction une fois ou deux sans réagir. Peut-être qu'elle faisait semblant, les filles qu'on a repoussées ont souvent des comportements étranges. Ce qui m'a frappé, c'est qu'aucun des enfants de Stuart n'était là, pas même Tanya, que je m'attendais pourtant à voir. Preuve que les relations entre eux avaient dû se dégrader à cause des disputes autour de l'héritage. Soudain, j'ai senti une tape sur l'épaule – c'était à mon tour d'être enveloppé dans les bras de Danny.

Ensuite sont venus les hommages. Candice a raconté des anecdotes à propos des filles scouts, des campements et d'un radeau construit à partir de bouteilles vides ; puis Danny a parlé de leur jeunesse qui n'avait pas été facile. Il a continué, racontant que la vie de femme mariée d'Ambre n'aurait pu être plus différente, qu'elle s'y était absolument épanouie. Qu'elle avait été « profondément amoureuse » de Stuart et lui « follement épris » d'elle, que la mort de Stuart avait sapé la joie de vivre d'Ambre. Tout aurait été autrement si seulement elle n'avait pas été veuve aussi tôt. Il a évoqué l'aide qu'elle apportait à sa mère, son retour désintéressé au quotidien laborieux de la ferme et la dernière année de sa vie, marquée par des cures régulières de désintox. Certains de ses mots faisaient vraiment mal, derrière eux se cachait la dure vérité, et j'ai serré les dents sans rien dire.

La dernière à parler a été la mère d'Ambre, sa fille calée sur la hanche. Son hommage a été simple et direct : « Ambre était une bonne fille, une sœur bonne avec son grand frère et sa petite sœur, elle était bonne avec les chevaux, qui étaient comme sa famille aussi… » (Même les chevaux ont été mentionnés et pas moi.) Elle n'a pas eu le temps de terminer cependant, parce que Gracie commençait à s'ennuyer, à se tortiller dans tous les sens, à projeter sa tête en arrière, à s'agiter pour qu'on la pose à terre, à le vouloir TOUT DE SUITE.

Puis Danny a apporté à Mme Deering ce que j'ai pris pour un vase, en terre crue avec un motif de tournesol en relief, qui, je l'aurais parié, avait été réalisé par l'un des amis artistes d'Ambre. Il y avait quelque chose de cérémonieux dans la manière dont Mme Deering l'a pris à deux mains, soulevé plus haut qu'il n'était naturel et c'est là que j'ai reconnu une urne. Au même moment a jailli un cri perçant : Gracie voulait qu'on la reprenne dans les bras. Elle avait l'air pourrie gâtée et Mme Deering a de nouveau accédé à ses désirs, l'a hissée avec peine de son bras libre, puis a murmuré rapidement à son oreille. Un silence s'est fait, comme si quelque chose un chouïa amusant allait se produire, et personne n'a été déçu quand Gracie a crié d'une voix haut perchée : « Je t'aime, Ambre, tu vas manquer ! » Suivi d'un chœur de « oooh » qui l'a fait détourner la tête d'un coup sec.

Comment exprimer ce que je ressentais ? J'avais vraiment espéré contempler le visage d'Ambre une dernière fois, prendre sa main dans la mienne et, avant d'être séparé d'elle, déposer un baiser d'adieu sur son front. Élevé en bon catholique, j'avais tenu pour acquis qu'on la « mettrait en terre ». La dispersion de ses cendres m'a laissé un sentiment d'impuissance. Je suis discrètement resté en arrière puisque seule la famille immédiate, Mme Deering et Danny, se sont penchés pour passer sous les branches du pohutukawa et ont libéré les cendres de l'urne à tour de rôle. La dispersion a duré un petit moment, les cendres ont recouvert peu à peu la terre, évoquant progressivement une fin d'hiver quelque part très loin, où s'attarderaient encore des restes de neige presque éternelle.

À quelque distance, une centaine de ballons blancs gonflés à l'hélium formaient un essaim aussi large qu'un nuage ; Danny et son petit ami en ont distribué à toutes les personnes présentes. On les a lâchés tous en même temps et la magnifique nuée s'est élevée, certains ballons restaient groupés tandis que d'autres dérivaient en diverses directions, et d'autres encore avaient pris leur envol très haut, suivant leur bon vouloir. Après une minute ou deux, j'étais déjà incapable de reconnaître le mien. Encore quelques minutes et les ballons, de plus en plus petits, avaient atteint les collines vert pâle. Certains ont plongé derrière les crêtes en pente douce, se dérobant définitivement à nos regards. J'ai continué à observer ceux qui restaient en vue, même quand ils ont été réduits à des points blancs dans le bleu uniforme du ciel, de plus en plus minuscules, jusqu'à l'instant indéterminé où ils ont disparu pour ne plus jamais être vus, quand bien même j'ai regardé encore longtemps.

On nous a invités à nous approcher des tables pliantes, où s'offraient des rafraîchissements, des rouleaux d'asperge disposés sur des plateaux, des roulades de bœuf et de cornichons, des roulés de tartinade au saumon, des scones au fromage – mais mon estomac était trop noué pour avaler quoi que ce soit et donc, aussi silencieusement que j'étais venu, je suis parti.

Les semaines suivantes, j'ai pris l'habitude d'aller voir mon vieux pote Ben, qui comprenait ce que je traversais sans que j'aie besoin de dire grand-chose. On se passait la bouteille de n'importe quel alcool, selon ce qu'il avait ce jour-là, qui me réchauffait, même artificiellement. Souvent, je dormais dans la chambre d'amis de sa maison (la sienne et celle de sa femme), fournie avec un chat de l'Himalaya, roulé en boule sur le lit. Je devais me glisser doucement sous les draps sans le déranger, au risque de me faire arracher les yeux par ses griffes. Parfois, je dormais au studio de montage, sur le futon d'appoint. J'ai même dormi dans la voiture, juste devant chez moi. À l'extérieur, ça allait, mais pas à l'intérieur, pas pendant la nuit. Les mois ont passé, je me sentais un peu mieux, disons que j'étais fonctionnel ; mais la blessure était profonde et semblait ne jamais devoir se refermer, cicatriser et disparaître. On dit que le temps guérit, c'est faux, le temps n'opère pas sa fameuse magie.

10 décembre 1987

Je suis parti en voyage, une retraite dans le Nord-sans-hiver, car j'avais quelque chose à accomplir. Je suis arrivé à Spirits Bay assez tôt pour voir les fines brumes effilochées de la nuit encore suspendues, la fumée blanche sur la baie s'élevant paresseusement au-dessus des eaux translucides au fur et à mesure que le soleil montait dans le ciel et s'épanouissait dans sa pleine lumière. Là, on comprenait pourquoi les Maoris considéraient cet endroit comme sacré, où se rassemblaient les esprits des morts, et pourquoi l'un des noms des Maoris, « Kapowairua », signifie « attraper l'esprit ». Pendant un temps je suis resté au bord de l'eau, les mains derrière le dos, à me demander si l'esprit d'Ambre pouvait me voir, seul sur le rivage. Au fond de mon cœur, il me semblait impossible qu'on ne se revoie ni ne se reparle plus jamais, même si ma tête me disait le contraire.

L'après-midi suivant j'ai atteint Cape Reinga, le point le plus au nord d'Aotearoa. À ma gauche, la mer de Tasman, à ma droite, l'océan Pacifique, deux étendues à perte de vue. La péninsule, bossue et couverte d'herbe grasse, s'avançait en un étroit saillant de roches nues, là où les deux mers s'affrontaient, leurs eaux tumultueuses toujours discordantes. Il n'y avait rien d'autre qu'un phare isolé, qui tenait compagnie à un seul et immense pohutukawa, dont on disait qu'il avait huit cents ans et qu'il n'avait jamais fleuri. J'ai pensé à celui sous lequel les cendres d'Ambre avaient été dispersées à peine plus de trois mois auparavant. « Te Rerenga Wairua » signifie « l'endroit d'où bondissent les esprits ». Selon la mythologie maorie, c'était de cette extrémité qu'ils faisaient le grand saut vers l'au-delà. Le vent paraissait venir de plusieurs directions à la fois et je me suis rendu compte que je retenais mon souffle, comme si tout ce vent autour de moi respirait à ma place.

Matauri Bay était ma destination finale et j'y suis arrivé en fin de matinée, avec moins d'une heure d'avance. C'était pour Ambre que j'étais là. Aujourd'hui, aux alentours de midi, le *Rainbow Warrior* – rafistolé, remis à flot, remorqué jusqu'à ce point – allait être sabordé. Je savais qu'Ambre n'aurait raté ça pour rien au monde. Voilà pourquoi j'étais venu, pour avoir l'impression d'honorer son esprit, en quelque sorte. Il y avait une centaine de bateaux dans la baie, à moteur, à voiles, à rames, plus le nouveau bateau de Greenpeace et à bord, sans doute, un équipage ému. Cinq ou six hélicoptères dans le ciel se mouvaient telles des libellules au-dessus d'un étang par un jour d'été et, à l'instar d'autres badauds, je regardais la scène en surplomb depuis la côte. La date de ce sabordage était prévue pour coïncider avec le premier anniversaire de l'attentat, mais des complications juridiques l'avaient retardée. Sinon, Ambre aurait été encore en vie – mais moi, j'aurais été encore avec Janet. Est-ce que je serais venu ? Je ne sais pas, tout aurait dépendu… de quoi ? À ce moment-là, avec le recul, j'ai su sans le moindre doute que j'aurais été fou d'hésiter.

Pendant que le *Rainbow Warrior* était remorqué jusqu'à son lieu de repos final, on voyait que le navire était dans un état au-delà de tout espoir. Sa coque était beaucoup trop immergée, bien au-dessus de la ligne de flottaison. Seule une petite partie de l'arc-en-ciel qui le décorait restait visible, la colombe blanche réussissait de justesse à sortir de l'eau comme un poisson volant. Le vaisseau avait l'air vieux et ravagé, le bois du ponton avant semblait pourri et à la proue de longues larmes de rouille coulaient des ouvertures. La poupe sommairement colmatée s'est enfoncée d'abord, forçant l'avant à basculer hors de l'eau avant de sombrer lentement à son tour.

En ne voyant plus qu'une paire de trous marron, rouillés, à la proue, on aurait dit une grosse bête qui tentait de garder le museau hors de l'eau, en un ultime effort pour respirer… puis cette partie aussi s'est enfoncée. L'air piégé au-dessous est remonté en bulles à la surface formant de grands cercles écumeux, aussitôt évanouis.

Quelque chose de formidable avait disparu avec le *Rainbow Warrior*, quelque chose de beaucoup plus grand que le bateau lui-même. Comme si le temps continuait sans nous, sans notre génération ; non seulement Ambre était partie, mais notre ère aussi, et avec elle tout ce que nous avions aimé, à quoi nous avions aspiré et pour quoi nous avions lutté ; toute notre radicalité, nos usages vestimentaires et langagiers des seventies, notre musique, nos idéologies étant remisés. La mort de toute une époque, la mort de ma jeunesse, avec mes joies et mes erreurs, mes folies et aussi mes rêves. Le monde avait avancé, une nouvelle génération, plus entreprenante, plus astucieuse en affaires, prenait le dessus. On s'en rendait compte aux lignes plus nettes, plus modernes du nouveau bateau. On était entré dans une ère nouvelle et je faisais partie du passé. Je suis resté à l'écart, lunettes de soleil sur le nez, et j'ai enfin tout lâché, sans entraves. Il m'avait fallu tout ce temps, parce que je craignais d'entraîner une partie d'elle. Or je voulais garder d'elle autant que je le pouvais, le plus longtemps possible.

Mars 1988

Le cyclone Bola a frappé avec toute la force déchaînée de la folie, les hurlements, parfois les cris hystériques du vent, les trombes d'eau torrentielles, la pluie battante, sans répit, pendant des jours. Je ne comprenais pas d'où venaient de telles quantités d'eau. Comment le ciel en avait-il contenu autant, suspendue en l'air ? Comme si une bonne partie de l'océan s'était évaporée pour retomber d'un coup sur nos immeubles, nos maisons, nos têtes. Un phénomène extrême qui m'a fait penser à Noé et au Déluge ; tout ce qui était connu, familier, avait été balayé et, quand les eaux s'étaient enfin retirées, rien, semblait-il, ne serait plus jamais pareil.

Sculptures de glace

Aujourd'hui, nous avons passé la journée dans un canot, à filmer les masses d'icebergs qui dérivaient librement et on aurait pu se croire aventurés sans le savoir dans une nécropole de géants engloutie depuis bien longtemps. Il y avait des centaines de ces gigantesques œuvres inachevées, comme à moitié taillées dans un bloc de pur marbre blanc, beaucoup de formes tabulaires, lisses, tombes titanesques, stèles herculéennes, anonymes, sans la moindre inscription. Des icebergs s'élevaient à cinquante mètres au-dessus de l'eau, cénotaphes d'époques disparues, témoignages des temps antérieurs à l'existence de l'être humain. Il y avait des blocs tout simples et des formes excentriques, une arche triomphale qui penchait mélancoliquement d'un côté, un dernier fragment d'aqueduc érodé par le temps. L'âge de ces masses de glace, leur ancienneté, leur majesté imposante nous ramenaient à notre propre insignifiance dans le grand schéma cosmique ; pourtant, il émanait une certaine sérénité de ce rappel, peut-être le droit d'être oublié. De loin, elles semblaient toutes taillées du même bloc d'origine, mais de près certaines étaient brillantes et scintillantes, d'autres avaient un fini mat et terne, d'autres encore, une surface granuleuse et rugueuse, comme si le moindre toucher pouvait suffire à les faire s'effondrer en mille morceaux. Bon nombre de fragments d'icebergs que nous avons rencontrés étaient étonnamment ronds et plats, regroupés paisiblement en immenses fleurs de lotus blanc. À mes yeux, néanmoins, les plus sublimes avaient l'apparence du verre, clairs, polis et déconcertants dans leur ésotérisme, comme façonnés par les premiers vents. Si j'avais dû trouver une pierre tombale pour Ambre dans ce lieu de beauté intemporelle, j'aurais choisi l'une de celles-là.

L'horizon

6 avril 1988

Soirée spéciale pour moi : une cérémonie de remise de prix se tenait au Civic, où j'étais en compétition pour le Meilleur Court-Métrage – disons plutôt que mon court-métrage *Horizon* était en compétition avec quatre autres films. Le sujet portait sur une jeune femme qui se rendait compte, lors de la réception accompagnant son mariage, de l'erreur qu'elle venait de commettre (ce n'est pas gâcher le suspense, je n'ai dit ni pourquoi ni comment). J'admets qu'on y retrouvait des éléments autobiographiques, comme toujours, bien que les artistes aiment à s'en défendre. Le *Dominion Post* avait publié un article sur *Horizon*, accompagné d'une photo de moi prise au port, sur fond de grues qui tranchaient la ligne d'horizon.

Les premières rangées étaient réservées aux nominés dans les diverses catégories, mais il était encore tôt et peu de spectateurs étaient arrivés. Je descendais l'allée centrale, perdu dans mes pensées, quand soudain j'ai aperçu, ou cru apercevoir, la mère d'Ambre. Cette vision m'a ébranlé : elle se trouvait sous le halo de lumière artificielle du panneau « SORTIE », et on croyait presque voir le fantôme d'Ambre, son apparition troublante en plus âgée.

Je n'en revenais pas. C'était bien Mme Deering, serrant un petit sac à main démodé dans ses grandes mains, l'air franchement mal à l'aise. Tout était bizarre, notamment sa réaction quand elle a compris que je l'avais vue. Je me suis même posé la question : Mme Deering était-elle venue pour *moi* ? Ou plutôt : pourquoi avait-elle choisi de se mettre ainsi sur son trente-et-un ? S'était-elle imaginé devoir marcher sur un tapis rouge, comme à Cannes ? Je me rappelle encore sa robe assez longue, d'un bleu pâle flatteur pour ses yeux, mais moins pour sa carrure robuste. De plus, elle était trop âgée pour porter un modèle si près du corps. Ou bien elle avait pris des kilos depuis la dernière fois qu'elle l'avait portée, Dieu sait combien d'années auparavant.

J'ai d'abord hésité maladroitement, avant de me diriger vers elle à grandes enjambées. Je devais avoir l'air crispé parce que, à mesure que je me rapprochais, elle se raidissait tout en triturant son sac à main. Ses ongles étaient inhabituellement vernis, d'un rouge corail vif qui soulignait l'usure de ses mains abîmées plus qu'il ne les embellissait.

« Madame Deering ? » Presque huit ans nous séparaient de notre première rencontre. J'étais à présent un homme mûr, mais l'appeler « Milly » aurait sonné faux à mes oreilles.

« J'espérais te voir ici. Est-ce qu'on peut parler ? » Ce n'était pas vraiment une question, plutôt une requête déguisée.

Je me suis demandé, instinctivement sur mes gardes, si elle avait besoin d'argent pour les chevaux ; peut-être qu'à la lecture de l'article paru dans le journal, elle avait déduit que j'avais des millions à dépenser.

« Ce n'est pas tout à fait le moment idéal », ai-je dit avec un regard pour les gens qui arrivaient, programme en main, me rappelant que je n'avais pas pensé à en prendre un.

« J'ai fait tout ce chemin jusqu'ici, a-t-elle repris en avalant difficilement. C'est à propos d'Ambre. »

Ambre? Mon cœur s'est presque arrêté. Soudain, l'idée a surgi dans mon esprit pour la première fois qu'Ambre avait peut-être laissé quelque chose derrière elle – un journal, une note – où elle aurait écrit quelque chose sur moi ? Même une confession complète, jusqu'à cette nuit malheureuse avec Stuart ? Mais avant que j'aie trouvé une réponse, elle a vite demandé : « Peux-tu venir au Pointers Café demain matin ? À 9 heures pile ?

– Bien sûr », ai-je opiné.

Entre-temps, mon chef opérateur était arrivé avec l'éclairagiste, et ils attendaient ostensiblement de me parler.

« Désolée, je ne peux pas. Je ne… je ne reste pas, a-t-elle balbutié. On se voit demain matin. Sois à l'heure. C'est plus important que tout. » Sur ces mots, elle a monté les escaliers dignement jusqu'à la porte principale, balançant ses larges hanches à chaque marche qu'elle gravissait laborieusement.

Ne me demande pas comment j'ai tenu durant les heures interminables qui ont suivi, alors que j'étais à peine capable de réfléchir. Invariablement mes pensées revenaient à Mme Deering et à ce qu'elle pouvait bien me vouloir. À tel point que je n'ai même pas été déçu de voir la récompense me passer sous le nez. C'est dire combien cette visite m'avait gâché la cérémonie. Pendant les projections, je fixais les images mouvantes sans rien distinguer d'autre qu'un grand flou sur lequel défilaient les derniers mois vécus avec Ambre. Par exemple, le jour où on avait pris un bain tous les deux dans ma baignoire, moi avec le foutu robinet dans le dos. J'avais plaisanté à propos de *quelqu'un* qui prenait automatiquement le côté confortable et lisse, comme de droit ; avant que j'aie eu le temps d'en dire plus, elle avait posé ses pieds sur mes épaules et m'avait balancé le gant de toilette mouillé sur la figure, contre laquelle il était resté moulé. Juste pour rire.

Je le lui avais renvoyé à mon tour avec le même effet. Juste pour rire. Puis on avait monté la barre de plus en plus haut, essayant de dégoûter l'autre : on se servait du gant d'abord pour se frotter les oreilles, les aisselles, l'aine ou les fesses, et ensuite on se le jetait sur les oreilles, les joues, les yeux, la bouche, avec une croissante jubilation à chaque nouveau coup ; et on avait ri sans nous arrêter jusqu'à ce que la salle de bains soit intégralement inondée. De tels moments, presque palpables, envahissaient parfois ma mémoire, mais il ne servait à rien de les remâcher. Je le savais, pourtant je ne pouvais pas m'en empêcher.

7 avril 1988

Je suis heureux d'annoncer que le lendemain matin, quand je suis entré dans le café bondé, j'ai vu que Mme Deering était redevenue elle-même, en chemise, pantalon et bottes de rando. Seuls ses ongles courts portaient encore une trace de la veille, vestiges de vernis rouge corail autour des cuticules. Elle avait déjà commandé, sans doute affamée à en juger par la manière dont elle dévorait ses œufs pochés et son toast par belles bouchées. Les tranches de bacon croustillant, elle les pliait tout bonnement en deux avant de les enfourner dans sa bouche. Elle a levé les yeux, m'a aperçu et fait un signe de tête, la bouche trop pleine pour articuler un mot. Je me suis assis, mais elle a continué à manger comme si de rien n'était. Une minute ou deux se sont écoulées, durant lesquelles j'ai tripoté le menu, puis cherché un serveur pour prendre ma commande. Son assiette nettoyée (ce qui n'a pas pris très longtemps), elle a avalé sa tasse de café d'un trait, histoire de faire descendre le tout. Puis elle a rapidement essuyé sa bouche avec une serviette en papier qu'elle a gardée en main, le temps que sa langue inspecte ses dents.

« Je suis désolée, je n'étais pas dans mon élément hier soir, a-t-elle déclaré en ramassant une miette sur la table pour l'écraser entre ses dents.

– Je ne m'attendais pas exactement à vous voir là-bas. Vous savez, vous avez piqué ma curiosité, vous voulez me dire… ai-je répondu, résolu à aller droit au but.

– Pas ici. Je ne pense pas que ce serait une bonne idée. Un endroit plus discret. » De quoi pouvait-il s'agir ? Pourquoi tant de mystères ? C'était donc si grave ? Je ne savais vraiment pas quoi penser en buvant le café qu'elle m'avait laissé commander, attendant, bras croisés, que j'en finisse au plus vite en me brûlant le palais. Puis, d'un pas décidé, elle m'a mené à sa vieille voiture trois portes, couverte de poussière. Je me suis installé côté passager, puis, sans me dire où on se dirigeait (à part chantonner « tu verras, tu verras »), elle a pris une direction qu'elle paraissait avoir précisément en tête. Elle brusquait le levier de vitesse, prenait les virages au plus serré, accélérait et ralentissait brutalement, ce que mon estomac ressentait péniblement de si bon matin. Finalement elle s'est arrêtée devant l'église Saint-Stephen, la petite église de bois blanc où Ambre et Stuart s'était mariés sept ans et demi plus tôt. À ce stade-là, mon cœur battait fort dans ma poitrine, mes oreilles bourdonnaient, comme si je vivais mon propre enlèvement et que ça soit ma fête.

Elle est sortie de la voiture avant moi et immédiatement s'est mise à décrire les caractéristiques de l'église d'un ton léger, détendu, style visite touristique. Puis elle a énuméré les moindres détails de ce lointain jour de mariage : comment le père d'Ambre, Les, avait conduit Ambre ici même dans son van à chevaux – après avoir enlevé la boue au karcher et mis son unique costume. Son visage rougissait à cause de la chaleur – mais il avait refusé d'entrer dans l'église parce que Danny s'y trouvait. Comment Ambre, pour une fois, n'avait pas prononcé un mot tout au long du trajet ; comment Candice, sa demoiselle d'honneur, s'était précipitée à son arrivée pour l'aider à s'extraire du véhicule, sous prétexte de ne pas accrocher la robe, mais pas seulement, avait suggéré Mme Deering. Ce voyage lent et cahoteux parcourait les méandres de sa mémoire, et j'avais le sentiment qu'elle se préparait à me faire culpabiliser.

La porte de l'église était fermée, mais pas verrouillée. L'intérieur, où il faisait cinq degrés de moins que dehors, entièrement en bois, donnait un peu l'impression de pénétrer dans une arche vide. Chaque pas était étouffé par un tapis rouge à motif fleurdelisé, qui conduisait vers l'autel, une sorte de courant irrésistible qui entraînait Mme Deering. Elle avançait à pas lents et solennels, comme si elle-même était la mariée en ce jour regrettable.

« Et c'est là qu'Ambre a prononcé ses vœux sacrés, a-t-elle dit d'un ton ferme en soutenant mon regard plus longtemps qu'il n'était plaisant. “Je promets de te rester fidèle, dans le bonheur et dans les épreuves, dans la richesse comme dans la pauvreté, *dans la santé comme dans la maladie, jusqu'à ce que la mort nous sépare*.” »

Je ne me suis pas laissé démonter, car j'avais décidé de rester calme, quoi qu'il arrive. Elle avait à l'évidence découvert notre liaison et j'allais probablement avoir droit à une leçon de morale, un blâme pour avoir détourné sa fille du droit chemin.

« L'une des petites-filles de Stuart était assise ici, dit-elle en désignant le premier banc. Elle n'arrêtait pas de faire tomber les clés de sa mère. À la fin, j'ai dû aller les confisquer à cette petite mal élevée, parce que sa mère la laissait faire. J'ai compris alors dans quoi ma fille s'embarquait en suivant ces gens-là, la famille gâtée et méchante de son mari. »

Un bref instant, Mme Deering a balayé la nef du regard, se remémorant toutes les personnes autrefois présentes, puis elle a pris une courte inspiration et a semblé impatiente de partir. De nouveau à l'air libre, aucun de nous deux n'était exactement ce qu'on peut appeler détendu, mais on a fait semblant de se promener ensemble, tranquillement, vers la baie ; en fait, je suis sûr qu'on appréhendait autant l'un que l'autre d'aborder *le* sujet, quel qu'il puisse être. C'était la baie même où j'avais attendu que le mariage d'Ambre et Stuart se déroule. À notre arrivée, les vents se levaient, la grisaille au-dessus de nous noircissait rapidement par larges quartiers, ici et là quelques rayons de soleil réussissaient à percer spectaculairement avant d'être maîtrisés.

Enfin, Mme Deering a trouvé un endroit qui lui convenait, un espace de sable presque sec et sans trop de coquillages. Je me suis assis à sa droite, tous les deux face à la mer, dans un instant de silence si redouté, prélude à la conversation sérieuse.

« Ça ne va pas être facile pour moi. » Elle a déplié une jambe, puis l'autre, à l'aide de ses mains, dénouant sans faire exprès les lacets d'une botte. « Je ne sais vraiment pas par où commencer.

– Commencer par le début me paraît bien. » C'était sorti plus sec que je ne le voulais, probablement parce que je me préparais à ce qui allait venir et que j'étais plutôt crispé.

« Je sais que tu aimais beaucoup ma fille », dit-elle enfin, m'étudiant longuement, le regard dur. Je l'ai affrontée bien en face, sans détourner les yeux. Qu'elle ne compte pas me faire honte ! J'avais aimé Ambre – je l'aimais toujours. Notre relation n'avait pas été qu'une aventure extraconjugale passagère. Je l'avais aimée pendant plus de neuf ans ; *aimée*, pas seulement *beaucoup aimée*. J'étais sur le point de lui mettre les points sur les i, mais elle a été plus rapide.

« Je sais que vous avez eu une liaison. Quand Stuart était mourant. »

Elle a reporté son regard sur la mer. Non loin devant nous, une mouette voletait d'un côté à l'autre, comme un cerf-volant au fil tendu dans une forte bourrasque.

« Mais est-ce que vous saviez qu'on s'aimait ? » ai-je demandé franchement.

Là, à ma stupéfaction, toute son attention est aussitôt revenue à moi et elle m'a dit d'une voix non dépourvue de chaleur : « Oui, ça aussi, je le sais. » Puis elle a joint ses mains, les a calées entre ses genoux et d'une voix émue, tellement émue qu'elle en était métamorphosée, elle m'a dit : « Ma fille est à toi.

– Quoi ? » Je n'étais pas certain d'avoir bien saisi. Comment Ambre pouvait-elle être à moi ? À moi, en esprit ? Est-ce que c'était ce qu'elle voulait dire ? Une sorte de lot de consolation ?

« Ma plus jeune, Gracie… Elle est à toi. »

Sous le choc, je suis resté abasourdi, pas sûr d'avoir compris ses paroles, mais trop gêné pour lui demander de répéter.

« C'est la tienne, a-t-elle repris en élevant la voix pour ne laisser aucune place au doute. Gracie est votre fille, à Ambre et toi. » Cette fois j'avais bien entendu. Mon Dieu, un flot d'émotions contradictoires m'a soudain envahi. D'un côté je ne pouvais pas y croire, de l'autre je *voulais* y croire. Tellement de choses se bousculaient dans ma tête : le jour où j'étais tombé sur Ambre en train de faire des courses pour bébé, ou à la ferme, deux jours plus tard, quand elle m'avait dit qu'il « était temps que je rencontre la nouvelle arrivée dans la famille ». Je me souvenais aussi du refus de Mme Deering que je voie l'enfant, de sa volonté de me tenir à l'écart.

J'entendais toujours Mme Deering parler, mais sa voix me parvenait d'un ailleurs lointain. « Quand Ambre est venue vivre avec moi… tout ce temps où tu n'as pas pu la voir pendant sa période de deuil, tu ne t'es vraiment jamais douté de rien ? »

Des éclats du passé obstruaient mon esprit tandis que je secouais la tête comme un automate.

« Elle était enceinte de quatre mois quand tu lui as fait ta visite surprise à Wynyard Road. Elle a failli ne pas ouvrir. Tu n'as pas été étonné qu'elle sorte d'une maison aussi moderne en gros manteau d'hiver ? »

Si, maintenant qu'elle le disait, bien sûr. J'avais cru, à l'époque, qu'Ambre était avec quelqu'un, qu'elle voulait me le cacher, et voilà pourquoi elle agissait aussi bizarrement. Bon Dieu, pourquoi ne m'avait-elle rien dit ? Si j'étais le père, j'avais le droit de le savoir ! Mais là encore, comment être vraiment sûr que Mme Deering n'inventait pas cette histoire ? Peut-être qu'Ambre était tombée enceinte de n'importe quel gars rencontré lors d'une de ces fameuses nuits sur le bateau. Peut-être qu'elle-même ignorait qui était le père. Et maintenant sa mère essayait de… me faire porter la responsabilité d'un enfant illégitime ? Elle considérait probablement que j'avais réussi ? J'étais indigné, je trouvais insultant de ne pas avoir été prévenu à l'époque, que personne n'ait eu assez confiance en moi pour me dire la vérité. Pourtant j'étais là, à espérer contre tout espoir…

« Pourquoi ne me l'a-t-elle pas dit ?! J'aurais fait ce qu'il fallait. Si l'enfant était de moi.

– Au début, elle n'en savait rien elle-même. Comme tu l'avais poussée à prendre la pilule, elle attribuait ses nausées, ses seins douloureux et son ventre enflé à une réaction normale. Et puis elle continuait de saigner un peu entre les cycles, il ne lui a jamais traversé l'esprit qu'elle puisse être enceinte. Après tout, elle prenait la pilule, c'était censé être sûr presque à cent pour cent. C'est plus tard, après qu'elle a arrêté de la prendre, après Stuart, quand elle a constaté que ses règles avaient complètement cessé, qu'elle a compris la vérité. »

Elle s'est mordu les lèvres, secouant la tête en signe de désapprobation. « Tu dois comprendre qu'elle a conçu cet enfant pendant son mariage. L'hypothèse qu'il s'agisse de l'enfant de Stuart, personne n'y aurait cru un seul instant. N'importe quel médecin aurait pu le certifier. Et Ambre était mariée à un personnage public, elle aurait été traînée dans la boue comme une femme légère, tout le monde aurait su qu'elle avait trompé son pauvre mari mourant. Elle aurait couvert toute sa famille de honte, elle aurait sali notre réputation. Nous, on n'est pas des gens importants, mais on est des gens bons, honnêtes, travailleurs, avec un rang à tenir dans la communauté. Elle, elle aurait sûrement tout supporté pour toi. Seulement, il y aurait eu des *conséquences*. »

Mme Deering a appuyé ce dernier mot – *con-sé-quences* –, attrapant rageusement une poignée de sable pour l'éparpiller ici et là, comme du grain aux poules.

« Ambre le savait très bien. Et moi, je lui rafraîchissais aussi la mémoire, de temps en temps : ce qu'elle avait fait ressemblait à un meurtre, un meurtre avec préméditation. Homicide involontaire, dans le meilleur des cas. Votre histoire ne tenait pas debout. N'importe quel jury vous aurait jugés sévèrement. Moi aussi, si j'en avais fait partie ! Tu avais un mobile : il fallait que tu te débarrasses de Stuart parce qu'elle portait ton enfant. Alors tu lui as cogné la tête. Il n'y a eu aucun témoin pour corroborer votre version des faits, je me trompe ? Il n'aurait pas fallu très longtemps avant qu'on découvre qu'elle payait mes factures, ce qui faisait de l'argent le second mobile. Vous étiez tous les deux désespérés – la seule échappatoire, c'était de le tuer, ou seulement, comme vous le croyiez, d'aider un peu la providence. Même moi, sa propre mère, j'ai eu du mal à la croire. Désolée, mais voilà à quoi ça ressemblait, en y regardant froidement. Il y avait plusieurs preuves concrètes contre vous. Un crâne défoncé, du sang sur le tapis, sur vos vêtements. Les ambulanciers pouvaient l'attester. Vous avez essayé de nettoyer les taches – l'aide-soignante, Mme Grant, l'aurait confirmé. Et même si un jury vous avait épargnés, les rumeurs auraient poursuivi l'enfant pour toujours : "l'enfant de l'adultère", "la bâtarde", "la fille d'assassins" ».

J'étais dans un état de choc. Mon Dieu, mais pourquoi Ambre n'était-elle pas venue me voir ? J'aurais trouvé une solution, je serais resté à ses côtés. Tout commençait à s'emboîter à présent, tel le fragile pourtour d'un puzzle de mille pièces. Tout de même, une prise de sang s'imposait, parce que je ne voulais être la dupe de personne, surtout si c'était l'œuvre d'un fumier qui s'était jeté sur elle une nuit où elle était bourrée. Mais alors même que ces pensées tournaient dans ma tête, déjà, dans mon cœur, je savais.

« Si un homme innocent comme Arthur Allan Thomas a été jeté en prison sans preuves, imagine ce qui vous serait arrivé ! Ambre m'a raconté que Mme Grant faisait des allusions sarcastiques et demandait une hausse importante de sa paie pour ses "efforts supplémentaires". Permets-moi de te dire d'ailleurs que les enfants de Stuart haïssaient Ambre, ils auraient veillé à ce que vous récoltiez ce que vous méritiez. Et pas un centime du testament. Tu ne vois pas que ma fille te protégeait ? Toi autant que votre enfant.

– Pourquoi me parler maintenant ? Pourquoi avoir attendu si longtemps ? » ai-je demandé, sur la défensive.

Avec son mouchoir, Mme Deering a tapoté ses yeux, comme si elle leur en voulait d'exprimer de la faiblesse. « Je veux que tu saches une chose : nous n'avons jamais regretté qu'elle vienne au monde, nous l'aimions avant même qu'elle arrive. Je savais que ce serait une fille, je le voyais à la forme de son ventre, large et rond, et à sa façon de le porter bas. Je le lui ai dit et j'avais raison. »

Elle a roulé son mouchoir entre ses doigts, puis, soudain fatiguée de le voir, l'a fourré dans sa poche.

« Le plan semblait parfait. On allait être heureuses ensemble, fortes ensemble, toutes les trois. Si le mensonge nous a réunies, en fin de compte, c'est aussi lui qui nous a brisées. On avait tout prévu, jusqu'au moindre détail. On pensait avoir tout prévu. Mais Ambre ne pouvait pas supporter la situation. Et moi, je ne pourrais pas élever Gracie jusqu'au bout. »

J'ai planté mon regard dans le sien pour y chercher la vérité et, voyant ses yeux fous de peur, je n'ai plus eu le moindre doute.

« Ils ne me donnent pas plus de deux ans. C'est l'utérus. On appelle ça recevoir la monnaie de sa pièce.

– Madame Deering, je vous en prie. Ces choses-là arrivent. »

Si bizarre que cela puisse paraître, j'ai mis mon bras autour de ses épaules et l'ai laissée s'appuyer contre moi.

« La tumeur a commencé comme une minuscule graine, qui a grossi à mesure que grossissait le mensonge. Je pensais avoir été assez punie par la perte de ma fille. C'était mon rayon de soleil, et maintenant… Je ne vivrai même pas assez longtemps pour accomplir mon devoir envers elle ! »

À ces mots, elle a enfoui son visage dans ses mains et lors des minutes qui ont suivi, j'ai caressé son dos, m'arrêtant par moments, pour la laisser à elle-même. Quand elle a paru plus calme et qu'elle ne reniflait plus qu'occasionnellement, je lui ai posé une question : « Quand… quel jour… le bébé est-il né ?

– Le 4 septembre 1984. D'après moi, elle avait une semaine d'avance, bien qu'il me soit impossible d'en être certaine. Si le bébé avait vraiment été celui de Les et moi, il aurait été plausible qu'il soit en retard d'une semaine. Rien qui puisse éveiller les soupçons. Je suis convaincue que le stress a fait accoucher Ambre plus tôt.

– Mais vous ne pouviez pas vous en tirer comme ça ? Les gens savaient forcément. Les médecins. L'hôpital.

– Tu ne comprends pas. Elle a accouché à la ferme. C'est moi, et moi seule, qui l'ai aidée. »

J'ai laissé échapper un soupir. « Quand même. On ne peut pas cacher quelque chose d'aussi flagrant. Vous dites qu'Ambre était enceinte. Vous non. Les gens ne sont pas aveugles.

– Tu n'imagines pas à quel point c'était facile. Peu de monde venait à la ferme. On était en hiver, elle portait le vieux manteau de Les. Toujours à cause du stress, elle n'avait pas pris beaucoup de poids. De toute façon elle n'a jamais dépassé les écuries. Et tu as tort, j'avais du ventre, et même un gros ventre. Tu vois, il me suffisait d'arracher des poignées de paille à l'épouvantail, de les fourrer dans un oreiller pour le rembourrer. Ambre et moi avons cousu des ficelles aux quatre coins et elle l'attachait tous les matins autour de mon ventre qui grossissait, et comment ! Je mangeais comme quatre, avec plus de dessert chaque soir. J'ajoutais de la paille toutes les deux semaines, si bien que le pauvre vieil épouvantail s'est dégarni au fur et à mesure que je devenais de plus en plus enceinte. À la fin, je n'enlevais même plus mon ventre la nuit, il m'aidait à me convaincre que tout était vrai.

– Mais… et le docteur qui l'a examinée ? *Lui*, il devait bien savoir.

– Il n'y avait pas de docteur. Elle n'est jamais allée en voir un. »

J'ai secoué la tête, incrédule.

« Et si quelque chose lui était arrivé ?

– Tout s'est passé exactement comme la nature l'avait prévu, le bébé bougeait et se développait, il était bien positionné.

– On parle d'un bébé humain, pas d'un poulain. Comment avez-vous pu prendre des risques pareils avec votre propre fille ?

– Pendant des millénaires, on a vécu sans obstétriciens. À t'écouter, on croirait que c'est un miracle que l'espèce humaine ait survécu. La nature sait comment s'y prendre, mieux que l'homme lui-même, en dépit de son arrogance à croire le contraire. »

Cette histoire me paraissait si folle, si risquée et si épouvantablement rétrograde. Presque comme Marie qui donne naissance à Jésus dans une étable, sans personne à part Joseph et un paquet d'animaux de ferme. Je n'en croyais pas mes oreilles. *Mon enfant!*

« Je me suis tenue à l'écart des gens et des regards. Mais les gens parlent. Parfois, certains passaient. Ils essayaient de me rassurer en disant que l'enfant était en pleine santé, vu mon ventre, mais ils voyaient que quelque chose clochait chez moi – à mon avis, ils pensaient que c'était à cause de la disparition de Lester. Vers la fin, quand je suis devenue énorme, des voisins venaient spontanément et, sans dire un mot, donnaient un coup de main pour les tâches les plus lourdes. Il fallait qu'on fasse très attention, Ambre et moi, dans ces moments-là. Plus je – ou plutôt elle se rapprochait du terme, moins on avait le droit à l'erreur, a-t-elle soupiré.

« La chance était avec nous. Un peu avant une heure du matin, Ambre a perdu les eaux et le travail a commencé. Les contractions étaient régulières, le col se dilatait bien. Le timing était bon. Si quelque chose se passait mal, je devais l'emmener à l'hôpital en urgence, ce qui aurait signé notre fin. Mais c'était écrit. Le bébé est né à 6 h 11, bien dodu, m'a-t-il semblé, même si on n'avait pas le temps de le peser. Une claque sur les fesses, un cri fort et clair, et je l'ai déposé sur une serviette. La seule difficulté a été de dégager le reste du placenta. Là, Ambre a souffert. “Regarde le bébé, je lui répétais, regarde ce beau bébé !” Il fallait que je m'assure qu'il n'en restait plus. On ne pouvait pas risquer une infection, comment l'aurait-elle expliquée ?

« Puis le moment est venu d'échanger nos rôles. Ambre s'est lavée, vite habillée et a brossé ses cheveux. Et moi, j'ai enlevé mon faux ventre, mes vêtements, je me suis mise au lit, dans les draps tachés de sang et de placenta comme si c'était le mien, mon enfant à moi. Elle a essayé de me le faire croire. J'ai crié de douleur quand elle a appuyé fort sur mon abdomen, pour que j'aie vraiment la sensation d'avoir accouché. Mais c'était encore insuffisant. Il fallait que j'aie une mémoire musculaire de l'expérience, que je ressente la douleur des contractions, a dit Ambre, et elle a enfoncé ses doigts sur mon bas-ventre, de plus en plus fort jusqu'à me faire hurler, hurler à la mort. Peut-être qu'elle m'en voulait de prendre possession de son enfant, le fruit de votre amour, mais aussi la preuve de votre péché. Peut-être qu'elle haïssait le fait d'être elle-même née, pour avoir à faire ce qu'elle faisait. Mais on n'avait pas le temps de réfléchir. À 6 h 42, Ambre a passé un coup de fil aux voisins, tandis que je hurlais de douleur à l'arrière-plan, et leur a demandé s'ils pouvaient venir vite, car je n'allais jamais arriver à l'hôpital à temps, le bébé était sur le point de naître ! À 6 h 56, leur pick-up débouchait à toute allure devant la maison. À 6 h 57, le voisin et sa femme sont entrés en trombe et m'ont découverte le bébé encore nu et taché de sang dans mes bras. »

Mme Deering s'est mise à rire toute seule. « Le plus drôle, c'est qu'on avait complètement oublié mon ventre. Il était là, par terre, mais personne n'y a prêté la moindre attention, les yeux rivés sur le bébé. On a failli mettre le feu à la maison quand ils sont partis et qu'on a jeté mon pauvre gros ventre de neuf mois, ou presque, dans la cheminée ! »

Sa gaieté s'est éteinte aussi vite qu'elle était apparue et elle est redevenue lugubre.

« La suite de la journée a été pire que le baby blues, pour nous deux. Le temps que la réalité commence à s'imposer. Les félicitations, les fleurs affluaient pour moi ; pas le moindre bouton de la moindre fleur pour elle. Tout le monde lui disait qu'elle devait être heureuse d'avoir une "si jolie petite sœur", qu'elle devait se montrer gentille et aider sa mère. Ce sont les visiteurs et leur comportement envers nous qui nous ont fait prendre conscience de l'énormité de notre acte, de notre gigantesque imposture. Mais quel choix avait-on ? On avait fait ça pour l'enfant… Et moi pour elle, et elle pour toi. La culpabilité nous liait les uns aux autres, comme une chaîne de forçats.

« Nous avons eu notre première dispute, cette nuit-là. Ambre et moi avions décidé qu'elle ne la nourrirait pas au sein. Nous avions du lait infantile en poudre tout prêt et prévoyions de donner à boire à Gracie à tour de rôle. Puis Gracie s'est réveillée en pleurant et, alors que je réchauffais un biberon, les pleurs se sont arrêtés. Je suis allée vérifier et j'ai trouvé Ambre qui la nourrissait au sein ! Elle a essayé d'expliquer qu'elle sentait ses seins engorgés, douloureux, mais je lui ai dit que l'allaitement ne ferait venir que plus de lait. Je savais qu'en vérité, la souffrance physique ne constituait qu'une petite partie de la douleur, celle de ne pas nourrir son enfant était bien pire. Mais pouvait-on embrouiller le bébé en le laissant s'attacher à la mauvaise mère, la sœur supposée ? Et même pour nous, les conséquences seraient catastrophiques. Elle devait renoncer ! Tirer son lait toute seule !

« Ambre, je suppose, avait pensé que je la sortirais de son bourbier et que mon rôle s'arrêterait là. Mais comment ? On était toutes les deux empêtrées à vie. On a fait de notre mieux, quant à savoir de qui était l'enfant… c'est devenu de plus en plus flou avec le temps, j'en suis venue à oublier qu'elle n'était pas vraiment ma fille. Car, légalement, oui, elle l'était, sur le certificat de naissance : mère, moi, Millicent Anne Deering, père, Lester Rayburn Deering ; un certificat de Saint-Andrew quand on l'a fait baptiser, marqué du sceau de la paroisse – oui, nous avons menti à l'église en prêtant serment. Mes chers vieux voisins ont été le parrain et la marraine les plus innocents qui soient. C'est moi qui l'ai tenue pendant que le vicaire lui versait de l'eau sur la tête, tandis qu'Ambre, seule, assise au milieu des bancs vides, me regardait d'un œil froid, sans vie. »

Pendant un moment, Mme Deering s'est tue, revivant certainement d'autres détails de cette journée dans sa tête. Puis elle a repris : « Vers la fin, quand Ambre était dehors toute la nuit, qu'elle perdait à moitié la tête à cause des substances illicites qu'elle consommait, je la savais dévorée de l'intérieur par le manque de son enfant. Elle avait besoin de ces cochonneries, pour s'empêcher de penser. Parfois, je me disais que, si je l'avais laissée aller en prison, payer pour ce qu'elle avait fait, elle aurait peut-être eu la conscience plus légère. Elle m'a reproché aussi d'avoir toléré que son père fasse la loi à la maison. C'était ça qui l'avait fait déguerpir si tôt. J'aurais dû le contrôler quand il était saoul, qu'il nous terrifiait, qu'il donnait des coups de poing à son frère. Elle-même a pris des allers-retours. J'avais pourtant essayé de l'arrêter. Comme j'ai essayé d'aider Ambre, quand sa vie est partie en eau de boudin ! »

Elle criait presque. Elle a dû s'en rendre compte, parce qu'elle s'est arrêtée d'un coup au milieu de la phrase suivante. Comme pour se reprendre, elle a écarté les cheveux de son visage, puis a aplani sa blouse.

« Quand je pense qu'elle a quitté la maison de Stuart quasiment dans la même situation qu'en y arrivant… Elle n'a même pas emporté sa bague et son alliance – tout ce qu'elle a pris, c'est 88 000 dollars, le strict minimum, pour me renflouer. Elle s'était occupée de lui pendant des années, jetant sa jeunesse aux orties pour un vieil homme grabataire ! Quel genre de mari est-ce pour une jeune fille en pleine santé ? Il s'imaginait quoi, qu'il pouvait s'afficher avec une fille jeune et jolie, remplir sa coupe à la fontaine de jouvence ? C'est un étalon qu'il faut à une jument, pas un hongre au dos creux, prêt à sortir dans la prairie profiter paisiblement de sa retraite ! Le peu qu'elle a osé prendre, c'est moi qui l'y ai poussée. Ma fille aurait pu être à l'abri du besoin pour toujours. À la place, elle a multiplié les petits boulots, ici à quatre pattes pour ramasser les noix, là les mains tachées de jus à force de cueillir les baies – une travailleuse saisonnière, elle qui aurait pu vivre toute sa vie comme une reine ! »

Sentant peut-être qu'elle s'était laissée aller trop loin, Mme Deering s'est mordu la lèvre, après quoi elle a paru choisir ses mots avec plus de tact. « Elle se sentait coupable. Je crois qu'elle a été quelquefois tout près de te révéler notre secret, de défaire tout ce qu'on avait fait. Mais j'avais dépensé l'argent de Stuart pour payer les dettes de la rénovation de la maison, des soins des chevaux.

« J'avais enfreint la loi pour l'aider, elle ne pouvait pas prendre le risque de m'envoyer en prison à mon âge. »

Ravalant son émotion, elle a regardé vers l'horizon.

« Et puis il y avait les périodes où elle ne sortait pas pendant des semaines, où elle ne mettait pas le nez dehors, pas même à la fenêtre. Elle tenait Gracie dans ses bras des heures durant, la regardait dormir, parfois toute la nuit, sans fermer l'œil. Je lui répétais : "Ambre, arrête, ne te fais pas ça." Ces nuits-là, j'en ai bien peur, lui faisaient plus de mal que celles où elle sortait avec ses mauvaises fréquentations. »

Les rides de Mme Deering s'étaient accentuées sur son visage figé, j'ai remarqué une larme qui traçait son lent chemin vers son menton tandis qu'elle marmonnait dans un souffle : « J'aurais dû accepter de perdre la ferme, j'aurais dû tout laisser filer… »

Paysages changeants

Quand Mme Deering m'a reconduit au point de rendez-vous du matin, impossible de me rappeler où j'avais garé ma voiture. Je pensais tellement à tout ce qu'elle venait de me révéler qu'on a dû passer plusieurs fois devant sans que je m'en aperçoive. Je n'étais pas peu soulagé de la voir enfin – ainsi que la prune glissée sous l'essuie-glace – mais ce n'était rien en comparaison de tout ce que je devais digérer. Mme Deering avait prévu de récupérer Gracie chez sa marraine, la voisine, la femme d'un vétérinaire à la retraite, qui s'était occupée d'elle depuis la nuit précédente. Comme convenu, je l'ai suivie. À la sortie de l'autoroute, j'ai continué de la serrer de près. Aveuglément. Elle mettait son clignotant, je mettais le mien. Elle tournait, je tournais.

Enfin, on s'est arrêtés devant une maison de famille au milieu de la campagne et j'ai senti ma poitrine me brûler. Bien sûr, j'avais déjà rencontré Gracie, je l'avais tenue dans mes bras quand elle était tout bébé, je l'avais même nourrie à la cuillère, mais cette fois j'allais la voir en tant que mienne, ma chair et mon sang, ma fille à moi. *Notre fille, à Ambre et à moi.* Et ça, je peux te l'affirmer, c'était tout autre chose. En plus, à son âge elle serait capable de dire et de penser des choses. Je n'oublierai jamais cette première fois où je l'ai revue. À un chêne gigantesque était accroché un pneu, en travers duquel Gracie s'était renversée. Ses longs cheveux et ses bras pendaient inertes d'un côté, ses jambes maigres de l'autre. À la vue de la voiture de Mme Deering, cependant, elle a paru instantanément reprendre vie et sautillé allègrement vers elle, en faisant tournoyer au-dessus de sa tête une souris en peluche qu'elle tenait par sa super-longue queue. J'ai soupçonné qu'il n'y avait pas de jouets pour elle ici, et qu'elle avait alors piqué cette chose misérable au chat. Une femme aux cheveux blancs titubait par la double porte vitrée, berçant dans ses bras un bichon frisé qu'elle couvrait de baisers. Elle semblait zinzin, mais fort heureusement Mme Deering ne s'est pas attardée à bavarder et, bientôt, mes yeux fixaient de nouveau son pare-chocs arrière poussiéreux.

En moins d'un quart d'heure, on était aux Écuries. Elles sont sorties de leur voiture en même temps que je m'extrayais de la mienne, toujours sans la moindre idée de ce que j'allais dire. Je me rappelle distinctement que j'essayais de bien la voir tout en évitant de la dévisager trop ostensiblement, bien sûr. D'accord, elle était de constitution élancée comme moi, mais comme Ambre aussi. Ses cheveux étaient moins blonds que dans ma mémoire, plus foncés à présent que ceux d'Ambre. Peut-être tenait-elle de moi sa lèvre supérieure bien dessinée ? Sinon, quoi d'autre ? La façon dont ses genoux se touchaient – pas exactement au point d'avoir les jambes en X, moi non plus, mais disons que ses jambes étaient plus rapprochées en haut qu'en bas, comme les miennes, et que ça se verrait si jamais on se tenait au garde-à-vous. Rien qui aurait sauté aux yeux si je n'avais pas été en train de chercher activement. Enfin, pas si activement. En fait, je mettais tout en œuvre pour produire un sourire, un bonjour qui la mettent à l'aise. Une partie de moi voulait terriblement la serrer dans mes bras, d'autant que je retrouvais tellement Ambre dans ses yeux brillants et espiègles, sa bouche coquine. Mais, par crainte de lui faire peur, je me suis retenu.

« Gracie, voici Ethan. Ethan Grieg. C'était un ami très cher d'Ambre… » Mme Deering lui a expliqué qui j'étais, avec une nervosité perceptible dans sa voix, dans tout son être, une nervosité probablement égale à la mienne.

Manifestant un degré de curiosité assez faible, Gracie m'a contemplé quelques secondes, puis elle a conclu, visiblement, que je ne représentais aucune menace pour son existence. Elle s'est adressée à Mme Deering de sa voix aiguë : « Maman ? Est-ce que je peux monter Salsa ? »

À quoi pouvais-je m'attendre ? Il était impossible qu'elle se souvienne de moi, dont elle n'avait jamais entendu parler. Et il était inconcevable que Mme Deering lui révèle maintenant que j'étais son vrai père, non ? Sa réaction était naturelle. Tout de même, Mme Deering a jeté un regard inquiet dans ma direction, craignant sans doute que le manque d'intérêt de Gracie me blesse. Mais, franchement, ça allait. J'ai simplement dit : « J'adorerais voir Salsa. »

Salsa, c'était bien ce shetland grassouillet qui avait été donné par le vétérinaire et sa femme un an plus tôt, et il était déjà vieux à l'époque. Il avait une robe sombre, un poil épais qui accentuait sa silhouette rondouillarde et, en plus, il était boueux, pas soigné. Rien pourtant qui dérangeait Gracie. Je dois avouer qu'elle était une petite cavalière impressionnante. À pas encore quatre ans, elle était capable de monter à cru et de sauter des bûches, elle adorait prouver ses talents à qui était prêt à assister à la démonstration. Au bout de vingt minutes, Mme Deering lui a suggéré de me présenter ses « autres amis ». C'est ainsi que j'ai eu l'honneur de rencontrer les poules en résidence – désolé, je n'ai pas retenu leurs noms. Et la petite chèvre blanche. Matty, je crois. Et le chat tigré borgne, Pirate. En faisant le tour de la propriété, j'ai remarqué que beaucoup de chevaux manquaient, leurs boxes étaient propres et vides, les portes basses laissées ouvertes.

Me tirant à sa suite par sa petite main, Gracie m'a mené à un enclos où une truie tachetée comme un dalmatien était étendue sur le flanc dans la boue.

« Je te présente Tsarine, a pouffé Gracie dans ses mains. Tu dois t'incliner devant elle. » Et pour me montrer l'exemple, elle s'est pliée en deux avec raideur.

Quand je me suis incliné, l'odeur nauséabonde a provoqué chez moi un haut-le-cœur, ce qui l'a fait rire à se tenir les côtes, pour mon plus grand agacement. Farceuse effrontée, comme sa mère. Puis la petite cafteuse a tout rapporté à Mme Deering et je suis passé pour une mauviette, après quoi elle a tenté de me traîner de nouveau vers Tsarine pour revivre ce grand moment. Cette fille, je l'ai compris, me mènerait par le bout du nez en moins de temps qu'il n'en faut pour le dire, si je ne restais pas sur mes gardes.

De retour à la maison, Mme Deering nous a servi des tasses de chocolat chaud et des biscuits secs. On a parlé de sujets consensuels, comme les gelées du matin, les cheminées qui ne chauffent pas aussi bien que les poêles à bois, les jours qui perdaient alors une minute de soleil quotidienne, tout ça pendant que Gracie traçait de complexes floraisons avec son spirographe – elle fabriquait du papier peint pour sa maison de poupées, m'a-t-elle expliqué. Puis je me suis relevé et j'ai demandé, en m'adressant à Mme Deering : « Est-ce que je pourrais revenir ce week-end ? Vous aider à tailler les bûches pour le feu, par exemple ? » On s'est compris tout de suite, on savait très bien ce que je demandais vraiment. Dans ce coup de main donné à la maison, il ne fallait pas voir le prix à payer d'un droit de visite, rien de ce genre, mais un moyen de montrer mon dévouement à ma fille, et à sa grand-mère qui avait essayé dans la mesure du possible d'être une mère pour la fillette.

« Oui, ce serait vivement apprécié », a-t-elle dit, acceptant gracieusement mon offre.

Avec le recul, je mesure à quel point Mme Deering devait se sentir vulnérable et angoissée, seule avec une enfant hyperactive, et de moins en moins vaillante. Mais c'était le genre de femme à montrer ses blessures une seule fois, puis à les cacher à tout jamais, comme l'océan qui s'apaise et paraît se remettre complètement, peu importe le nombre de pierres qu'on lui a jetées.

Après cette visite, ce jour-là, rien n'a plus été pareil. *Hourra ! J'avais une fille ! Un enfant avec Ambre !* J'étais euphorique, je voulais le crier sur tous les toits, le crier à tous les passants, le crier à tous ceux qui me connaissaient et qui ne me connaissaient pas. Mais, en réalité, je ne pouvais en parler à personne. Je ne pouvais pas le dire à mes parents, ni à ma sœur, ni à mes amis, ni à ceux avec qui je travaillais. La seule autre personne vivante à connaître mon secret, c'était Mme Deering. Personne d'autre. Pas même Gracie. Si Mme Deering mourait à l'instant, il n'y aurait plus que moi. Et qui me croirait ? Du point de vue des autorités ? Ça semblait tellement fou. Rien n'était simple, rien ne l'avait jamais été et je pouvais être certain que, désormais, rien ne le serait jamais.

Le miracle, c'était que notre histoire, à Ambre et moi, ait continué sans moi, tel un ruisseau secret qui avait dessiné son chemin incroyablement loin de sa source montagneuse. Il y avait quelque chose de beau là-dedans, mais inextricablement lié à Ambre, à la douleur et à la perte, les pires que j'ai traversées de ma vie. Un peu comme un enfant dont la mère serait morte en couches. Le père l'aimerait corps et âme, il lui serait d'autant plus précieux qu'il représenterait tout ce qui restait de la femme aimée, mais il ne pourrait jamais regarder l'enfant sans penser à la mère, sans la voir, sans qu'elle lui manque. C'était la même chose pour moi, je le crains.

J'ai fini par comprendre pourquoi Ambre n'avait plus voulu qu'on soit proches, pourquoi elle avait refusé aussi que je pose les mains sur elle, au cas où j'aurais remarqué les changements de son corps. J'en ai vraiment souffert, mais d'une toute nouvelle manière ; j'avais supposé qu'elle ne m'aimait plus et qu'elle agissait par intérêt financier, quand en vérité elle agissait par peur et par amour. À y repenser, sa grossesse était tellement évidente, comment avais-je pu l'ignorer ? Ambre m'aimait, mais elle ne me faisait certainement pas confiance pour que je reste muet, et je dois admettre qu'elle avait raison sur ce coup-là. J'aurais voulu écrire une déclaration, raconter toute l'histoire jusqu'au moindre détail, sans rien cacher. Un juge pourrait se faire une opinion par lui-même – ou elle-même, comme je devrais dire de nos jours –, j'aurais juré sous serment que chaque mot était vrai.

J'ai sorti un calendrier. Si Ambre était enceinte de plus de huit mois, la date de la conception devait tomber quelque part entre le début et le milieu de décembre 1983. Aucune idée de ce que je faisais le 4 septembre 1984, lorsque mon enfant est née. À cette heure matinale, je dormais, très probablement. Les mensonges étaient-ils devenus plus difficiles à mesure que Gracie grandissait ? Comment Ambre et sa mère avaient-elles réagi chaque fois qu'elle avait pleuré ? Avaient-elles échangé un regard avant que Mme Deering n'aille s'en occuper, ou Ambre prenait-elle l'initiative ? Comment réussissaient-elles à prétendre que M. Deering était son « Papa » ? À préserver le mythe du père mort avant la naissance de l'enfant ? Autant de questions que je ne pourrais jamais poser, pas ouvertement. Il y avait déjà assez de chagrin comme ça.

Je n'arrivais pas à chasser de mon esprit la scène décrite par Mme Deering : Ambre qui accouchait, puis changeait de place avec sa mère – une scène qui sortait droit d'un film d'horreur. Une grand-mère ensanglantée, une mère ensanglantée, du sang sur le bébé. Du sang sur Stuart. Tout semblait culminer en un vaste foutoir ! Pas étonnant que Mme Deering ait pensé qu'Ambre jouait avec le feu en renouant contact avec moi.

Je suis allé à la fenêtre du salon et je l'ai ouverte pour regarder le ciel de la nuit, longuement. On était à quelques jours de la pleine lune, elle était arrondie sans être ronde. Combien de fois Ambre avait-elle pensé à moi pendant notre période de silence ? Quand elle était assise, des heures, à regarder le visage de notre petite fille, est-ce qu'elle pensait à moi ? J'ai gardé cette vision d'elle jusqu'à en faire une Vierge à l'enfant, quelque chose de beau et d'immuable, né du pinceau de Raphaël ou de Ferruzzi. C'est une des images d'elle dont j'aime me souvenir. Et moi, je devais être une sorte de Joseph, celui qui fait tout autant partie de la scène, mais qui est toujours exclu du tableau.

À cieux ouverts

Me voici ce soir de retour d'une journée employée à filmer, allongé sur le dos, les cieux de l'Antarctique. Je dis cieux parce que chaque ciel successif peut être si radicalement différent du précédent qu'il serait difficile de croire que nous étions restés au même endroit. Le plus éreintant était de filmer avec des caméras à l'épaule, portées aussi longtemps que possible sans trembler. Ainsi, on a suivi un unique cumulonimbus noir qui emmenait la moitié du ciel, comme une vague gigantesque prête à s'écraser sur nous ; ou un nuage lenticulaire, dont la forme évoquait celle d'une tornade en furie, qui restait calmement en place, comme gelé. Catastrophes aux cours suspendus. Parfois nous laissions, une vingtaine de minutes maximum, une caméra sur son trépied, pointée vers le ciel comme un télescope, pour faire un accéléré. Notre but principal était de rendre justice aux nuages nacrés qui remplissaient le dôme céleste de leurs traits de pinceau, plus impressionnants que les plafonds peints dans les chapelles du monde entier. Des cirrus, tels des anges spectraux, volaient en parfaite synchronie dans le ciel, leurs teintes et motifs évoluaient sans cesse dans un kaléidoscope merveilleux ; ils se faisaient et se défaisaient constamment, comme il arrive parfois, je ne le sais que trop bien, à nos souvenirs.

L'hameçon

Les mois suivants, j'ai fait des allers-retours entre Auckland et Cambridge au point d'avoir la sensation d'appartenir à deux mondes séparés. Il y avait le monde esthétique et aseptisé du cinéma, lisse et inodore, issu de l'intellect, qui, dans son échappée abstraite vers l'art, n'hésitait pas à gommer les imperfections. Et puis il y avait le monde de la ferme, tangible, qui se pliait à la loi de la gravité, avec ses textures et ses parfums, ceux de la terre après la pluie ou du foin séché au soleil, où je pouvais me salir les mains et tirer fierté d'une tâche accomplie. Mais quel que soit le monde où je me trouvais, rien ne m'était aussi précieux que ma petite fille. On n'a pas mis très longtemps à devenir copains comme cochons. Après seulement quelques jours passés en ma compagnie, elle me suppliait déjà de monter à cheval pour chevaucher à ses côtés. Et, bien que ce soit franchement très loin de ma zone de confort, pour elle j'ai tenté le coup ; enfin, trois coups, après avoir été désarçonné deux fois avant de réussir à rester en selle. Néanmoins, le plus clair du temps c'était moi qui la prenais sur mes épaules pour faire le tour des enclos en courant, aussi bien que Salsa. Moi aussi, je savais sauter ! Des bûches, des barrières, une brouette de feuilles mortes. Je suppose que notre relation a bénéficié de ce que je lui offrais des trucs marrants, par exemple son premier cerf-volant.

Au début il s'écrasait à chaque lancement, mais aidée par quelques indications elle a vite appris à le faire descendre en piqué à trente centimètres du sol et, à la dernière seconde, à le relancer en vrille vers les hauteurs.

Gracie avait beaucoup de choses à m'apprendre, elle aussi. Au jeu des devinettes, j'étais à court d'idées, à son grand amusement, pour identifier la boule brunâtre et visqueuse qu'elle me présentait ; donc elle l'a ouverte et, à l'intérieur, j'ai vu une noix entière dans sa coque. Elle m'a montré une chenille sur un arbre à ballons qui, lorsqu'elle était assez grosse, se suspendait à l'envers, recourbant la tête comme un hameçon, pour se métamorphoser en un joyau vert ; jusqu'à ce que le temps patient lui permette de déployer deux ailes orange, tel le mouchoir d'un magicien, qui bientôt folâtraient dans les airs. Une fois, on est montés à bicyclette ensemble, c'est-à-dire sur *une* bicyclette, celle d'Ambre, décorée de serpentins autour du guidon et d'un panier fleuri. Je pédalais furieusement, les genoux me rentraient pratiquement dans le menton ; Gracie se tenait en équilibre sur le guidon et, au loin, Mme Deering, en tablier à carreaux sur le pas de sa porte, nous observait ; même si elle secouait la tête, je savais que nous avions sa bénédiction.

En fin de compte, je n'ai jamais demandé à Mme Deering qu'on fasse une prise de sang à Gracie. D'abord, je n'aurais pas eu le cœur de la voir pleurer de peur. Ensuite, je n'en avais pas besoin pour avoir la certitude qu'elle était ma fille. Les choses auraient été différentes si elle avait été conçue après notre séparation, à Ambre et moi ; au contraire, c'était arrivé au moment où nous étions le plus proches, il n'y avait personne d'autre. À part Stuart, je veux dire. Sans que je le lui demande, Mme Deering m'avait donné une copie du certificat de naissance de Gracie, qu'elle avait déclarée le lendemain de sa venue au monde. Ses voisins avaient été témoins, s'il fallait prouver quelque chose, mais nul besoin. On ne lui avait demandé que la date, le lieu, le sexe, la mère, le père, le métier du père, et quelques autres informations « factuelles ». Le bébé avait été vu le même jour par un pédiatre qui avait confirmé l'avis de Mme Deering – tout allait bien.

Je savais depuis longtemps que le groupe sanguin d'Ambre était O négatif, parce que, à l'époque, elle s'était vantée en blaguant d'être « donneuse universelle » alors que je n'étais que B négatif (loin d'être aussi généreux qu'elle, comme elle aimait à me le rappeler). La question allait resurgir deux ans plus tard, lorsque Gracie devrait faire un test sanguin, avant qu'on lui retire les amygdales, et il se révélerait qu'elle avait le même groupe que le mien, B négatif. Elle avait 75 pour cent de chances d'être B si elle était ma fille, à condition que le rhésus soit négatif, sinon je ne pouvais pas être le père. Mais elle l'était bel et bien, je le savais, même si évidemment j'attendais avec un peu d'appréhension. Cependant, je l'aimais déjà tellement à ce moment-là que d'être la fille d'Ambre aurait suffi pour que je veille sur elle, étant donné les circonstances.

On s'était plantés, Ambre et moi – surtout moi, qui avais vraiment tout foiré –, mais il me restait une dernière chance de faire quelque chose de bien, avec l'aide de Mme Deering. Peut-être pas vraiment « bien », mais moins mal. Pour cela, il fallait être pragmatique. Il n'y avait pas une centaine d'options qui s'ouvraient à moi, nous devions nous occuper de Gracie en priorité, sinon le jour où Mme Deering mourrait, légalement je ne serais personne pour elle. Au mieux, un ami de la famille. Son plus proche parent serait Danny, qui était ouvertement homosexuel et installé à Londres. Le Royaume-Uni tolérait les gays, enfin peut-être pas partout ni par tous, mais c'était plus ou moins décriminalisé (selon que les deux hommes le faisaient « plus » ou « moins » – et ça devait être deux hommes, pas plus). Quoi qu'il en soit, c'était toléré depuis plus longtemps là-bas qu'ici. Mme Deering, comme beaucoup de ses semblables à l'époque, désapprouvait ; elle pensait que son fils était perdu. Pire encore, il s'exposait au risque d'attraper le sida, la peine de mort assurée. Pour ne rien arranger, selon Mme Deering qui le tenait de Danny lui-même, depuis qu'il s'était séparé du gars à l'œillet, il changeait de copain toutes les semaines. Facile de comprendre alors qu'il n'aurait pas été dans une situation favorable pour élever un enfant. Je n'allais pas non plus la laisser aux mains de l'assistance sociale, ou la confier à des étrangers dans une famille d'accueil. Il faudrait me passer sur le corps. Or je devais affronter la réalité : en tant qu'homme seul, célibataire depuis longtemps et réalisateur, j'étais moi-même dans la catégorie des inaptes.

5 août 1988

Le mariage a eu lieu au tribunal du district d'Auckland. Pas l'endroit le plus romantique pour se marier, mais, j'insiste là-dessus, c'était absolument intentionnel. Mme Deering et moi avions demandé la licence de mariage quelques jours auparavant. Ce mariage était donc bien réel, légal et « contraignant », comme ils disent. En même temps, ni Mme Deering ni moi n'avions l'intention de le « consommer ». Vu sous cet angle il serait plus blanc que neige. Mais il était *légal*, par ce seul acte, je devenais le beau-père de Gracie. Ce qu'on faisait, ou plutôt ce qu'on ne faisait pas derrière les portes closes, c'était notre affaire, qui ne regardait que nous.

La mise en œuvre a présenté beaucoup plus de difficultés que je ne le laisse entendre car, si on voulait que ça marche, on ne pouvait dire à personne que la décision avait été prise pour des motifs pas du tout romantiques. Autant mes parents m'avaient toujours poussé au mariage, rabâchant que j'aurais dû me poser depuis longtemps, autant ils ont freiné des quatre fers quand je leur ai annoncé la nouvelle. Les contre-arguments ont déferlé, tout arrivait « beaucoup trop vite », j'avais « toute la vie devant moi ». « Je comprends qu'elle soit veuve et autorisée à se remarier, même le catholicisme l'admet, a dit ma mère, mais tu ne veux pas d'enfant à toi ? Plutôt que celui de *quelqu'un d'autre* ? » Mon père, sans dire grand-chose, était d'accord avec elle. C'était absurde, tout bonnement absurde. Je l'avais déjà, l'« enfant à moi ». Gracie était ma fille, pas celle de Mme Deering ! Il me fallait bien pourtant écouter toutes leurs sornettes, comme quoi Mme Deering était une « femme mûre et calculatrice », qui avait su profiter de mon « inexpérience » et de ma « naïveté ». Si on considérait ce que j'avais fait et ce que Mme Deering avait dû faire pour sauver la peau de sa fille – et la mienne au passage –, j'ai été tenté plus d'une fois de les éclairer sur leur bon et impeccable fils, qui à cette heure aurait pu moisir en prison pour homicide.

Pour le « grand jour », nous avions deux témoins. De mon côté, le fidèle, quoique sceptique, Ben ; du sien, la marraine de Gracie, la voisine femme du vétérinaire à la retraite, qui me jetait des regards méfiants comme si je voulais m'accaparer ses titres de propriété, ou si, tel un nouveau Humbert Humbert en puissance, je lorgnais sur la si jolie enfant blonde. À part eux, il n'y avait avec moi que ma famille proche et avec elle qu'un autre ami, le vétérinaire. Présence indispensable pour que tout ait l'air authentique. Mme Deering a bien joué son rôle, en robe blanche qui tombait jusqu'à ses genoux empâtés, avec une encolure en V et des manches bouffantes qui ajoutaient une petite touche élisabéthaine à sa tenue.

L'échange des vœux a été bref et simple. L'officiant m'a demandé de placer les alliances sur la Bible qu'il tenait devant moi. J'ai sorti de ma poche les anneaux tout simples, en or blanc, symboles parfaits de notre mariage blanc. Il ne faut pas oublier qu'on devait échanger des regards démonstratifs pendant que j'étais en train d'épouser la personne qui, dans un autre scénario, aurait dû être ma belle-mère. Personne n'aurait pu imaginer la quantité de nœuds qui me tordaient l'estomac. S'il n'y avait pas eu Gracie, toute réjouie, son petit panier de fleurs à la main, je n'en aurais pas été capable.

Après le mariage, j'ai emménagé à Fencourt comme prévu et, comme prévu, Mme Deering et moi avons entretenu la mystification en dormant dans le même lit double. Pas question de tomber dans la même erreur que les deux agents français compromis dans l'affaire du *Rainbow Warrior* : utiliser des lits séparés quand on prétend être en pleine lune de miel – ce genre de « détail » a grillé leur couverture une fois rapporté par le personnel de l'hôtel, après l'explosion. C'était un élément important de la Phase Deux du plan : tout devait avoir l'air aussi dangereusement proche du réel que possible, pour tromper le monde sans nous tromper nous-mêmes. Je restais au bord du lit de mon côté et elle restait au bord du sien. Une rangée d'oreillers calés entre nous évitait que même nos pieds se frôlent, ce qui laissait quand même largement de place à Gracie, qui sautait dans le lit aux aurores et nous embêtait jusqu'à ce qu'on lui prépare des pancakes. La plupart du temps, c'était Mme Deering qui s'en chargeait – pardon, Milly. Je devais m'accoutumer à l'appeler par son prénom : « *Milly* ». D'ailleurs « Mme Deering » n'était plus son nom, puisqu'elle était désormais Mme Grieg, exactement comme ma propre mère. *Mon Dieu, sauvez-moi.* Au début c'était bizarre, puis, avec l'habitude, ça l'a plutôt aidée quand elle avait besoin de ses médicaments antidouleur ou quand elle traversait une crise de panique au milieu de la nuit. Peu à peu, je me suis rendu compte qu'avec de simples paroles, prononcées d'un ton réconfortant, je l'amenais à se rendormir. Nous étions dans la même galère, il fallait qu'on s'offre mutuellement du soutien pour mener cette existence jusqu'au bout.

En dépit des nombreux inconvénients de vivre à la campagne, la compagnie de Gracie apportait une joie de tous les instants. Sa présence quotidienne auprès de moi me confirmait que j'étais vraiment à ma place, malgré la situation. Alors oui, je devais me lever tôt, avant le soleil, sept jours sur sept. J'avais des tonnes de travail et parfois je devais faire la navette, parce que les boulots que je décrochais dans la publicité rapportaient un argent appréciable pour renflouer notre compte commun. On a aussi joué la fusion à fond dans d'autres domaines : on cuisinait ensemble, elle lavait la vaisselle, moi le carrelage – le pied sur la serpillière, j'inventais une petite danse qui provoquait chez Gracie des crises de fou rire. Je prenais des photos de « la vie quotidienne », parfois avec le retardateur, on se serrait tous les trois dans le cadre. On sortait en famille autant que possible. Au supermarché je faisais rouler le Caddie à pleine vitesse entre les rayons, accompagné par les cris de joie de Gracie. On organisait des escapades d'une journée au bord de la mer. Il fallait voir comment je lançais Gracie en l'air pour la sauver des vagues. Ce n'étaient pas vraiment des vacances, mais dans l'album photo, ça passait pour tel. Chapeaux de paille, coups de soleil sur le nez, châteaux de sable.

Mon nouveau chez-moi me paraissait un mélange déroutant entre une vraie maison et un plateau de tournage, où nous, acteurs embauchés, improvisions nos rôles chaque jour qui venait. Mais il existait un endroit qui était pour moi une retraite sacrée, un sanctuaire, où personne du monde extérieur ne pourrait jamais pénétrer – c'était la chambre d'Ambre. Elle restait fermée et silencieuse, rideaux tirés, tout en place comme quand elle l'avait quittée pour la dernière fois. Quelquefois j'y entrais, j'écartais légèrement les rideaux et m'asseyais sur son lit… Alors, je lui parlais et lui demandais son avis. Évidemment, je n'attendais pas qu'elle me réponde. Mais j'écoutais ce que je pensais qu'elle aurait dit. Je pouvais encore entendre sa voix dans ma tête aussi clairement que si elle était là. Me voir obligé d'épouser sa mère n'a jamais suscité chez moi un sentiment d'infidélité ; au contraire, il était la preuve de mon dévouement à elle et à notre enfant.

Dans sa chambre, je percevais sa subtile essence. Sur la banquette à deux places en osier blanc, là où elle l'avait mise, reposait sa guitare acoustique, dont elle avait parfois joué, mais jamais longtemps ni sérieusement. Les couvertures ivoire de son lit étaient aussi froissées que si elle venait de les quitter. Son placard encore grand ouvert ne contenait que très peu de vêtements, rien ne subsistait de ses années, ou disons de ses années heureuses, avec Stuart. Seulement un jean déchiré, quelques hauts, une paire de baskets. Une veste en daim à franges, trop petite, qu'elle avait dû porter enfant. Une jupe en herbe, une longue robe bleue à paillettes au décolleté plongeant jusqu'au nombril – effort pervers pour dévoiler plus qu'elle ne couvrait. J'étais choqué d'une telle indécence, étranglé de jalousie lorsque j'ai essayé d'imaginer à quoi *cette tenue* avait servi… jusqu'à ce que je me rende compte, assez penaud, que ce n'était qu'un costume de sirène, dont le bikini assorti pendait au cintre d'à côté. Sous son lit, des jeux anciens avaient été rangés : un Trivial Pursuit, un Cluedo et un Ouija, l'une de ces planches pour communiquer avec les esprits, que

Vicky n'avait jamais eu le droit d'avoir. Quelques vinyles aussi prenaient la poussière, parmi lesquels *Rumours* des Fleetwood Mac, *Double Fantasy* de John Lennon et Yoko Ono, sorti l'année où le chanteur avait été assassiné. Sur la pochette, la photo de leur baiser sur la bouche, que j'interprétais comme un adieu pour toujours.

Au bout de trois visites semblables dans sa chambre, ma curiosité lancinante a finalement pris le dessus et j'ai ouvert le tiroir du haut de son bureau, non sans un terrible sentiment de culpabilité. C'était là-dedans, je dois dire, que se trouvait le foutoir. Il y avait pléthore de crayons, une grosse gomme en forme de gant de boxe fichée au bout de l'un d'eux. Une flûte en bambou fendue dans le sens de la longueur mais qui produisait encore des sons. *Fu fu*. Un coupe-papier qui aurait pu être une dague. Un vieux chrono à jamais arrêté. J'ai trouvé sa carte de bibliothèque, son permis, son passeport, même une série de petites photos d'identité lui rendaient justice. Quelques pièces qui n'étaient plus en circulation, une de dix centimes datant de 1967, portant le mot « shilling » pour aider les débiles présumés à la transition vers le système décimal. Sa médaille de baptême, ses insignes scolaires de crosse et de hockey, un d'ornithologie. Puis, au fond du tiroir, je suis tombé sur toutes les lettres que je lui avais écrites, certaines postées de France, encore dans leurs enveloppes d'origine. Je les ai contemplées, incapable du moindre mouvement. Elle les avait gardées, vraiment gardées, pendant toutes ces années. Même les petits mots marrants que je lui avais écrits, les notes idiotes. Elle y avait donc attaché de l'importance. Sinon, elle n'aurait pas mis de ruban autour. Je suis resté là un bon moment, à méditer.

La dernière chose que j'ai dénichée en farfouillant a été la bague d'humeur qu'elle avait achetée, bien des années plus tôt, la première fois que mes yeux s'étaient posés sur elle. Elle était devenue gris terne, même lorsque j'ai ouvert davantage les rideaux et que je l'ai examinée à la lumière. Je l'ai serrée dans mon poing pendant une minute, avant de la changer de main pour recommencer. Le temps ne pressait pas, car Milly avait emmené Gracie au vide-grenier d'un voisin. Pour finir, elle a viré au gris bleuâtre, bordé d'un léger halo orange, comme une première lueur. À cet instant, l'amour que j'éprouvais pour Ambre était beaucoup plus mûr, compréhensif, indulgent, et j'ai laissé glisser la bague dans ma poche de poitrine. Où elle est encore d'ailleurs, sous toutes ces couches laineuses. Je n'ose pas la regarder, de peur que mes doigts congelés ne la ramènent au gris terne. Je préfère la garder aussi chaude et lumineuse que possible.

Fin août 1988

Moins d'un mois après notre « mariage », Mme Deering et moi avions assez de photos pour faire croire que nous étions en couple depuis beaucoup plus longtemps, et le processus d'adoption de Gracie a pu commencer. Il pouvait prendre jusqu'à douze mois, nous savions que c'était une course contre la montre. Or, la règle peut sembler étrange, mais Milly et moi devions *tous deux* adopter Gracie par « adoption conjointe », même si Milly était déjà sa mère légale (et présumée biologique). On ne pouvait pas simplement effacer le nom de Lester Deering sur le certificat de naissance original et le remplacer par le mien. Gracie habitait déjà avec nous, ce n'était pas comme si elle allait être jetée dans les bras de deux parfaits inconnus, il n'empêche que nous avions à subir les mêmes examens scrupuleux que de parfaits étrangers.

Les photos avaient été prises dans ce but. Comme dans une publicité, j'exaltais notre petite vie de famille. Je suis même allé plus loin et j'ai remonté le temps pour modifier le passé. Par exemple, dans le vieil album de 1985 de Milly, il y avait une photo de Gracie à un an, le visage barbouillé de compote de pommes. J'ai demandé à Milly de prendre une photo de moi tout sourire, une cuillère de compote de pommes à la main, en classant celle-ci avant l'autre, on avait l'impression que c'était *moi* qui l'avais nourrie ce jour-là. Ces arrangements avec le passé servaient également un but plus émotionnel : à m'insérer dans la vie de Gracie toutes ces années où j'aurais dû être là, où j'aurais été là si seulement j'avais su. C'était un mensonge innocent, dans la mesure où j'étais bel et bien venu à la ferme et lui avais donné à manger quand elle avait à peu près cet âge, seulement je n'avais rien pour le prouver, hormis des images gravées dans ma mémoire, auxquelles personne n'avait accès.

Le principal exploit a été pour Milly de vivre assez longtemps, parce que l'Adoption Act de 1955, selon lequel un homme seul ne pouvait pas adopter une fille, était encore en vigueur. Donc, si quoi que ce soit arrivait à Milly avant, c'était fini pour moi. Évidemment, on ne prononçait jamais un mot sur sa santé qui déclinait. Pour donner le change, elle teignait ses cheveux en blond caramel toutes les quatre semaines et, au cas où une assistante sociale viendrait par surprise, elle ajoutait quotidiennement de la couleur à ses joues avec une poudre rosâtre. C'était sa manière d'attaquer le problème de l'extérieur et, croyez-moi, elle s'y attaquait aussi de l'intérieur. À la pause du matin, tous les jours ou presque, Milly jetait dans le mixeur un petit morceau de foie cru, un œuf fraîchement pondu, carotte, gingembre, ail et betterave, puis buvait tout en une seule fois. Malheureusement, il n'y avait aucun remède miracle, mais parfois elle regagnait de l'énergie. C'était une sacrée femme forte, Milly, elle avait une volonté (et un estomac) d'acier.

Ces gens de l'assistance sociale effectuaient leurs « visites » (plutôt leurs « inspections » selon moi) par paire, toujours deux femmes. L'une s'occupait de parler et l'autre de regarder. Celle des deux qui monopolisait la parole était, dans notre cas, une jeune femme appelée « Addison », qui me rappelait le genre de dessin de femme générique qu'on trouve dans les manuels de médecine. De taille moyenne, poids moyen, apparence moyenne et tout aussi moyennement sympathique, elle avait une coupe carrée, rasée derrière, d'une couleur brun terne comme ses yeux. Elle n'était pas spécialement froide, mais après des heures de visite et sans jamais devenir plus chaleureuse, elle avait fini par le paraître un peu. L'autre femme, une Maorie du nom de Marama, était plus âgée – à mon avis elle devait avoir en gros le même âge que Milly, la petite cinquantaine. Elle était celle qui restait silencieuse et observait, ce qui lui donnait un air de sagesse. Elle souriait (avec les yeux plus qu'avec la bouche) aux petites choses que je ne remarquais plus, comme le boudin de porte en forme de teckel ou le château de cartes que Gracie avait gardé dans un coin de la pièce.

« Les gens idéalisent souvent le fait d'avoir un enfant », a commencé Addison en me toisant, moi et moi seul, pendant que Milly était assise à côté de moi sur le canapé. « Ils ne comprennent pas ce que signifie être parents en réalité, ils ignorent que c'est un engagement long et difficile.

– Je me rends bien compte qu'élever un enfant implique du travail, du temps, de l'argent, des soucis, ai-je répondu, en pianotant sur mon genou.

– Pourquoi “soucis” ?

– "Soucis" n'est peut-être pas le bon mot. Comme tous les parents, je veux seulement le meilleur pour elle… »

J'ai entendu la porte d'entrée qui s'ouvrait et les pas de Gracie qui arrivait en courant.

« Attends un peu, Gracie, lui ai-je lancé. N'entre pas pour l'instant, on est occupés.

– Au contraire, il est important que nous vous voyions interagir avec elle », a observé Addison en guettant ma réaction. Elle a écrit quelque chose et l'a souligné plusieurs fois.

Dès que Gracie a vu les visiteuses, elle a baissé la tête, traîné les pieds, puis s'est arrêtée au milieu de la pièce, muette et misérable.

« Elle n'est pas comme ça d'habitude, elle est juste timide parce que vous êtes là », ai-je expliqué.

Addison a semblé en douter, mais Marama a fermement continué à lui sourire jusqu'à ce que, peu à peu, Gracie finisse par sourire aussi ; sentant qu'une opportunité se présentait, elle s'y est engouffrée en me jetant un rapide regard.

« Je peux jouer avec ton appareil photo ?

– Oui, ma puce, mais je m'en sers pour le travail, fais attention à ne pas le faire tomber », l'ai-je avertie en essayant d'afficher un sourire à mon tour.

N'en croyant pas sa chance, Gracie est partie avec son butin avant que je n'aie le temps de changer d'avis.

« Et tu fais juste semblant de l'utiliser ! » lui a crié Milly.

Les éclats de rire ont allégé un peu l'atmosphère, puis on est revenus aux choses sérieuses.

« Qui sont les membres de la famille élargie qui auront des contacts étroits avec Gracie ?

– Ma mère et mon père la verront pour Noël. Mais on sera là aussi, me suis-je senti obligé d'ajouter.

– Quelles occasions donnez-vous à Gracie de s'amuser avec d'autres enfants ?

– Chaque fois qu'on va au parc ou à la plage, elle se fait des amis facilement. »

Aucune réaction, juste quelques notes. Pas sûr d'avoir bien répondu.

« Gracie a déjà été vue par un pédopsychiatre ?

– Non.

– Manifeste-t-elle des peurs ?

– Euh… la nuit, elle aime bien garder une veilleuse dans sa chambre. »

Là encore pas de commentaire, juste quelques notes.

« Des inquiétudes particulières à propos de votre famille ? »

Milly et moi avons évité de nous regarder quand j'ai assuré : « Aucune. »

Suivit un silence gênant pendant lequel Addison, mains jointes, concentrait son attention sur nous, comme si elle se préparait à dire quelque chose de désagréable.

« Sans vouloir vous offenser, vous êtes un couple peu conventionnel. » Ce n'était pas une question mais une évidence, ce que n'importe qui penserait.

Milly a commencé à bafouiller : « Enfin, euh, oui… Je, euh, je suppose… »

Je suis intervenu : « L'âge de Milly est sans importance, c'est sa force, son esprit qui comptent bien plus. »

Alors que je continuais à débiter des louanges, elle m'a pressé la main pour me faire taire. Mes paroles avaient l'air de gêner Addison et ses yeux se sont dirigés vers les albums photos sur la table basse, ceux qu'on avait déjà montrés. Peut-être parce que Marama était plus âgée, elle semblait moins prompte à juger et j'ai remarqué son regard attendri. Elle n'avait pas encore dit le moindre mot, puis elle a fait un seul commentaire : quand elle avait vu Gracie pour la première fois, elle avait cru déceler quelque chose de moi en elle.

J'ai retenu mon souffle, il fallait réagir vite. « Ça remonte à longtemps entre Milly et moi. Il faut croire que… ce quelque chose, hum, *disons certaines manières à moi*, ont déteint sur Gracie dès le début. »

Et voilà. Une graine de doute s'était plantée dans leur esprit. Peut-être que l'enfant était de moi, après tout. Soudain, la plus jeune des deux semblait pressée d'en finir.

« Évidemment, l'âge n'est pas un problème », a-t-elle ajouté rapidement.

Ce qui m'a donné le plus d'espoir, c'est que Marama a continué de hocher la tête même quand le silence est revenu.

Quelque temps plus tard, est arrivée la décision de justice et nous avons donc adopté Gracie ensemble, Milly et moi, mais – et c'est très important – nous avons décidé de ne pas inscrire « adoptive » sur son nouveau certificat de naissance. Nous avons délibérément choisi une adoption plénière. Ce qui signifie que, sur le papier, Gracie est devenue ma « vraie » fille et moi son « vrai » père. Une grosse erreur était corrigée ! À partir de là, l'ancien certificat allait être scellé et archivé. Le nouveau dirait : « Millicent Anne Grieg, nom de jeune fille, Hall » et « Ethan Mathew Grieg », mère et père de « Gracie Aimée Grieg ».

Restait cependant quelque chose qui ne passait pas : l'idée que Milly soit la mère de Gracie, comme si Milly et moi avions vraiment été ensemble, mon Dieu, ça me dérangeait que Gracie grandisse en pensant une chose pareille. Je pressentais que j'aurais à m'en soucier plus tard. Au moins, désormais, elle était mienne. Personne n'y pourrait plus jamais rien.

Un ange

11 septembre 1989

Gracie est entrée à l'école. Fort heureusement, elle n'a pas eu à le faire le jour de son anniversaire comme les autres (un vrai rabat-joie devait sévir au ministère de l'Éducation pour avoir instauré *cette* règle), parce qu'elle a eu cinq ans pendant les vacances. Goodwood Primary, petite école de campagne, a marqué le début de ce que j'ai appelé en plaisantant la « Renaissance »: tous les jours, nous l'attendions à la sortie de la classe n° 1, d'où elle bondissait, les bras chargés d'œuvres d'art. Bientôt, ses travaux manuels ont dépassé la surface du frigo et commencé à envahir d'autres parties de la maison. Il y avait l'empreinte de sa main à la peinture sur une assiette en papier, suivie d'une série d'empreintes de sa main sur un panneau en carton, qui faisaient penser à une couvée de poules sans tête. Après, il y a eu la main en plâtre de Paris. (J'avoue que toutes ces reproductions de sa main prenaient une tournure légèrement macabre.) À la fin de l'année, un ange a été confectionné à partir de deux de ses mains de plâtre, et couronné d'un halo fait d'un cure-pipe chenille. Pour le sapin de Noël.

Très vite, j'ai senti les regards en coin des autres parents. Toujours la même comédie: ils dardaient leurs yeux dans ma direction, murmuraient quelque chose qui, sûrement, avait à voir avec moi ; puis la personne à qui s'adressait le murmure regardait autour d'elle comme par hasard, et son expression changeait à ma vue. Inévitablement, suivaient quelques rires complices. D'accord, personne ne me pointait ouvertement du doigt, mais je sentais bien qu'on parlait de moi. Le plus drôle, c'était que, quoi qu'ils se soient imaginé sur nous, Milly et moi, rien n'était comparable à la réalité.

Je profitais du fait que Gracie était à l'école pour emmener Milly à Auckland suivre son traitement. Pour autant que je pouvais en juger, il ne la rendait que plus malade : elle vomissait tout ce qu'elle ingurgitait, la simple odeur de la nourriture lui donnait mal au cœur. Je ne suis pas médecin, mais à mon avis le remède n'avait pas de sens puisque le manque de nourriture l'affaiblissait encore davantage. Assez vite, elle en est venue à se sentir incapable d'emmener Gracie à l'école, pas même de l'attendre dans la voiture quand on la déposait ou allait la chercher, au cas où les autres enfants se moqueraient de Gracie à cause d'elle. De toute façon, Milly ne se sentait pas à l'aise au milieu des autres mères, distantes, de la génération d'Ambre. Elle n'avait besoin ni de leur pitié ni de leur approbation.

19 décembre 1989

Ce jour-là, Milly a mis le holà. Plus de chimio, plus de radiations, acceptant le fait qu'elle allait mourir avec ou sans. Je crois pouvoir assurer qu'elle a profondément chéri les onze dernières semaines de sa vie, passées avec sa petite famille rafistolée : la fille de sa fille qu'elle aimait à la folie et moi en qui, d'une certaine manière, j'imagine, elle a trouvé une sorte de bon gendre, un partenaire mal défini et indéfinissable, mais qui a pris soin d'elle jusqu'à la fin. Parfois, j'avais l'impression d'expier mes fautes en m'occupant de la mère d'Ambre, comme si on m'avait donné une autre chance pour me prouver à moi-même que j'étais quelqu'un de bien. Oh, mais je l'ai fait pour Milly aussi. Je l'ai considérée comme une personne à part entière et je me suis soucié d'elle autant que d'une tante préférée et d'une fidèle complice. Oui, Milly a été courageuse et, jusqu'aux tout derniers jours, elle a vécu une « vie normale », à genoux dans ses rosiers pour couper les fleurs fanées ; de fatigue, sa tête tombait de temps en temps, pourtant elle continuait.

Après la mort de Milly, plus personne ne s'est moqué de moi. Soudain, on me parlait, on me proposait de garder Gracie *n'importe quand*, on m'apportait des plats faits maison et des paniers de fruits et légumes, *gardez le panier, j'insiste*. Quelques-uns me laissaient de quoi manger devant la porte, sans même s'identifier. Un changement d'attitude incroyable. Du jour au lendemain, j'étais un saint, un homme qui avait épousé une femme plus âgée, une femme que tous à présent savaient mourante, maintenant que la nouvelle s'était répandue. Un homme qui s'occupait désormais tout seul d'une petite fille. Souvent des femmes venaient vers moi à la sortie de l'école (pas toutes en même temps) pour me donner des conseils sur le b, a, ba de la méthode pour élever un enfant. En pleine époque où les femmes réclamaient le droit de s'engager dans l'armée, où elles se sentaient pleinement capables de tirer au fusil, ces mêmes femmes considéraient qu'un homme comme moi ne saurait pas charger deux tranches de pain dans le toaster et attendre – « pan ! » – qu'elles sautent à l'extérieur !

Seuls tous les deux, Gracie et moi, on a vécu une période de grand calme dans une maison beaucoup plus vide, mais on s'est débrouillés. Quelques mois de solitude plus tard, des occasions de travail se sont présentées à Queenstown, où les productions étrangères débarquaient maintenant pour réaliser leurs spots publicitaires, grâce aux « magnifiques arrière-plans » offerts par les montagnes aux sommets enneigés et les lacs miroitants. Sans doute ont-ils fait des merveilles et réussi à promouvoir les ventes de pastilles mentholées, de dentifrice, de sucre en poudre et de boules de coton, partout dans le monde. Et après tout pourquoi pas ? Pour me remplacer pendant mes absences, j'ai engagé une nounou, Doris, une femme compétente aux airs de grand-mère. Après quoi, j'ai décidé de réaliser ce documentaire sur l'Antarctique et de me rendre sur cette terre de blanc sans fin, où tout le bruit du monde, toutes les petitesses et sottises sont réduites au silence jusqu'à ce que seul ce qui compte demeure.

Ma chérie, ma seule enfant bien-aimée, je vais arrêter mon histoire ici, maintenant que tu la connais à travers moi et que tu as déjà compris à quel point elle te concerne et ce qu'elle signifie pour toi. Je sais que tu vas éprouver un gros choc quand tu atteindras l'âge de la lire. Non, Gracie, jamais le « mariage » avec Mme Deering n'a été plus qu'une fiction passant pour une réalité. Quoi qu'on ait pu te raconter, à toi et aux autres, nous n'étions pas « ensemble », pas de cette manière. On avait noué un lien fort, ne te méprends pas, entretenu un sens de la famille et de l'engagement en raison de notre amour commun pour toi. Notre « mariage » était un acte de désespoir, c'est vrai, mais aussi un acte de raison. C'était la meilleure feinte que nous avons pu trouver pour nous rapprocher au plus près de la vérité. En nous mariant, nous sommes devenus une famille, une famille composée de morceaux brisés et mal ajustés, grossièrement collés, par la seule glu possible : toi.

« Maman », celle que tu as toujours nommée ainsi, était en réalité ta grand-mère. Ton père biologique n'était pas Lester Deering. C'était ton grand-père, qui t'aurait certainement aimée, mais hélas il n'a pas eu la chance de te connaître. Quant à ta magnifique « grande sœur », Ambre, ce n'était pas ta sœur. C'était elle, ta mère. Elle qui t'a portée et qui t'a donné naissance. Pour te garder auprès d'elle, elle a choisi de vivre sous le même toit. Malheureusement ce n'était pas une bonne idée, puisqu'elle n'a jamais supporté de ne pas pouvoir te traiter comme sa propre fille. Ta mère et moi, nous n'aurions pas pu nous aimer davantage. En d'autres circonstances, je crois que nous aurions été heureux ensemble. Tu n'as pas de frère, désolé – Danny n'est pas ton frère, tu es enfant unique. Mais, bien qu'il ne le sache pas, c'est ton oncle. Et moi… eh bien, les Romains avaient deux mots pour désigner le « père » : *genitor*, le père biologique, et *pater*, le père légal, celui qui élève l'enfant. Je suis les deux.

Ni ta mère ni moi n'avons commis de meurtre, c'était un acte impensable pour nous. Est-ce que parfois j'ai souhaité que Stuart se dépêche de mourir ? Oh, que oui ! Ai-je pour autant eu la moindre intention de hâter sa fin ? Non. Jamais. Mais, en effet, notre négligence, notre imprudence – surtout la mienne, mes actes irresponsables pendant cette nuit fatale, mon comportement irréfléchi, autant d'éléments qui ont malgré nous précipité la mort de Stuart. En un sens, je suis coupable d'homicide. Après tout, c'était moi qui y avais poussé ta mère, c'était moi l'instigateur, le fauteur de trouble. Ma « boussole morale », si tant est que j'aie possédé un machin aussi finement réglé en moi, semble s'être brisée dans la frénésie de notre amour, il n'y a pas d'autre explication. Le fait que Stuart serait mort inéluctablement ne m'exonère en aucune façon.

Je reconnais que te balancer ce flot de vérités est injuste. Comment serait-il jamais possible pour moi, ou toi, de dire à mes parents qu'ils sont en réalité tes *vrais grands-parents* ? Plus la vérité se répandrait, plus ta situation deviendrait invivable. Tes papiers officiels, ton certificat de naissance, rien ne serait en adéquation avec ce que tout le monde apprendrait. Se poserait aussi le problème de la loi. Essaie de comprendre cet enchevêtrement en imaginant un de ces dessins au spirographe – tu te souviens du spirographe avec lequel tu jouais pendant des heures, lorsque tu étais petite ? D'abord tu ferais un joli motif, en bleu, toutes ces boucles symétriques qui créent des ronds encore et encore, ensuite tu prendrais un stylo rouge et tu en ferais un autre par-dessus le bleu. Il n'enlèverait rien à celui du dessous, mais il le rendrait plus complexe à chaque nouveau tour et détour du tracé fou. Ton histoire, c'est pareil. Les deux tracés t'appartiennent, ensemble ils font de toi ce que tu es.

Je ne nierai pas que j'ai des regrets, des remords, que j'aurais aimé qu'il y ait eu une répétition générale de vie, qui m'aurait permis de faire mieux quand se serait présentée celle qui compterait pour de vrai. Je crains aussi qu'en mettant l'accent sur mes fautes au lieu de me montrer sous un bon jour, tu me juges trop sévèrement. Peut-être que tu n'approuveras pas ma conduite, trop ouverte, et trop franche, ma volonté de ne rien te cacher des choses de la vie. Ta mère et moi n'étions pas Ken et Barbie, personnages moulés sans aspérités, corps incomplets par pruderie. Nous étions des êtres authentiques et entiers, je voudrais que tu nous connaisses et nous comprennes en tant que tels. Je ne veux pas séparer le sexe de l'amour, ils sont autant liés que le cœur et le sang, l'un inutile sans l'autre ; naturellement, par cet acte d'amour, nos sangs se sont mêlés en un seul, qui continue à couler en toi grâce aux battements de ton propre cœur.

La plupart des parents s'emploient à empêcher leurs enfants de faire des erreurs. Le meilleur conseil que je puisse te donner en tant que parent, serait : FAIS DES ERREURS – ce n'est pas un drame de se planter, mais c'est la seule manière de sentir réellement ce qui ne va pas. Si tu es dévorée par le chagrin, ne va pas avaler un cachet, fumer ou sniffer je ne sais quoi pour calmer la douleur, comme l'a fait ta mère. Je t'en supplie, pas de poudre blanche ni de cristaux, jamais. Ce sont les plus traîtres des amis. La douleur, ma chérie, ne la considère pas comme une ennemie, mais comme une alliée. Si tu mets ta main au feu, c'est la douleur qui te protège, en te forçant à la retirer. C'est la douleur qui te pousse à redresser un tort, à l'affronter. Tu recevras probablement des coups en cours de route, mais ce sera certainement moins ennuyeux qu'une vie lisse, si facile, si plate… et si rapidement vécue ! Tu vois, l'ironie de la vie, c'est qu'on garde un souvenir vivace des difficultés, alors que les moments où tout roule laissent peu de traces.

Ma chérie, lorsque tu auras atteint mon âge, s'il n'existe rien dont tu sois honteuse, rien que tu rêverais de n'avoir jamais fait, rien que tu aurais voulu aborder autrement, rien qui te ronge de regrets ou te courbe de peine, rien qui te fasse rougir d'embarras, c'est que tu n'auras jamais dansé le tango avec ta jeunesse. Ne pense pas non plus, comme moi autrefois, que le monde dans lequel tu vis est et sera immuable. De même que les paysages du monde ne cessent de changer, les sables bougent, les glaces se déplacent, recouvrant et découvrant des contrées entières ; l'eau cède place à la terre et la terre à la mer ; des continents s'entrechoquent. De même, dans la société humaine, rien n'est figé pour toujours, ni le bien ni le mal.

En l'espace de ma seule vie, le monde a changé comme je ne l'aurais jamais cru possible, pas même dans mes rêves.

Ainsi, il y a un an, la chute du Mur de Berlin, la fin de la guerre froide, l'écroulement des blocs de l'Ouest et de l'Est, et *de facto* le communisme reconnu tacitement comme une erreur du passé. Les hourras, la musique, la jubilation ont marqué un autre moment magique, tel que le festival Nambassa il y a dix ans. Je ne veux pas t'ennuyer, j'essaye juste de te donner une idée de la vie que nous avons connue à cette époque-là, parce que nous ne sommes pas seulement liés l'un à l'autre, mais aussi à tous ceux qui vivent à la même époque que nous.

Le temps te jouera des tours. Ce qui t'apparaissait bien à une époque ne le sera pas nécessairement plus tard ; mais quand tu auras des regrets, sors de ta peau du moment et glisse-toi dans celle d'avant. Si le passé avait ses raisons à lui, n'y pense plus. À chaque jour selon son époque. Nous ne sommes pas faits pour vivre comme des voyageurs dans le temps. Ma chérie, je ne te dirai pas d'empêcher le mal de t'atteindre, car parfois il le fera, c'est la vie. Mais je te dirai : ne laisse pas le mal te *faire du mal*. Protège ce qui fait de toi une personne unique, qui ne ressemble à aucune autre au monde, garde-la intacte. Ici, j'ai vu de la neige aussi loin que l'œil peut voir, et pourtant il en tombe encore, parfois pendant des jours entiers. Comment concevoir qu'il n'existe pas deux flocons de neige semblables ? Pourtant c'est vrai, chacun possède son propre jeu d'aiguilles, de plaquettes et de colonnes, chacun sa fragilité qui englobe sa propre minuscule parcelle d'espace et de silence. Je me souviens encore tellement bien de ta mère, Ambre. Elle était la seule à lire en moi comme dans un livre ouvert, la seule à me faire rire, comme personne d'autre, rien que son rire me faisait rire. Elle était la seule à me donner le sentiment d'être entièrement vivant. Avec n'importe qui d'autre j'avais l'impression de mener une existence plus fade, comme apparaît l'envers d'un tableau dont les couleurs ont traversé la toile. Bien sûr, c'était avant que je n'apprenne ton existence, car ensuite les couleurs, les teintes et les nuances se sont révélées de manière impressionniste. Tu m'as redonné goût à la vie, Gracie, tu m'as appris que le ciel est toujours changeant, que tant que nous vivons, il y a toujours quelque chose de plus à vivre. Le plus beau cadeau qu'Ambre m'ait jamais donné c'était toi, et avec toi un amour que je n'avais jamais éprouvé auparavant, le bonheur serein et simple de devenir père. Mais n'oublie jamais, Gracie, combien ta grand-mère, ta Mamie, t'aimait elle aussi. Ne doute pas non plus combien ta mère t'aimait, malgré son impuissance à vivre cet amour ouvertement comme ta vraie mère. Quelles qu'aient été ses faiblesses et ses fragilités, j'adorais ta mère au-delà de tout et je veux faire les choses bien, pour elle, jusqu'à la dernière.

Tous ces actes absurdes, simulations, dissimulations, se justifiaient par notre désir de faire au mieux pour toi, de te protéger. Et voilà que plus j'y pense, plus je commence à douter. Je commence à me dire que, peut-être, la meilleure manière d'y parvenir est de garder ma bouche cousue. La vérité est parfois surévaluée. Il y a les potentiels dégâts psychologiques sur toi à prendre en compte, la possibilité que ça m'attire des ennuis, que j'atterrisse en prison, d'où je ne pourrais plus prendre soin de toi. Non, il y a trop gros à risquer. Je ne veux pas te causer le moindre chagrin – la vérité est décidément trop terrible à dire, surtout après tout ce temps. Une fois la mèche vendue, c'est trop tard. J'ai soulagé mon cœur, c'est suffisant et ça m'aidera au moins à enjamber le passé, à aller de l'avant.

Maintenant que j'y pense, quelques petites erreurs dans ta vie, d'accord. Mais n'en commets pas de grosses, comme je l'ai fait. Vis plutôt en accord avec ce que ta grand-mère et moi t'avons toujours appris. Reste dans les clous. J'y veillerai aussi.

Je devrais déchirer ce journal en mille morceaux et l'envoyer, poignée par poignée, aux vents catabatiques, telles des bourrasques blanches, virevoltant, dansant au milieu des flocons à chaque nouvelle neige. D'innombrables fragments resteront inconnus de tous, et cependant préservés, d'une certaine façon, pour toujours.

J'imagine que nous y sommes, c'est la fin du chemin pour moi, dans ce lieu où plus aucun chemin n'existe, la neige recouvre tout, et je m'arrête ici. Au revoir. Fin.

4 heures. 27 février 1991

C'est Bertrand qui écrit ces lignes. Tu n'avais pas noté ton nom dans le registre des sorties comme tu étais censé le faire, ni l'heure prévisionnelle de retour, ce qui ne m'a pas paru très bon signe. Alors à l'heure inhumaine indiquée ci-dessus, je suis sorti et me suis gelé les miches pour suivre les empreintes que tu avais laissées dans la neige, aussi grandes et profondes que celles d'un yéti – un vrai jeu d'enfant. Tu es un sacré chanceux que je t'aie suivi. Un faux pas et tu aurais pu t'enfoncer dans la neige jusqu'à disparaître – on ne sait jamais, par ici. Enfin, j'avais l'impression d'être devenu un bâtonnet glacé quand je suis arrivé au bout de tes traces avant la crête suivante. Il m'a fallu un certain temps, mais j'ai réussi à récupérer la plus grande partie de ce que tu avais déchiré. Maudit, je me doutais bien de ce que tu allais faire, à vrai dire je craignais le pire hier quand, de retour à la base, j'ai vu que tu avais balancé au recyclage ta « machine-à-écrire-imprimante-en-un » que tu appelles ton « traitement de texte » ; d'ailleurs, j'ai pris la liberté de la remettre à sa juste place sous ta couchette. Tu as sans doute pensé que je ronflais en chœur avec nos voisins de chambrée, cette nuit, mais en fait, j'étais déterminé à te pister quand je me suis rendu compte que tu fouillais dans ton casier, puis que tu filais par la porte de derrière en essayant de te faire aussi discret qu'une souris. Combien j'ai été heureux d'avoir pris mes précautions d'avance, c'est-à-dire, si tu veux vraiment le savoir, pendant l'une de tes pauses sur le trône, qui durent toujours des plombes.

Ce que je te remettrai bientôt ne sera qu'une copie Xerox de l'original et le papier n'est pas de la meilleure qualité; mais, au moins, j'ai gardé le contenu en sécurité. Et si de nouveau tu devais avoir l'idée de le tailler en confettis, ne t'en fais pas, j'en ai une autre copie dans un endroit sûr. Je suis désolé, mais moi aussi j'ai une confession à faire. Pendant tout le temps passé ici, tu m'as rendu sacrément curieux de savoir ce que tu pouvais bien écrire à la moindre occasion. Il fallait que je le sache, c'était plus fort que moi, comme le besoin de franchir une montagne simplement parce qu'elle est là. Tu peux comprendre, j'espère. Tu m'avais toujours dit ce qui arrivait dans ta vie, et tout à coup, ici, tu t'es renfermé, pas moyen d'en apprendre sur ce qui s'agitait dans ton ciboulot. Puis, une fois, je t'ai vu ranger ce journal dans ton casier… et bref, je n'ai pas pu résister. D'abord, j'ai juste jeté un coup d'œil en douce à quelques passages au hasard pour savoir si tu écrivais sur nous; ensuite – c'est ta faute –, je n'ai tout simplement pas pu m'arrêter. J'en lisais un bout de plus chaque fois que tu partais chercher des pierres tombées du ciel, que tu te lavais ou que tu dormais. Attention, ce n'est pas comme s'il y avait eu effraction! Tu n'avais posé ni verrou ni cadenas. Oui oui, je savais très bien que je ne devais pas faire une chose pareille. Mais je brûlais de connaître la fin.

Je suis désolé, moi aussi je ne suis qu'un humain, après tout. Si tu me pardonnes, je te pardonnerai aussi les descriptions de moi en « sous-traitant du père Noël » et « psychopathe dans les bois ». Vois-tu, c'est Aurélie qui choisit mes vêtements, vu que je n'ai pas de temps à perdre dans cette quête sans intérêt, et que je tiens à maintenir des relations harmonieuses dans un couple de trente-quatre ans. J'ai intérêt à montrer ma reconnaissance pour tous les efforts bien intentionnés, que j'aime ou non ce qui atterrit sur mon dos ou ma tête. Or le frère de ma femme travaille dans un restaurant, voilà pour l'histoire de la casquette. Quant à mon « corps grassouillet », il sert, là où j'habite, à m'isoler du froid. Et si j'ai parfois besoin d'un verre pour faire le plein d'un mariage de trente-quatre ans, eh bien, je peux vivre avec un « nez de poivrot », si Aurélie le peut ! Je me dois cependant d'insister pour que tu rendes justice à ma « grosse barbe ébouriffée », que tu décris comme une « éponge grattoir en cuivre ». Il se trouve que je vis dans une partie du monde connue pour son climat froid et rigoureux, je ne voudrais pas que mon visage gèle et se craquelle. Personnellement, j'aime à penser que je ressemble plutôt à Socrate. Si tu pouvais écrire deux ou trois mots à propos de Socrate et en glisser un sur ma sagesse, pour que ta fille sache quoi penser de moi quand tu auras le courage de lui montrer tes écrits, ce serait vraiment apprécié.

Voilà, c'est ici que tu avais arrêté ton histoire, en pensant que c'était la fin. Je ne suis pas souvent sérieux, mais cette fois je suis sérieux à mort. Ce n'est plus le PRS pour toi, le Point de Retour Sécurisé, mais le PNR – le Point de Non-Retour. Je ne le dirai qu'une fois. Il faut que tu ailles au bout de ce que tu as commencé, il n'y a pas de retour en arrière possible. Tu dois la vérité à ta fille, elle a le droit de savoir. Elle ne t'en aimera que plus, sachant qu'elle peut te faire confiance si tu t'ouvres à elle. C'est aussi la seule manière de savoir si tu peux de ton côté lui faire confiance. Ce que j'essaie de te dire, c'est qu'en montrant le vrai toi tu peux découvrir la vraie Gracie. Il n'y a pas d'autre moyen. Elle t'aimera pour ce que tu es, pas pour ce que tu prétends être, et tu te sentiras beaucoup mieux. T'inquiète, tout ira bien.

Peut-être qu'autrefois j'ai été un mentor pour toi, mais maintenant tu peux me considérer comme ton vieil et fidèle ami, celui sur lequel tu peux t'appuyer par beau et mauvais temps,

Bertrand

PS : Tu n'as pas à me remercier ou même à prononcer un mot. Disons juste que j'ai remboursé une ancienne dette. Pour l'élan.

L'élan

10 h 45, 27 février 1991, Jour du départ

C'est moi, ton père, de nouveau. J'ai éprouvé quelque chose d'inimaginable quand je suis sorti tout seul, à l'insu du groupe, dans les longues volutes des congères et la lumière tamisée de cette nuit polaire qui ne connaît pas la nuit. Le silence était tel que même les sons que *je* produisais me déconcertaient, mon propre souffle, mes propres pas, tandis que je me dépêchais de monter la colline sans destination particulière en tête, seulement l'idée floue de trouver un coin secret. Je suis resté à l'écart des drapeaux rouges et verts délimitant la voie, et des noirs signalant le danger, me frayant un chemin jusqu'au moment où j'ai eu l'impression d'être arrivé en un lieu qui m'attendait sereinement, à cause de la façon qu'avaient certaines pentes neigeuses de se rejoindre, la crête de pression juste après offrant un petit refuge contre le vent. Seule une fine couche de neige était régulièrement soufflée de la surface pendant qu'une nouvelle la remplaçait sans cesse.

Puis, en pensant à ce que j'avais à faire – détruire les chroniques d'une partie si importante de ma vie et de celle des proches qui me sont le plus précieux –, j'ai été pris de doutes. J'ai dû les chasser de mon esprit. J'ai retiré mes gants et utilisé mes deux mains pour déchirer mon journal et réduire les pages en lambeaux minuscules, ce qui a demandé plus d'effort que prévu. Mais ce qu'il fallait faire devait être fait.

Malgré les hésitations et les blessures, je savais que j'agissais pour le mieux. Les confettis se mêlaient bien à la neige, prêts à se soustraire au regard une fois que le vent en aurait éparpillé la plus grande partie. Pourtant, ils garderaient toujours en eux notre essence secrète, aussi fragmentée et dispersée soit-elle, sur le continent gelé.

À mon retour aux bâtiments vert pâle de la base, tout avait été recouvert d'une neige légère, aussi délicate que du duvet de chardon. Pendant quelques instants, à moitié gelé devant la porte du sas d'entrée, j'ai piétiné sur place pour débarrasser mes bottes de la neige. Je ne sentais plus mes jambes ni mes pieds, seulement la douleur dans tous mes os et mes dents jusqu'aux racines. Enfin, tout raide, je suis entré et me suis engagé dans le tunnel qui reliait le bâtiment aux huttes Quonset, jusqu'à la chambre-dortoir et l'odeur de trop d'hommes entassés dans un si petit espace. Veillant à ne pas trébucher, j'ai mis mes vêtements de nuit ; puis, en posant mon pied sur la couchette du bas pour me hisser, j'ai remarqué que Bertrand était parti – il était probablement déjà debout, occupé à rassembler les affaires pour aujourd'hui. Ça ne m'a pas empêché de tirer les lourdes couvertures jusqu'aux oreilles et, dans ce coin étroit, propice à la claustrophobie, de m'enfoncer dans le sommeil le plus profond et le plus réparateur que j'aie connu depuis des années.

Je me suis levé, affamé et ravi de voir Bertrand dans la cuisine, revêtu de sa combinaison de ski rouge, préparant un festin de roi pour les hommes qui, comme moi, avaient trop dormi et raté le petit déj' à heure fixe. Il y avait de l'excitation dans l'air parce que c'était le jour de notre départ, sacs de voyage, sacs à dos, attirails déjà emballés par les lève-tôt, chaises empilées contre le mur. Bertrand n'allait quand même pas se contenter d'un léger petit déjeuner avant d'entamer le trajet, il aime trop les versions copieuses et il peut les savourer sans culpabilité aucune, sans souci de sa panse, à condition de réussir à faire manger les autres autant que lui. Cependant, ce matin, tout le monde avait pris simplement un bol de riz soufflé, à sa grande déception. Leur refus de « faire le plein » (l'expression que Bertrand préfère au terme *manger*) s'expliquait par notre excès de nourriture et de boisson la nuit précédente, qui marquait la fin du tournage. Je n'ai eu aucun problème, en revanche, à laisser Bertrand me servir copieusement en œufs (conservés dans l'huile d'olive avant d'être envoyés ici) et en saucisses congelées qu'il avait réussi à rendre goûtues en les passant à la poêle. Café, sucre, lait concentré.

J'ai voulu laver ma propre tasse et mon assiette et les ai apportées à l'évier, mais Bertrand ne manquait jamais de défendre son territoire dans n'importe quelle cuisine, même dans celle qu'il n'avait théoriquement aucun droit d'occuper – sauf qu'il était parvenu à entrer dans les bonnes grâces du chef – et il a insisté pour que je les laisse là (peut-être aussi pour pouvoir finir ce qui restait de mes saucisses). J'étais en retard et je me disais que je ferais mieux d'aller empaqueter mes affaires pendant que j'en avais encore le temps. Donc j'allais sortir quand Bertrand m'a rattrapé en quelques enjambées, sa grosse main tombant sur mon épaule. Il a ramené son autre main de derrière son dos et m'a tendu une pile de feuilles, épaisse de quelques centaines de pages. Il avait l'air gêné mais en même temps déterminé, résolu à me les donner. Un scénario sur lequel il voulait mon avis ? Un projet de film qu'il espérait entreprendre avec moi ? Je lui ai demandé franchement, mais il a réagi de manière étrange, sans répondre, juste par une moue, du genre « l'avenir nous le dira ». Du coup, j'ai soupçonné que c'était quelque chose qu'il avait écrit lui-même. Je lui ai adressé un sourire – « je sais ce que tu mijotes » – en jetant un coup d'œil à une page prise au hasard. Une sorte d'assoupissement a suivi, le sol s'est ouvert sous moi et mon corps soudain est tombé dans le vide : je venais de reconnaître mes propres mots. Pourtant j'avais tout détruit, jusqu'à la dernière page. Comment les morceaux avaient-ils pu se recoller ?

La main de Bertrand n'avait pas quitté mon épaule, il ne détachait pas ses yeux de moi, sur son visage hirsute se lisait une expression grave mais bienveillante. Tout son être voulait dire : « Allez. Sois courageux. Fais ce que tu as à faire. » Mais aucun mot. Rien. Seulement ce regard inébranlable. J'ai avalé ma salive et suis resté planté là en silence. Sous l'effet du choc, je n'avais qu'un but en tête : trouver un endroit à l'écart pour y réfléchir, examiner attentivement la situation et comprendre. J'avais évidemment pigé qu'il ne pouvait s'agir que d'une copie.

Bertrand s'est éclairci la voix. « Euh, je me suis permis d'ajouter, à la main, un petit… *Hum!* quelque chose, *hum-hum*, à la fin. » Une quinte de toux l'a pris, si violente qu'il s'est plié en deux en se donnant lui-même quelques coups secs dans la poitrine. « Juste au cas où, a-t-il haleté entre deux quintes, ta détermination refroidirait, ce qui arrive souvent en Antarctique. »

Comme sa toux devenait plus brève et plus sèche, il est retourné à l'évier plein de mousse et s'est mis à laver ma tasse et mon assiette.

***

Je dois de vrais remerciements à Bertrand. Il a fait preuve de sagesse, je le lui accorde. Je fais amende honorable à propos de la barbe de mon mentor et du plus vrai des amis, *Socrate*.

Greenlane

28 février 1991

Retour à Auckland. Pour l'instant, je suis à l'Office notarial public de Greenlane, où je dépose ce document avant de te retrouver à la maison. Désolé, je ne l'ai pas relu, délibérément, je ne voulais pas prendre le risque de changer d'avis. Quand tu auras l'âge de lire ces pages, ma chérie, essaye de voir la vérité par mes yeux et par ceux de ta mère, de ta grand-mère, par les tiens aussi, bien sûr. Garde toujours à l'esprit qu'il n'y a jamais une seule vérité.

À ne pas ouvrir avant le 4 septembre 2002 par Gracie Aimée Grieg, date où elle aura dix-huit ans révolus.

Document scellé n° 000359T
Déposé par : Ethan Mathew Grieg
Date : 28/02/1991
Signature du/de la dépositaire :

Ethan Grieg

Malcolm Gully, agent de l'Office notarial public
Date : 28/02/1991
Signature de l'agent(e) :

Malcolm Gully

Document scellé n° 000359T ouvert par Gracie Aimée Grieg
5 septembre 2002
Signature du/de la récipiendaire :

Gracie Aimée Grieg

Gracie Aimée Grieg a récupéré le document laissé en dépôt.
5 septembre 2002
William Sutherland, agent de l'Office notarial public
Signature de l'agent(e) :

William Sutherland

Document scellé n° 000359T
Déposé par : Gracie Aimée Grieg
Document A joint
Date : 21 octobre 2005
Signature du/de la dépositaire :

Gracie Aimée Grieg

William Sutherland, agent de l'Office notarial public
Date : 21 octobre 2005
Signature de l'agent(e) :

William Sutherland

Document A

Pour protéger ceux dont les identités pourraient se deviner à la lecture du journal de mon père, je le laisse dans une enveloppe scellée, à ouvrir uniquement par un ou plusieurs de mes enfants encore à naître, et pas avant qu'ils aient atteint leur majorité, ou deux ans plus tôt si leur grand-père, Ethan Mathew Grieg, est décédé à cette date. Cela afin de protéger toutes les personnes concernées, vivantes et décédées. Ce document en dira plus sur qui je suis, sur qui étaient mon père et ma mère, sur son frère – mon oncle –, sur le voyage périlleux que chacun d'eux a entrepris, et sur la raison pour laquelle ils l'ont entrepris. Il vous montrera à quel point vos grand-père, grand-mère et arrière-grand-mère étaient imparfaits mais courageux, et comment leur histoire se prolonge dans le simple fait que nous existons. Je vous confie ces lignes de vérité embrouillées pour qu'elles soient délicatement et discrètement démêlées, transmises aux générations suivantes, jusqu'à ce qu'assez de temps se soit écoulé pour que rien de ce récit n'ait plus d'importance, leurs vies et les nôtres depuis longtemps absorbées par cette vaste plaine blanche et venteuse, dépositaire de tout ce qui fut, mais ne peut ou ne doit plus être rappelé.

Documents

Remerciements

Pour le contexte historique de ce livre, j'ai une dette envers *Death of the Rainbow Warrior* de Michael King, comprenant des témoignages de Billiet Edmond, enseignant rongelapais, et du magistrat John Anjain, qui ont documenté certains des paragraphes ; tout comme *Making Waves : The Greenpeace New Zealand Story* de Michael Szabo ; *Auckland, Their Auckland* de K. S. Clark ; et *Te Ara Encyclopedia of New Zealand*. Ma reconnaissance va également au récit du bombardement atomique de Nagasaki par le membre d'équipage William L. Laurence, dont je me suis inspirée ; et les paroles célèbres du poète, chanteur et compositeur Gilles Vigneault dans la chanson « Mon pays », que j'ai été aimablement autorisée à citer. Je remercie chaleureusement le Dr Jonathan Banks pour son éclairage sur l'Antarctique et ses réponses à mes nombreuses questions, et le Dr Jock Phillips pour sa direction avisée dans la chasse aux détails historiques et pour la vérification du manuscrit. Mes remerciements vont également à Bunny McDiarmid et Annabel Chaston de Greenpeace New Zealand, Lee Harris-Royal du ministère du Développement social / Te Manatu Whakahiato Ora, Eileen Preston, conseillère Adoptions, Enfants, Famille et Jeunesse, Blair Wotton et Matthew Sinclair du département des Affaires internes / Te Tari Taiwhenua, Emilia Mazur et Jessica O'Sullivan du

Loto néo-zélandais, Vaibhav Bhatnagar du Service des eaux au Conseil de la ville d'Auckland, Ian Letham et Greg Coyne de l'Office notarial public, Kathryn Parsons du Cambridge Museum, Michael Wynd du musée national de la marine royale de Nouvelle-Zélande et l'église anglicane de Saint-Andrew à Cambridge, qui m'ont tous si généreusement fourni des détails et documents relatifs aux années 1980. Un grand merci également au Dr Nicola Munro pour les informations sur les maladies dégénératives et au Dr Monique Findley sur l'obstétrique ; à Carol Stewart pour ses souvenirs de la manifestation flottante du 9 novembre 1983 et à Anna Horne pour les siens sur l'opposition aux tests atomiques en 1973. Comme toujours, ma gratitude va à mon agent littéraire, Laura Susijn, et à mon éditeur Philippe Rey pour leurs nombreuses années de foi en mon travail. Et enfin, mes remerciements vont à mon mari, mon premier lecteur, et à nos trois garçons pour leur soutien pendant l'écriture de ce roman. Tandis que j'avançais laborieusement dans toutes ces pages blanches, tâtonnant vers une fin inconnue, ce qui est le risque que court l'auteur, ils ont toujours été là pour me rappeler que la seule voie est vers l'avant.

Mise en pages :
Anne Offredo, Valravillon

Cet ouvrage a été achevé d'imprimer
en avril 2025 dans les ateliers de
Normandie Roto Impression s.a.s.
61250 Lonrai

N° d'imprimeur : 2500668
Dépôt légal : mai 2025
ISBN : 978-2-38482-007-8
Imprimé en France